ZUI

Zestful Unique Ideal

最世文化

Shanghai ZUI co.,Ltd

笛安 著
DI AN

〔十周年纪念珍藏版〕

芙蓉如面
柳如眉

TU ES TRÈS BELLE

湖南文艺出版社
HUNAN LITERATURE AND ART PUBLISHING HOUSE

博集天卷
CS-BOOKY

你是不是太跟别人计较？

你是不是经常只想到你自己？

基督为了我们的罪，奉献了自己的生命，

连哥哥都可以为了袒护你，替你受惩罚。

你要感激别人替你做的一切啊，

你又何曾替别人做过任何的奉献呢？

———————— ✿ ————————

选自电影《牯岭街少年杀人事件》
（中国台湾）杨德昌

再版之前，我想说的……
文 / 笛安

    诚实地说，自从《芙蓉如面柳如眉》出版，我就没有重读过它。可能是在一本已经完成的小说里，本来就住着一个平时难以正视和面对的自己，再加上如今总是能读得出当时写作时的粗糙和缺陷，因此尴尬变成了加倍的。我曾经对一个朋友这么解释为何我不喜欢重读旧作，她准确地总结：还说那么多干什么，不就是现在看得出自己当年又傻写得又不好嘛。我一向喜欢言简意赅的人。

    自恋如我，还是很容易找得到当年的优点。比如，同一个故事，如果是现在的我，一定会反复掂量很久：这是不是我能力范围之内的？我能不能做好？如果我注定写不好我能允许自己失败到哪一步……可是在我22岁的时候，世界并不是这样运行的，我只是忠实于自己脑子里某个一闪而过的画面，只要它闪过了，我就要抓住它——其他的事情有什么可怕的，我其实知道我自己年轻，我也知道大家都会原谅我写得不够好。

    这便是"青春"这样东西里不讨人喜欢的部分。总是伴随着一种理所当然的心安理得。其实不过是莫名其妙的优越感，但是，我始终记得，就是在那哪个讨人嫌的时候，我拥有很多的勇气。就算这勇气是从无知而来，也依然支持着我往前走了很远，我甚至都没意识到我是行走在夜路上。

    虽然没有重读过，不过我当然记得，我写了一个从根本上说是关于骄傲的故事。我不惜让主人公们用一个极端的方式维护自己的骄傲——可是究竟是什么伤害到了这种骄傲呢？说到底依然是自己，是那个在生活里因为种种欲望变得卑微的自己，直到今天我都觉得，不愿意屈服于自身的弱点，也对自身的犬儒抱有无法原谅的恶感的人，都是值得尊重的。而我，也许是性格的原因，很早的时候起就在跟自我战斗了，若不是战况激烈怕是也不会选择写小说，战斗的结果究竟是什么，我到此刻也无法说清。

感谢你们依然记得这个故事。

也感谢你们，如此在意一个小女孩曾经滚烫的别扭。说实话，我不知道会是什么人把这本书打开来阅读，究竟是跟着我一起变成大人的曾经的少年人，还是另一些莫名地在生活里感觉被冒犯了的孩子。在我特别沮丧的时候，夏芳然曾经给过我非常深刻的鼓励和抚慰，我一厢情愿地认为她一定存在于某处。芙蓉如面柳如眉，即使一切摧毁殆尽，也依然没有打垮她。浓硫酸甚至没能摧毁她作为"美女"的灵魂——那时候，我是多么渴望在这个世界里看见真正闪着光芒的"不朽"，我并没有意识到，这种渴望也恰好是因为年轻。

所以，我把最后的感谢，留给夏芳然。我知道，你们不会反对的。

2016 年 6 月 13 日
北京

TU ES TRÈS BELLE

———————— 1 ————————

"姓名？"

"夏芳然。"

"怎么写？"

"夏天的夏，芬芳的芳，自然的然。"

"名字很漂亮。"

"谢谢。"

"民族？"

"当然是汉族，最没创意了。我小时候特别希望自己是少数民族，这样就有很多好看的衣服穿。"

"年龄呢？"

"一九八〇年六月十五号生的，双子座，也就是说，还差几个月满二十五岁。"

"文化程度？"

"中专。师范毕业。"

"职业？"

"本来该在小学里当音乐老师，可是没有去。自己开了几年咖啡馆，现在在家待着，什么也不做。"

"明白了。待业青年。"

"我怎么听着这么刺耳？"

"籍贯？"

"……"

"籍贯？"

"他们俩——死了吗？"

"你必须先回答我。这是审讯的程序。"

"审讯？好像我是犯人。人又不是我杀的。"

"我也希望人不是你杀的，但我们现在还不能证明这个。你可以认为我们请你来就是为了帮你证明你没有杀人。"

"我杀没杀人我自己心里清楚。我不需要你们来帮我证明。"

"你需要。夏芳然。你不可能不需要。这是法律。"

—•— 2 —•—

请允许我把时间推到二十四小时之前。毕竟故事应该从那个时候开始。二月十四号，情人节。玫瑰花一如既往地涨价，天气像所有北方城市一样还散发着冬天快要过完的时候的漠然的寒冷。跟隆冬的时候比起来，的确是漠然的寒冷。十二月下起大雪的那阵子，满街都是打不到出租车的人，看着一辆又一辆没有闪着空车灯的的士呼啸而过，这些在路旁焦急的人总会交换一个无可奈何的微笑。这个城市就会在那个时候弥漫出一种同舟共济的温暖，虽然只是暂时。可是二月份这样的事情是没有的。寒冷因为快要离开而变得不那么忠于职守，这座城市里的人们也跟着变得心浮气躁起来。浮躁容易让人心冷似铁，就算是情人节猩红的玫瑰花也挽救不了这个局面。

夏芳然就是在这样的一个早晨来到"何日君再来"的门口的。她像往常那样重重地关上出租车的门，高昂着头。出租车司机不无遗憾地想：看身段挺漂亮的一个小姑娘，怎么戴着一副大得如此吓人的墨镜呢？还这么凶。夏芳然推开门的时候，心想：真是蠢。因为她听见了店里传出的音乐，她讨厌这个正在唱歌的叫作刘若英的女人。

小睦正在擦地板，整个店面里泛着洗涤液的清香。"来了，芳姐。"他习惯性地打个招呼，然后放下拖把到吧台后面去，准备像平时一样打一杯夏芳然常喝的摩卡。夏芳然嘴角轻轻地扬一扬，算是对小睦笑过了。不过她忘了小睦是不可能看得到她这敷衍了事的微笑的。因为寒冷的关系，她把铁锈红的羊绒衫的高领拉到了鼻子下面，没人看得到她的嘴。小睦偷眼瞟了瞟坐在角落里的夏芳然，她托着腮，上身如石膏像那样端庄。每当看到她这样的坐姿时，小睦就会觉得自己已经忘了其实夏芳然早就不是这里的老板了，两年前就不是了。现在她不过是一个普通的顾客而已，最多是个常客。但他依然叫他"芳姐"，改不了口，坦率地说，也不大敢。

"小睦。"她的声音从毛衣领子后面发出来，闷闷的，可是小睦还是听出来她今天的语调里有种陌生的、几乎可以说是温柔的东西，"小睦，今天算你请我，好不好？"

"芳姐。"小睦说，"你老是这么说，可是每次你走的时候都还是把钱压在杯子下面。"

"今天不会。"夏芳然真的笑了。虽然毛衣领子还是遮挡了半个脸，虽然她没有摘掉那副大得有些夸张的墨镜，可是小睦知道她在笑，他听出来了。

摩卡端了上来。夏芳然总觉得在一般情况下你很难想象一种又冷艳又温暖的东西，可是咖啡的气味偏偏就是这样一种东西。
然后她告诉自己：这是我此生最后一杯摩卡。可是就算已经这样
郑重其事地提醒过自己了，摩卡说到底还是摩卡，不会因为这是
最后一杯而被她喝出什么悲壮的味道。夏芳然对此感到满意。她
觉得自己是平静的。那种其实头顶上悬挂着一个大紧张的平静。
无论如何，夏芳然想，慌乱的人没出息。平静才是好兆头，对任
何事情来说都是好兆头。

　　小睦又开始拖地板，他弯曲着的身影在她视线的边缘晃动着。
小睦长大了。夏芳然不知道自己的脸上泛起一个很母性的表情。
四年前，她还是刚刚开张的"何日君再来"的老板，小睦还是一
个左耳朵上打着八个耳洞、后背文着骇人的刺青的小混混儿。那
是一个美丽的黄昏。小睦跌跌撞撞、鼻青脸肿地冲进来，她马上
明白了是怎么回事，立刻把他藏在了吧台下面。后来，当她把一
份白天卖剩下的火腿蛋三明治递给他时，他抹了一把脸上已经凝
结了的血痕，几乎是羞涩地说："你能不能，让我留在这儿？"
现在小睦的脸上可找不到一点儿街头的落魄的气息了。他浑身散
发着年轻、清洁，甚至是蓬勃的劳动者的味道。每次看到小睦，
夏芳然就觉得自己其实是一个善良的人。她需要靠小睦来提醒自
己这点。

　　"芳姐。"小睦直起身子，"我看见陆羽平过来了。他就在
马路对面。"

　　"是吗？"夏芳然站起来，"那我要走了小睦。你看……"
她指了指桌面，"今天我没把钱压在杯子下面。"

　　"芳姐，你要常来。"小睦笑了。

"小睦，你们现在的老板人好不好？有没有欺负你？"

"还行。不过，他人肯定是不可能有芳姐这么好。"

"你真是越来越精了。"夏芳然愉快地说，推开了"何日君再来"的玻璃门。

"芳姐慢走。"小睦的声音穿过了刘若英的歌声。

"小睦，再见。"说完这句话她才明白，自己今天其实是特意来跟小睦告别的。

———— 3 ————

"庄家睦，你回忆一下，你最后一次看到夏芳然跟陆羽平是什么时候？"

"昨天早晨，八点多吧。"

"能详细描述一下吗？过程，细节，你们说了什么，做了什么，都可以。"

"没什么细节。芳姐早上经常过来喝咖啡，有时候还吃早餐。一般她都是在我们在打扫，还没正式开门的时候过来。她不喜欢碰上其他顾客。那天芳姐只喝了一杯摩卡。然后是我看见陆羽平站在马路对面的。知道陆羽平来了，她就走了。她没说他们要去哪儿。"

"那你觉得，那天夏芳然的情绪有没有什么——反常？"

"没有。"小睦迟疑了一下，他想起夏芳然说："小睦你看，今天我没有把钱压在杯子下面。"她的声音里有股笑意，小睦已经很久没有看到芳姐笑了。这让小睦突然间有点儿难过。

"你确定没有？什么都没有？"刑警队长徐至安静地注视着这个名叫庄家睦的十九岁的男孩。

"没有！"小睦突然站了起来，大吼了一声，"我不相信芳姐会杀人！何况又是陆羽平呢！芳姐在这世上除了她老爸之外，就剩下陆羽平这么一个牵挂了。你们，你们一定是搞错了！芳姐是好人，她已经够苦的了，够可怜的了！你们为什么放着那么多的坏人不去管，偏偏要跟她过不去呢！"

徐至依旧安静地看着小睦。这安静让小睦颓然地坐下了。徐至不动声色，甚至是悠闲地点上一支烟，然后再丢给小睦一支。再然后他从小睦点烟的姿势里看出来，这是一个曾经在街头混过的孩子，尽管他的脸上甚至是眼神里都已经是干干净净的，没有任何堕落的痕迹。

"庄家睦，你跟夏芳然的关系很好，对不对？"

"芳姐救过我的命。"小睦仰起脸，勇敢地凝视着徐至的眼睛，"那时候我才十五岁，我们，我们的老大惹了'鼓楼帮'的人。那天要不是我躲进芳姐店里，要不是芳姐把我藏到吧台后面，我一定会被他们打死的。我最好的小兄弟就是在那天，让他们捅死了——我们俩从小一块儿长大的，他是为我挡了那一刀……"

果然。徐至对自己微笑了。他记得四年前那场著名的流氓械斗——没错，这孩子说了，那时候他十五岁。

"后来你就一直留在'何日君再来'了吗？"

"是的。开始我是服务生，后来芳姐特别相信我，就让我专管收银。"

"就是说，你是掌柜的？"

"对。"小睦得意地笑。真是个孩子，徐至想。

"庄家睦，那么两年前，孟蓝那件案子发生的时候，你是'何日君再来'的员工，没错吧？"

"对。"小睦仍旧戒备地吐出这个音节。

"我记得你，庄家睦——那个案子我也参加调查了。"徐至的眼神闪烁了一下，"夏芳然被毁容的时候，你是目击者。"

"你为什么，要问这个？"小睦温暖地，甚至是调皮地眨了眨眼睛。

"庄家睦。"徐至慢慢地说，"你应该明白。不是只有坏人才会去杀人。"

—— 4 ——

二月十四号那天清晨，当夏芳然推开"何日君再来"的玻璃门，闻到店面里传出来的小睦擦地用的洗涤液的味道时，在这个城市的另一端，陆羽平正好站在他的公寓的阴暗的楼道里。早晨清淡的阳光让他愉快。尤其是当他看到无数尘埃在一束光线里柔软地跳舞的时候。小的时候他觉得这种舞蹈很卑微，但是很媚人。现在长大了，他觉得这种尘埃的舞蹈像是一场美妙而温情脉脉的媾和。然后他嘲笑自己，或者说他替他的女朋友夏芳然嘲笑自己：怎么这么色？他知道夏芳然轻视这些精致的小感觉，尤其轻视一个总是把这些东西挂在嘴边的男人。

　　无论如何，陆羽平今天很开心。不是因为情人节的缘故，事实上他根本就忘了今天是情人节。是小洛提醒他的。十四岁的小洛是他的房东的女儿。刚才小洛来开门的时候，愉快地说："陆哥哥，情人节快乐！"这个肥肥的小丫头说话的声音就像早晨的阳光一样甜美，"今天有没有人跟你一块儿去看《情人结》啊？是赵薇跟陆毅演的。"一个春节下来，她似乎又胖了一圈，眼睛挤得更小了。但是她快乐的样子还是让陆羽平心生怜爱，他想：这孩子长大以后一定会变得像她妈妈一样饶舌。

　　"小洛。"丁先生的声音从里屋传出来，"就知道扯些废话。也不说谢谢陆哥哥。"然后丁先生走出来，对陆羽平笑笑，"多亏你，替她补课。她这次考试数学还有物理都考了七十多分。""没有，应该的。"陆羽平有点儿拘谨，他是个不大擅长应酬的人。"是小陆来了。"这时候丁太太也从里屋里走出来。她跟丁先生站在一起还真是很有夫妻相，只不过她的体积跟瘦瘦的丁先生比委实庞大了一些。她非常坦然地只穿了秋衣和秋裤——看得出来是为了过年才新买的。"小陆。"她的嘴唇泛着股奇异的橘红，估计正在吃酱豆腐，"过来一块吃点儿。"

　　"不麻烦了。阿姨。"面对着丁太太的时候陆羽平更加拘谨，因此他还是把眼光转到丁先生的脸上，"丁叔叔，我就是来说一声，我的工作已经定下来了，我住满这个月以后，三月初就搬。"

　　"噢。"丁先生答应着，"不过小陆，过年你回家的时候你的下水道堵过一回，堵得挺厉害，我自己都修不好，还是找人来通的。你看这个——"

　　"我知道，丁叔叔。"陆羽平仓促地笑了一下，"到时候您就从我的订金里扣吧。"其实他自己并不尴尬，他下意识地对自己解释着，他只不过是代替向他要钱的丁先生尴尬而已。虽然他自己也知道其实这根本没有必要。

"小陆。"丁太太的声音从里面传出来，"可惜你一搬走，就没人替我们小洛补课了。"

"可以的。"陆羽平说，"以后小洛要是有什么不懂的，打我手机就行。我抽空过来给她讲。"

"我就知道陆哥哥对我最好。"又是小洛快活的声音。

其实陆羽平的生命中，是不会再有"以后"这回事的。可是他说这个词说得太习惯了，以至于忘了它是什么意思。

丁先生在送陆羽平出门之后，缓缓走回屋里。这是一个跟平时没有什么区别的早晨。满屋子司空见惯的味道：稀粥，馒头，涪陵榨菜，还有小小的一碟如印泥一般的酱豆腐。这时候他从窗子里看见了陆羽平，他正朝着小区的大门走去。从这个角度看过去，他发现其实陆羽平是个很挺拔的男孩子。是丁太太喝粥的声音让他掉头去看屋里的。丁太太一副心满意足的样子，令丁先生心生厌恶。这时候小洛用筷子头挑起一条榨菜，调皮地仰起头，伸出舌尖舔了它一下。丁先生觉得这个胖姑娘因为这个动作突然有了一点儿轻盈的味道，然后他心烦意乱地说："小洛。这么大的姑娘了，一点儿规矩都不懂。"说这话的时候他悲哀地想：这孩子像谁呢？她妈妈年轻的时候腰围可只有一尺七寸而已啊。丁太太从粥碗上抬起头，跟了一句："就是。"

他们都没有也不可能注意到，丁小洛的眼睛里有种狡黠的东西暗暗地一闪。她告诉自己：再忍耐一会儿。快了，就快了。她马上就要为自己的人生做第一个重大的决定。完完全全是自己做出的决定。为了这个机会，十三岁的小姑娘已经忍耐了整整十三年。

—— 5 ——

"案发的经过是这样的。"徐至扫了一眼摊在眼前的记录，选择了一个舒服的坐姿，"二月十四号——也就是昨天傍晚，南湖区派出所接到一个名叫罗凯的男孩的报案，我们的人是在晚上八点的时候赶到案发现场的。"

"徐队长，你忘了说，要不是有一个笨蛋误事的话，我们肯定能到得更早。"欧阳婷婷打断了徐至。

"你说谁？"李志诚满脸通红。

大家都面带微笑。因为婷婷和李志诚之间的争吵是整个重案组的娱乐项目。

"死者陆羽平，是嫌疑人夏芳然的恋人，男，二十二岁，本市理工大学生物化学系的应届毕业生；死者丁小洛，女，十三岁，是省外国语中学的初二学生，跟嫌疑人夏芳然应该没有什么直接关系，但是，丁小洛的父亲是死者陆羽平的房东。案发第一现场可以确定是南湖公园的人工湖边。陆羽平的尸体没有被移动过的痕迹。我们赶到的时候南湖派出所和南湖公园已经在组织打捞。丁小洛的尸体是在晚九点左右被打捞上来的。经过解剖，可以确定陆羽平的死亡时间是下午六点至七点之间，死因是氰化钾中毒。——我们在死者遗留在现场的罐装啤酒里找到了和解剖结果相符合的氰化钾。啤酒罐上有夏芳然和陆羽平两个人的指纹。丁小洛的死亡时间推测在七点到七点半之间。是因溺水而窒息。她的尸体上有挣扎过的迹象。而且——"徐至停顿了一下，"丁小洛的脖颈上、脸颊上有抓伤的痕迹，经过化验，我们现在可以确定伤痕处残留的皮肤屑是夏芳然的。嫌疑人夏芳然，女，二十四岁。是两年前本市学院路那起恶性硫酸毁容案的受害人。被毁容前是位于学院路的咖啡馆'何日君再来'的经营者，目前无业。"

"这个女人。"李志诚像是在自言自语，"我们去的时候她就坐在陆羽平的尸体旁边，就跟乘凉一样。×。这女人。"

"那个报案的男孩儿呢？"一个声音问。

"罗凯现在还躺在医院里。"徐至说，"医生说没什么，就是吓的。我们现在还没法跟他取证。已经调查过了，他是丁小洛的同班同学。"

"他们有个同学说……"婷婷接口道，"罗凯是丁小洛的——男朋友。"

会议室里这下爆出一阵哄堂大笑，徐至摇摇头，"现在的小鬼真是早熟。"

一个人揉着肚子，"不会吧。罗凯是挺好看的一个男孩子。丁小洛胖得像动画片，真是便宜这丫头了。"

"什么呀，人家那是让水泡肿了的！"

"才不是，你见过丁小洛的照片吗——"

"那也许人家罗凯就喜欢肉感妹妹呢！"

"可是——"一片嘈杂中只有李志诚没有跟着笑，"她跟一个孩子能有多大的仇呢？她杀陆羽平也就罢了，为什么还要把丁小洛推下去呢？"

"李志诚你有没有搞错，你当刑警的就这点儿素质？"婷婷瞪圆了眼睛，"你看见她把她推下去了？"

"婷婷说得对。如果夏芳然真的是凶手的话，她为什么要选公园湖边这么显眼的位置杀人呢？她应该知道在那里是很容易碰上目击者的。还有，就算是她干的，她杀了人为什么不跑呢？反倒等着我们来抓她……"

李志诚的脸又有些泛红，"我知道这件事有点儿奇怪。可是你知道她的口供里说他们俩本来是准备一起喝毒药的——她也不肯说原因。她说是陆羽平喝了以后她还没来得及喝就看见丁小洛和罗凯两个人了。这不是把我们当傻瓜吗？你想，两个人想殉情，一个人已经死了，另一个看见有人过来了，按照常理她应该在目击者靠近她之前马上服毒啊——何况是氰化钾，一秒钟都用不着的事儿。——我想是丁小洛跟罗凯不小心目击了她杀陆羽平的全过程吧……"

屋角的一个尖厉的声音传了过来，"就算是这样，她应该干掉罗凯和丁小洛两个人才对，没道理放着罗凯去报案，然后回过头来再杀丁小洛。事倍功半嘛。"

"可是一个刚杀过人的人是干得出来这种没有逻辑的事的。毕竟不是那种真正的亡命徒。"李志诚很不服气，"你看，她杀陆羽平的时候用的是毒药，是氰化钾，说明她是有预谋的。可是她杀丁小洛的时候就很慌乱，也许丁小洛的出现并不在她的计划之中。"

"那也不对！"这次是婷婷，"你别忘了陆羽平和丁小洛是认识的，陆羽平租的是丁小洛她们家的房子，而且还经常帮丁小洛补课——丁小洛跟罗凯会是偶然目击那么简单吗？有可能是一起去湖边的。夏芳然她就是胆子再大，也没道理当着别人杀人啊——而且为什么罗凯能逃出来可是丁小洛就不行呢？这简直……"婷婷的大眼睛有点儿撒娇地一眨，"这简直不像话。"

"对。"沉默了很久的徐至开了口，"这个案子最大的疑点就是他们四个人是怎么在案发现场碰面的。可惜罗凯现在不能说话……"

"夏芳然怎么解释丁小洛的事？"

"别提了。"李志诚很火大，"这娘们儿真能扯。她硬说丁小洛是自己掉下去的，那些伤痕都是她为了拉住丁小洛弄的。问她丁小洛怎么会自己掉进去，她居然说'估计是吓坏了吧——从来没见过这种阵仗'。"李志诚气恼地握紧了拳头。

"不像话。"大家又是一阵哄笑，"要不这样吧，小李子，为了打击犯罪分子的嚣张气焰，你就牺牲一下你宝贵的色相以及贞操，给这个小娘们儿施个美男计，这也算是不入虎穴，焉得虎子。"

"没错。小李子，这是革命的需要……"

"你们还是饶了小李子吧。"屋角那个尖厉的声音又响了起来，"也不看看夏芳然那张脸——要我说陆羽平也真够不容易的，要是早点儿踹了她也就不会死得这么早……"

"没准儿就是因为他准备踹了她，所以夏芳然才先下手为强——反正像她们这样的女人心理都不正常。"

"也不一定。前两天我还碰上另外一起硫酸毁容案的受害人，这女孩嫁了个开按摩院的盲人，人家过得也挺好的。"

"那当然。盲人好啊——反正就是'眼睛一闭张曼玉，被子一蒙钟楚红'。婷婷，你们现在的小姑娘还知道钟楚红吗？"

"严肃一点儿吧同志们。"坐在角落里的年龄最大的法医终于忍无可忍了，"咱们开会是为了讨论命案。"

接下来的短暂而错愕的寂静里，徐至微笑着听见婷婷和李志诚难得地不约而同了一回——他们一起轻声嘟囔着："你才是'同志'呢。"

徐至清了清嗓子，"各位，我个人……"说到这儿他甚至悠闲腼腆地笑一笑，"我个人有种直觉。要想破案，我们有必要回到两年前的那场毁容案里去。当然我也知道强调直觉是不负责任的。可是有没有人——同意我的这个直觉呢？"

———— 6 ————

如今的夏芳然想起那段每天站在"何日君再来"的吧台后面的日子的时候，总觉得那个时候的自己还真的很年轻。可是两年前的她就不这么想。二十二岁的时候她总是觉得自己老了。当然她这么感叹的时候心里还是非常清楚：她其实还不老。不仅仅是不老，而是年轻，还有美丽。二十二岁是个好年纪，夏芳然常常这么想。你可以同时拥有娇嫩的脸蛋儿和一颗略经沧桑的心。多么诱人的搭配。通俗点儿说，你什么便宜都占了。——要知道不是每个二十二岁的女孩都有沧桑的机会的，除了那些身世可怜的，除了那些做三陪小姐的，如果你像夏芳然一样生在正常家庭里，如果你不漂亮，你拿什么去"沧桑"？想到这儿夏芳然就微笑了——本来嘛，如果你不漂亮，你有机会很早就接触男人这东西吗？二十二岁的你没准儿还捧着海岩的小说梦见道明寺呢，二十二岁的你自豪地说自己是处女但事实是你别无选择只能洁身自好。上帝，夏芳然夸张地拍拍自己光洁如玉的额头。她想起初中时的语文老师，那个才二十七岁就已经一脸苍老的姑娘散着一头枯黄的披肩发，激动到满脸通红甚至是声嘶力竭地向全班同学推荐《简·爱》这本书。夏芳然尽管不喜欢这个老师可她还是看了，看完后十五岁的她几乎是悲悯地叹了口气：难怪语文老师会喜欢简·爱。难怪简·爱只能被语文老师那样的女人喜欢。简·爱，多么干燥的一个女人啊。

夏芳然喜欢把女人分成干燥的和湿润的两种。她觉得如果一个漂亮女人很干燥那纯粹是暴殄天物——比如那个跟杨过同学玩姐弟恋的小龙女；如果一个不漂亮的女人很湿润那么她还有救，她可以拥有某种被一般人称为"气质"的蛊惑人心的东西；如果一个女人碰巧是个湿润的丑女人那她的人生就多半是个悲剧了——她永远都知道什么是好的可她永远得不到。像语文老师那样又不漂亮又不湿润偏偏又有知识的女人，除了简·爱，她还能有什么其他的精神寄托吗？夏芳然忽略了一件事，就是她在做这样的分类时已经理所当然地把自己放在最得天独厚的那一种里面了：就是又漂亮又湿润的那种女人。她对此感到心安理得。

二十二岁的夏芳然喜欢看小说，喜欢看电影，还喜欢看日剧跟韩剧。她经常在悠长的下午里懒散地坐在吧台后面，闻着满室的咖啡香，戴上耳机用笔记本电脑看DVD，或者她带来一本小说，托着腮坐在高脚凳上，把身体弯成一个曼妙的弧度，慢慢看。她真的很喜欢这样的时刻，店铺是自己的，满室的咖啡香和音乐声是自己的——她很清楚来这里喝咖啡的很多男人是为了看她——比如那个半年来总是风雨无阻地坐在角落里的陆羽平——他也可以说是自己的，忙忙碌碌地招呼客人的小睦也是自己的——她的意思是说这个俊朗的孩子对她忠心耿耿。夏芳然于是在一室阳光中闭上眼睛，她在想刚刚看完的那张 DVD，张曼玉演的《阮玲玉》。那种美丽的苍凉，那会不会也是自己的呢？——当然，不是说她也会像阮玲玉那样去寻短见啊，夏芳然知道自己是舍不得死的，只不过她愿意像阮玲玉那样固执地活着。她有资格固执，有资格较真。夏芳然觉得自己最大的优点就是明白自己拥有的是什么。

"芳姐。"小睦来到她身边，有点儿诡秘地笑笑，"那个家伙叫我给你的。"她朝着角落里陆羽平的方向看过去，可怜的孩子局促不安地低着头，似乎要把脸埋到面前那个小小的咖啡杯里了。那是一张叠得整整齐齐的、从笔记本上撕下来的纸。上面的字一看就是出自那种从小到大都规规矩矩地读书的好孩子之手，三个字：你很美。夏芳然叹了口气，还好不是那恶俗的"我爱你"。她笑笑，对小睦说："今天他的咖啡，就算是我请他的吧。""芳姐。"小睦笑嘻嘻地说，"这样下去咱们迟早得关门。""就这一次。"夏芳然不知道自己脸上浮起一种常常被她轻视的小女孩的表情。她想：就算是为了他没有她原先想象的那么恶俗。

他不像是本地人。夏芳然这么想。陆羽平当然不知道那个天天坐在高脚凳上不苟言笑的小公主其实也在悄悄注意着他——倒不是因为什么特别的原因，夏芳然其实注意过每一个喜欢她的男人，实在是因为喜欢她的男人太多了一些，久而久之，夏芳然学会了在几分钟里判断出眼前的这个男人的道行比她深还是比她浅，以及这个男人对她的所谓喜欢究竟是不是一时的荷尔蒙导致的冲动。

陆羽平不像是本地人。他身上的那种整洁带着小城市的拘谨的气息。她不动声色，从头到脚地打量他。混杂在这条学院路的大学生中间，尤其是混杂在那些常常到"何日君再来"的大学生中间，他很普通。几乎是不起眼。可是夏芳然能看出来他是那种专门为某些女人而存在的男人。某些，具体是哪一些，不好说。只是她觉得陆羽平是那种注定了会把平淡得发霉的日子过出些刻骨铭心的人——一旦他碰到了"某些"女人。因为他的脸上有种夏芳然熟悉的执拗——用夏芳然自己的话说，这是独属于湿润的人的。在那个阳光明媚的午后夏芳然当然不知道她自己一语成谶。

那一天是二〇〇三年的一月，整个城市蔓延着凌厉的温度。人们对于马上就要降临的那一场名叫"非典"的灾难没有丝毫预感。那些天夏芳然专门把关门的时间延到凌晨两点，因为大学生们在准备期末考试的时候，会有很多人三三两两地过来熬夜K书。夏芳然喜欢那段日子，因为凌晨的街寂静得不像是人间，但是幸好她的灯光还亮着。小睦一如既往地兴奋地进进出出，他的嗓门儿不像个咖啡店的 waiter 倒像个炸酱面馆的小二。夏芳然微笑着想：多亏了有你，我的小劳模。"芳姐！"小劳模的声音从收银台传过来，"你能不能到我这儿待一会儿啊？我得到库房去拿啤酒……"她从她的高脚凳上下来，一边走一边无奈地说："小睦，你声音小一点儿，这个钟点来的客人都在看书。"

她刚刚坐到收银台边,那一团火辣辣的疼痛就这样直扑到她脸上来。她愕然地抬起头的时候看到了一个女孩子站在她的斜对面,脸上带着种羞涩的紧张,右手还保持着微微上扬的姿势。一串红色的手链随着这姿势从她的手腕差不多滑到了肘关节。那一瞬间她发现自己的右眼已经睁不开,她错愕又恼怒地想:这女人还真是没家教,怎么动不动就上来扇人耳光?可是这时候那疼痛开始燃烧,她明白了那不是一个耳光那么简单的时候听见了一声凄厉的尖叫。她怎么也没想到发出这种恐怖声音的人正是她自己。要知道夏芳然是那么注意自己的形象,平时连跌倒都要赶紧摆个靓姿势的。然后一片惨白把周围的嘈杂声都吞噬了,她模糊地问自己:末日,都来得这么莫名其妙吗?

---——· 7 ·——---

婷婷看着桌上那张两年前的《晨报》,轻轻地叹了口气。社会版的头条就是那个硫酸毁容案。很挑战极限地,他们刊出了夏芳然毁容前和毁容后的两张照片。婷婷记得这个案子,那时候她还没有从警校毕业。她四岁的小表妹不小心看到了这张报纸,当她明白了那张标着"毁容后"的照片是一个人的脸时,"哇"地哭了,那天晚上都吓得不肯睡觉,婷婷的奶奶气得直骂:"这群记者真是坏了良心的……"不过对于他们来说,这毕竟是别人的事情。第二天旦上,小妹妹就开始一如既往地在院子里蹦蹦跳跳,奶奶也开始一如既往地跟邻居家其他几个退休的老太太一起打麻

将，至于婷婷自己，那段日子婷婷的心情真是糟透了——工作没
有着落又忙着跟当时的男朋友分手，当她听说一个比她早一年毕
业的师兄就在这起毁容案的专案组里，心里除了羡慕还是羡慕。
想到这儿婷婷突然问自己：那个时候，两年前，她认为自己是天
下头号倒霉蛋的时候，这个名叫夏芳然的女孩在经历什么呢？

"婷婷，怎么还不去吃饭？又减肥？"徐至突然出现在她身
后。被吓了一跳的婷婷匆忙地对徐至笑了笑，"队长，昨天你开
会的时候说的两年前的毁容案的记录，我都找来了。""真没看
出来，婷婷原来是事业型女人。"徐至喜欢跟婷婷这个小姑娘开
开玩笑。"你——"她总是对什么玩笑都无比认真。但是她紧接
着换了一个徐至从来没见过的表情，她说："队长，你说那个孟蓝，
她为什么要做这种事情？"

"你知道……"徐至说，"其实很多杀人犯都不大知道自己
在干什么。哪怕是一些谋杀案的杀人犯。"

"可是这比杀人还残忍。"婷婷清澈地看着他的脸，"真的
是像她说的那样，她就是因为忌妒夏芳然吗？因为忌妒她就要给
人家泼硫酸吗？"

"你看，你们女人就是这么可怕。"

"喂，我是认真的。"

"那个时候是我负责这个案子的。"徐至笑笑，"一开始我
们也觉得，这个孟蓝有可能是夏芳然的情敌什么的，才做得出来
这种事。可是事实上我们发现她们俩只是初中同学而已，已经很
多年没有联系，孟蓝一路规矩地上高中读大学，夏芳然中专毕业
就开始经营自己的咖啡馆，夏芳然先后是有过很多男人没错，可

是都跟孟蓝的圈子扯不上关系。所以我们自然是排除了这条线。"

"孟蓝的口供里说了……"婷婷的语调黯淡了下来，"她初中的时候就忌妒夏芳然漂亮，有人追，家里又有钱。可是她都没有这些。她就只能努力读书，直到她读了大学，又在'何日君再来'碰到夏芳然……"

徐至接了口，"当时她的口供里有一句话我记得特别清楚。她说'我已经这么努力了，我已经竭尽全力了，可是夏芳然还是夏芳然。她轻轻松松地不用好好读书就有了自己的店，我读了大学也还是要为了生计头破血流，我累了。就是这么简单，我累了'。"

"像她一样的人有很多。"婷婷的小脸儿都红了，"要是每个人都说一句'我累了'就去杀人放火——这根本就不是理由！"

"不对，婷婷。"徐至说，"这是理由，对她来讲这就是理由。所以我们当初才又去找了精神病医生给她作鉴定，可是结果一切正常。——我早就知道她根本没有精神病，其实需要'精神鉴定'这个过场的人不是她，是我们，是每天看着新闻聊着这个案子的'大众'。因为我们怀疑她是精神病，是为了安慰我们自己其实我们的生活中没有这么可怕的人，不过是精神病人而已。你，明白我的意思吗？"

"不明白。"婷婷很坦率。

"你干这一行干久了以后就会明白。"徐至鼓励地微笑着，"不过有一件事我觉得很有意思，孟蓝觉得跟夏芳然比她的生活很不公平——可是婷婷，你记不记得这件案子被报道出来以后，全国有多轰动啊？电视、报纸、网站，那么多专家都出来借这个案子谈大学生的心理健康，谈现代人的心理健康，谈中国教育到底有什么问题，甚至还说这是国内大学生生存就业压力太大造成的——可是如果给夏芳然泼硫酸的人是一个没什么文化的女人，这个案子也许最多能上晚报的报屁股。正是因为孟蓝是个大学生，才有这么多人关心这个案子，这么多人争着抢着要把它当成'社会问题'，没有人有恶意，可这也是一种不公平。我不知道孟蓝她自己想过这个没有。"

"徐至，我找着夏芳然杀陆羽平的动机了！"李志诚就在这个时候冲进来，兴冲冲地喊着。

"李志诚你真是无可救药！"婷婷忍无可忍地转过脸。

"徐至，我真的找着了。我给昨天晚上打电话的那个女孩子录了口供，你猜怎么……"

"你慢慢说。"徐至还是微笑着，"要不先喝点儿水……"

前一天晚上他们接到一通电话，是学院路的派出所打来的。说理工大有个女孩子自称可以给陆羽平的案子提供重要的情况。

"你不知道。那个女孩——她说她怀了陆羽平的孩子。"李志诚满意地欣赏着他丢下的这颗炸弹造成的短暂的寂静。

"她叫什么名字？"徐至恢复了一如既往的冷静，慢慢地点上一支烟，"把记录给我看看，必要的时候我们得再找她一次。"

"等一下，队长。"婷婷急切地盯着徐至，"让我去一次'何日君再来'好不好？"

"有这个必要吗？"李志诚得意地瞟了婷婷一眼。

"队长，昨天你说过了，你亲口说咱们得往两年前夏芳然被毁容的时候查一次。你就让我去试试吧队长……"

"婷婷，"徐至说，"昨天开会的时候我说那只不过是我的直觉。虽然我的直觉一向很准，可是也有错的时候。"

"队长，你就让我再试最后一次，我求你了，就今天下午这一次。"

"徐至，别理她。"李志诚说，"这小丫头是看录像看怕了。"然后他转向婷婷，"小孩子家别捣乱，哪儿有你说话的份儿！"

所谓"看录像"的典故，是说春节前他们破的那个外地流窜人员做的抢劫杀人案。目击证人说主犯之一曾经在一个二十四小时超市买过吃的，于是婷婷的活儿就变成了把超市的摄像头的带子拿回来，盯着七十二小时之内的进出顾客的脸使劲看有没有主犯。七十二小时的带子婷婷看了一百多个小时，也就是五天，看到最后可怜的婷婷觉得连超市老板都长得像主犯了——主犯依然没有出现。后来主犯们落网了以后才知道根本没人去过那家超市，因为主犯们觉得那儿档次太低。

当婷婷毫不犹豫地踩了李志诚一脚的时候徐至按灭了手里的烟蒂，"好吧婷婷，就这一次。"然后婷婷无视身后的李志诚一脸生动的复杂表情，非常淑女地微笑了，"谢谢队长。"

———— 8 ————

"我的名字叫赵小雪。是理工大学金融系的学生，今年大四，跟陆羽平一样，马上就要毕业了。"

"你是在这儿认识他的吗？"徐至靠在沙发里，"何日君再来"的灯光很柔和，不过在冬天里这种柔和让人昏昏欲睡。

"对的。我是大三的时候开始在这儿打工的。每个礼拜来两三回。"

"你大三的时候。"徐至端详着赵小雪，一个很瘦，瘦得让人替她的健康担心的女孩子，细长的眼睛，原本该妩媚，到了她那里却变得有些倔强，"你大三的时候，夏芳然应该已经出事了。"

"嗯。"赵小雪点点头，"所以我才有机会来这儿上班。"她笑笑，"因为夏芳然原来从不要大学生。她不相信他们。其实她谁也不相信，除了小睦。"

"我知道。"徐至点头，"审讯的时候我就知道，夏芳然是个很有脾气的女孩子。"

"当然有脾气。脾气大得连人都敢杀。"

"赵小雪，我们现在还没有结案。所以……"

"对不起。"赵小雪说，"说我和陆羽平吧。那个时候我经常看见他和夏芳然一起来喝咖啡、吃早饭。他们多半挑一大早，没什么其他顾客的时候来。因为你知道夏芳然的脸——有时候他一个人来。有一回他是一个人来的，那天下特别特别大的雨，我正好要下班，我要赶时间去考试。他就借给我他的伞。后来我要还他伞的时候——其实没什么可讲的，都是些谁都经历过的事儿。"

"那据你所知，夏芳然跟陆羽平是在她毁容案之前就在一起的吗？"

"这个——我不知道。反正夏芳然是有很多男人的。可是那件事情之后，她身边的男人全跑得比刘翔都快。只剩下一个陆羽平了。"

"陆羽平是个好人。"徐至说。

"对。我也看出来了，所以我想把他抢过来。"赵小雪粲然一笑。

"本来……"徐至也笑，"我来之前还想跟你说几句'节哀顺变''来日方长'之类的话。可是看到你这么冷静，我就觉得要是我说这些话就显得我没水平了。"

"我们在一起一直都很——低调。"赵小雪凝视着面前的咖啡杯，"没有人知道我们的关系。就连我最好的朋友都不大知道。陆羽平他——本来也就没什么朋友，跟夏芳然在一起以后，为了方便照顾她，就不住宿舍了。他说他们班有个同学直到大四的某一天还过来问他：'同学你是不是走错教室了？'"赵小雪笑得很开心。

"那我想——他跟夏芳然的关系，知道的人是不是也很少？"

"当然。夏芳然除了来'何日君再来'，几乎是不出门的。"

"赵小雪，你说夏芳然是因为知道了你和陆羽平的关系所以才……"

"最关键的是，我发现我怀孕了。我就跟陆羽平说我要跟他结婚。我想要这个孩子。我要他去跟夏芳然说清楚……"她托着腮，看着窗外，"你相不相信，那是我们俩第一次说起夏芳然？以前我们俩在一起的时候从来不提夏芳然，就好像这个人不存在一样。有时候我也问自己，对陆羽平来说，我是不是——就像老天给他放的一个假？"

"我已经看过了你在李志诚那儿的那份笔录。我有个问题——你就那么肯定陆羽平把这件事跟夏芳然说了？"

"他说没说不重要。反正我跟夏芳然说了。"赵小雪微笑，

"这是我上午没跟那个小警察承认的。我也知道夏芳然很可怜。可是我当时真的什么都顾不上了，我想要我的孩子——这总是没有错的，反正当时我就是这么说服自己的。我趁陆羽平春节回家的时候写了封信给夏芳然。那天我先送陆羽平去火车站，他上了车之后我就直接到夏芳然家去，把信放在她们家的邮箱里。我想她是看了信的。因为我没有走远，一个小时以后我再回去看信箱，那封信跟《晨报》什么的一起都被拿走了。所以我想她看了。你是不是觉得我很卑鄙？"

"查案的时候，如果天天想着卑鄙不卑鄙的话那我们什么也别干了。"徐至摇头，"所以你放心，我没有这个习惯。"

"在这件事之前，我一直都觉得自己是个好人。"徐至有些惊异地发现，这个相貌平平的女孩的笑容却常常有一种动人心魄的力量。这个时候赵小雪不安地看了看吧台，徐至这才注意到音乐停了。小睦在吧台里面冲他们挥了挥手，"我换张 CD。"

一个非常非常好听的女声开始在空间里绽放。

"当我看见你的信，我竟然相信刹那即永恒……"

赵小雪说："小睦老是放齐豫的歌。你知道吗？因为齐豫是夏芳然最喜欢的歌手。"

"你们现在的孩子也听齐豫？"

"反正我是因为在这儿上班才开始听的。"赵小雪慢慢搅着自己的咖啡，"小睦和夏芳然就像姐弟一样。夏芳然出事以后用超低的价格把这间店转给了我们现在的老板，只提了两个条件：第一个是店的名字还叫'何日君再来'，第二个就是要留着小睦。"

"小睦知道你跟陆羽平的关系吗？"

"我想他知道，但他会装作不知道。小睦是个平时嘻嘻哈哈但是谁也没法真正接近的人。"

"谢谢你的合作，赵小雪。"

齐豫已经唱到了最精彩、最好听的那两句，"谁给你选择的权利，让你就这样离去；谁把我无止境的付出都化成纸上的一个名字？"

"这首歌叫《遥寄林觉民》。"赵小雪笑了，"你知道林觉民是谁吧？就是写《与妻书》的那个清朝起义的烈士。"

"我不知道。"徐至很坦率地讲，"我上学的时候没用过功，平时也从来不看书。"

"《与妻书》是他要去参加黄花岗起义之前写给他妻子的绝命书。我们高中的时候还学过。但是齐豫这首歌是用那个看了信以后的女人的口吻来唱的。你听——谁给你选择的权利，让你就这样离去？不知道的还以为是说一个把她甩了的负心人呢。有意思吧？"她突然低下头，徐至知道她在哭。

于是他故意把眼光调向别处，装作是在听这首歌。"如今，当我寂寞那么真，我还是得相信刹那即永恒……"

"我能问你一个问题吗？"她的声音低低地传过来。

"当然。"

"现在我不可能留着这个孩子了。但是你说，我应该告诉我以后的男朋友或者是老公陆羽平的事吗？一般的男人都还是会在乎的吧？"

"我不知道。"徐至有些诧异，"我从来没结过婚，也不准备结，所以没什么经验。不过我可以告诉你，如果是我的话，我会更在乎你不说实话。"

"可是你不'一般'啊——"赵小雪含着眼泪笑了。

"说得也是。"徐至皱皱眉头，"这么说话——是不是有点儿不谦虚？"

———— 9 ————

丁小洛一直都是一个快乐的小姑娘。满足和开心对于丁小洛来说是一件特别容易的事情。用大人们的话说，没心没肺的孩子最有福气。但是小洛的妈妈从她童年起就总是担心地说："你这个孩子怎么这么傻？"小洛自己是从什么时候开始觉得自己可能真的有点儿傻呢？那年小洛应该是四岁。在广州做生意的舅舅给小洛带回来一个从香港买来的好漂亮的芭比娃娃。要知道那个时候在这个北方的城市里，芭比娃娃的专卖店是没有的，全城只有一个地方能买到真正的芭比娃娃——是一间四星级酒店的专柜。所以对于小洛来说，芭比娃娃就像是一个——天上掉下来的林妹妹。

她的皮肤摸上去滑滑的，她的头发是金色的，这么长，长得好缠绵啊。她的眼睛这么大，大得让小洛疑惑地抬起头，看看镜子里自己的眼睛。镜子里的小洛因为兴奋的关系，一直保持着眉开眼笑的表情，这样一来她的眼睛就显得更小了。算了算了，还是娃娃比较好看——她的鼻梁真，真，小洛想不出来有什么合适的词了，反正她的小鼻尖翘得这么危险，就是危险，为什么危险呢？就是因为太漂亮了，漂亮得恰到好处所以才让人觉得不安全。

你看见她的身体，看见她胸前那两个曼妙的小馒头了吗？你看见她修长的腿还有纤细的小脚了吗？小洛叹了口气，要是这个娃娃有一天突然活了小洛该怎么办呢？该给她吃什么、穿什么？该用什么样的语气跟她说话呢？反正不能随随便便的啊。不可以用那些不好听的词跟她说话，比如"胖墩儿"，比如"没心没肺"，比如"傻孩子"，包括他们用戏谑的口吻说"有福气"——这些词都是大人们平时用来说小洛的，小洛自己是无所谓啦，可是如果娃娃活了的话，小洛是绝对，绝对不许任何人用这种方式跟她的娃娃说话的。可是真伤脑筋啊，到底该怎么对待她呢？四岁的小洛不懂得如何表达，可是她已经清楚地明白——这个娃娃来自属于她的生活之外的地方。

越想越觉得紧张，好像娃娃真的要活了，真的就要马上开口说话丢给小洛一个又幸福又巨大的难题。小洛小的时候有个坏毛病，就是她特别紧张特别害怕的时候就总是想尿尿。小洛把娃娃紧紧地抱在胸前走到卫生间里，然后突然发现：不行的，怎么能让娃娃看见这个呢？这么难看这么脏。于是她赶紧环顾整个房间，让娃娃在什么地方等她呢？洗衣机上堆着一堆脏衣服当然是不可以的，五斗橱因为用久了看着油腻腻的娃娃一定会不高兴——哎呀要快一点儿呀小洛就要尿裤子了，那么就沙发吧，沙发靠垫是妈妈为了过年新买的。把一个最漂亮的粉红色的拖过来，让娃娃坐上去。别害怕呀娃娃，我一会儿就回来。一分钟后小洛冲了出来，她太急了，都没看见自己的手臂上还带着没冲干净的肥皂泡沫。她看见她的娃娃好好地坐在那个粉红的靠垫上——真配她啊，就像是粉红色的土壤突然开出的一朵寂静的花。小洛突然间有点儿难过了：原来娃娃可以没有她，没有她娃娃也一样漂亮，一样好。但是这只是一瞬间的念头，说到底小洛不是个喜欢自己给自己找麻烦的小孩。

从那一天起，小洛在院子里的人气就高了起来。小洛抱着娃娃往楼下一站，然后骄傲地等待着其他小女孩羡慕地叫她："胖墩儿，胖墩儿你过来啊，让我们看看你的娃娃好不好？"

当然好。小洛骄傲地站在一群小女孩中间，享受着所有妙不可言的忌妒，一边很大牌地说："轻一点儿啊，别弄疼她。"要不就是："不行不行，你的手太脏了，你不要动她的鞋——"然后有一天，黄昏的时候，小洛正准备带着娃娃回家，莹莹就是在这个时候站在她面前的。莹莹说："丁小洛，你让我玩玩你的娃娃好不好？我不会给你弄脏的。"

莹莹是整个小区里最漂亮的小女孩。丁小洛觉得她说话的声音也是很好听的。可那些平时成群结队好得不得了的小女孩都不愿意跟莹莹玩。四岁的小洛不明白这是为什么。可是奇怪的是，大多数孩子天生就心照不宣地明白这个。莹莹乖巧地站在那儿，黑黑的鬓梢停着漂亮的紫色蝴蝶结。小洛当然是想都没想就说："好的。"

奇迹就是在那一瞬间发生的。至少丁小洛找不到比"奇迹"更好的字眼儿。莹莹微笑着接过娃娃，她的小手抚摩着娃娃的金发，细声细气地说："小洛，这个娃娃叫什么名字啊？"夕阳斜斜地映亮了抱着娃娃的莹莹，莹莹的眼睛就像两颗沉在水底的黑色雨花石，小洛看见娃娃对莹莹笑了。后来小洛长大以后经常问自己，娃娃怎么会笑呢？一定是当时光线的关系。夕阳总是喜欢跟人们开玩笑。可是当时的小洛大气都不敢出，有什么东西让她——感动，小洛那个时候还不懂这个词，只是悲哀地想，自己怎么又想尿尿了？莹莹的紫色蝴蝶结跟娃娃精致的小鞋子是原本就该在一起的东西，齿白唇红的莹莹心疼地、欣喜地凝视着美丽的娃娃的样子是小洛日后永远珍藏在心里的一幅画。小洛低下头，看见莹莹纤细的小手，还有自己的手——肉嘟嘟的，指头又短，还黑。小洛想起自己狼狈地想不出要把娃娃放在哪里的那一天。她知道如果换了莹莹，她是不会那么狼狈的。因为莹莹自己就是那个粉红色的美丽的靠垫。或者说，不管莹莹把娃娃放在什么地方都不要紧。堆了一堆脏衣服的洗衣机也好，油腻腻的五斗橱也好，只要莹莹对娃娃这样地笑一下，用她洁白的小手这样拍拍她的脸——小洛真笨啊，你看莹莹就一点儿不用慌张。甚至，换了莹莹，直接抱着娃娃坐在马桶上也是没有关系的，和小洛不一样，莹莹根本用不着掩饰，根本用不着难堪，她只要对娃娃不好意思地笑一下，两个漂亮的女孩子就这样把尴尬化成了一个共同的小秘密。

"丁小洛。"莹莹看着她的眼睛，"我能不能再玩一会儿呢？一会儿我就还你。"

小洛摇摇头，看着失望的莹莹的表情，慢慢地说："莹莹，这个娃娃我不要了。你拿回去吧。"

莹莹瞪大了眼睛，嘴巴张成了 O 形，"你说什么呀丁小洛，我怎么能要你的娃娃呢？我妈妈会骂我的。"

"真的，莹莹。"小洛转过身，"我要回家了。你也回家吧。你就跟你妈妈说，娃娃是我送给你的。"

说完小洛走了。留下莹莹一个人站在原地。身后传来莹莹愕然的声音，"丁小洛你真傻。"

小洛回过头，看见娃娃和莹莹一起站在夕阳的那一片温柔里，她对自己微笑了。也许是真的。她想。自己是真的有点儿傻。

———— · 10 · ————

"夏芳然，我们今天在你家里搜出了一瓶约250克的氰化钾。"徐至望着面前这个女人。硕大的墨镜和口罩让他觉得这有一点儿荒诞。

"那是陆羽平托人搞来的，放在我家。"她的声音很自然，没有起伏。

"这么说是为了让你们俩自杀用的了？"

"你都知道了还问我干什么？"夏芳然娇纵地耸了耸肩膀，她垂在肩头的长发跟着闪了一下。

徐至暗暗地叹了口气，他不明白这女人为什么如此固执。就像那些已经一文不名还放不下架子的没落贵族一样，她已经毁容了却还忘不了自己是个美女。

李志诚拍了一下桌子，"夏芳然你注意你的态度！我再给你重复一遍……"

"坦白从宽，抗拒从严……"夏芳然静静地、慵懒地歪了一下头，"你还有没有点儿新鲜的？"

徐至丢了一个眼色给李志诚，微笑，"夏芳然，那你能告诉我你们为什么要自杀吗？你和陆羽平。"

"警察叔叔。"没有人看得见她的脸，当然也没人有兴趣看，可是她的声音却硬是让人想起"巧笑嫣然"这个词，"你下一句话是不是要说'这么年轻不要这么悲观'呢？还是算了吧，那是居委会大妈干的事儿。"

"不用这么客气。"徐至认真地看着她，"用不着叫我'叔叔'。我还不老——至少没有老到那种觉得年轻人没理由自杀的程度。"

"好吧，我告诉你。"夏芳然停顿了半晌，"我想你们已经知道了吧。我在那之前一个月就已经吞过一次安眠药了，可是被救过来了。你们可以去查市中心医院急诊室的记录。那个时候——因为我的那次植皮手术失败了。我觉得反正我的脸再也不可能变回原来的样子，不如死了好。可是我没死成。我睁开眼睛的时候陆羽平跟我说：'我这辈子是不会放过你的。想死的话我们一起死。我才不会让你一个人去。'这是他的原话，我一个字都没有改。"

"如果要自杀的话，你们为什么不留遗书？"

"为了让你们怀疑我是杀人凶手。"夏芳然的声音里有种温暖的轻佻，"我开玩笑的。我是想说，我们觉得没什么可说的。我们想死是我们两个人的事儿。说了别人也不会明白，所以何必呢？"

"你们在一起多久了？"徐至问。

"我怎么觉得……"夏芳然笑了，"这不像是审讯，倒像是在电台录《温馨夜话》《情感天空》什么的？"

"夏芳然，你认识赵小雪吗？"

"赵小雪？"她愣了一下，"有印象。等一下——我想起来了。她是'何日君再来'现在的服务生。对吧？小睦跟我说起过她一次。"

"那你认识这个吗？"证物袋里是一块小小的玉。红丝线已经很旧了，磨得看不出原来的颜色。

"这是陆羽平原来的护身符。早就丢了。他说可能是线太旧了，自己断开的。我记得我当初还跟他说，弄丢护身符可不是什么好兆头，会倒霉的。可是他说——'还会有什么比遇上你更倒霉'。"夏芳然像个小女孩，"我也知道他是开玩笑的。可是我当时还是很生气，跟他大吵了一架。"

"夏芳然，如果我告诉你这块玉并没有丢，而是被陆羽平送给了赵小雪。这能让你想起来什么吗？"

"我不明白你的意思。"她的声音很小。

"就是说……"徐至的声音突然间冷了下来，"就是说，陆羽平和赵小雪的关系让我们有理由怀疑你有杀人的动机。你知不知道——赵小雪怀了陆羽平的孩子？"

"我听不懂你在说什么。"她的声音依旧黯淡，没有了刚刚还焕发的娇媚的气息。

"关于赵小雪跟陆羽平的关系，经过我们的调查，已经可以肯定赵小雪没有撒谎。你——有什么要跟我们说的吗？"

"你们凭什么可以肯定？"她安静地问。

"这是我们的工作，请你相信我们。"

"我为什么要相信你们？你们说我杀人，我凭什么要相信你们？"

"'何日君再来'现在的老板和所有员工都可以证明他们俩的关系非同一般。"

"你说'所有'？"

"所有。"徐至加重了语气，"包括庄家睦。"

她挺直了腰板坐在那儿，像是个雕像。

"夏芳然，你在二〇〇五年的二月五日有没有收到过一封署名是'赵小雪'的信？信里赵小雪告诉了你她怀了陆羽平的孩子，希望你能成全他们俩离开陆羽平。好好想想——那时候陆羽平回家过年了，那封信是直接塞到你家邮箱里的，所以信封上没有邮票跟邮戳。根据赵小雪的口供，那天她是在早上七点半的时候把陆羽平送上火车的，早上八点她把信放进你家的邮箱里。她说她在早上九点的时候再转回去看，那封信和你家的《晨报》一起被人拿走了。你家的邻居告诉我们他可以确定在那天约八点他出门上班的时候看到过赵小雪，因为赵小雪问他夏芳然是住对面还是住楼下。他之所以记得很清楚是因为他以为赵小雪又是一个要来采访你毁容案的记者。那么夏芳然……"徐至的语速越来越快了，声音也越来越高，"据我们调查，二月五日那天你父亲正好在北京，也就是说你一个人在家，而你家的钟点工上班的时间是九点半，所以如果没有人能证明那天早上八点到九点之间有什么人到过你家的话，除了你别人没有可能拿走那封信。夏芳然……"徐至缓缓地说了最后一句，"我说得对吗？"

她像个雕像那样静默着。硕大的墨镜和口罩在这时更是像面具一样替她遮挡着所有难堪的表情。

"夏芳然。你还是要坚持说你不知道赵小雪和陆羽平的关系吗？"

她真的变成雕像了，一言不发，寂静的室内似乎只听得见徐至和李志诚两个人呼吸的声音，可是没有她的。

"夏芳然，我再问你最后一次。你知道陆羽平和赵小雪的关系吗？"

雕像依然是雕像。

"好吧，今天我们就到这儿。"徐至停顿了一下，"夏芳然，我觉得你是一个很坚强的女人。你很了不起，所以请你相信我——现在只有我能帮你。"

夏芳然安静地微笑了，徐至是从她说话的声音里听出来她正在慢慢地、艰难地、惨白地微笑着。她说："我说。我告诉你们我是怎么杀了陆羽平的。"

———— 11 ————

那年春天，所有的人都生活在瘟疫的恐慌中。那年春天，夏芳然没有跟这个城市的所有人一起经历瘟疫的恐慌。因为她是在病床上度过的。经历了很多的疼痛、很多的折磨，更多的是莫名其妙。她不知道那个陌生的女孩子是谁——后来他们说那是她的初中同学，她真有这么个同学吗？荒唐。好吧，更荒唐的是，她那个时候还没真正意识到那个女孩究竟对她做了什么。

她站在自己的斜对面。夏芳然模糊地想起那个夜晚。准确地说，夏芳然只看见她的半张脸。她似乎刚刚把几枚硬币放进收款机，然后她觉得疼了，然后她看见那个女孩子的右手保持着微微上扬的姿势，穿着黑色的毛衣——像个复仇女神。她那串红色珠子的手链从手腕滑到了肘关节。——这个没水准的女人，那串手链一看就是夜市里淘来的廉价货。然后就是声音，所有人的声音，其中就有小睦的，小睦喊着："抓住她，报警啊……"小睦尖叫的变形的声音有点儿像个女孩子。

再然后呢？再然后夏芳然就看见了自己的脸。她拿起那面镜子的时候清楚地看见了身边的父亲和小睦仓皇失措而又在暗暗准备着什么的表情。那天，站在夏芳然病房门口的走廊上的小护士们还记得，她们没有听到那一声意料之中的撕心裂肺的哀号。她们惊讶的同时又有一点儿隐隐的失望。当然她们的良知或同情心会马上跳出来灭掉这种失望，于是她们说："这个女孩子真坚强啊。"尽管这坚强是在一个非常糟糕的情况下被证明的。

那面镜子不是被夏芳然摔碎的，而是从她的手上静静地滑下来，从被单上滑到地面上。它孤独地碎裂是因为没人有心思去接住它。"小睦。"夏芳然的手紧紧抓住了离她最近的一只手。"芳姐。"小睦这孩子那么担心地叫她。"小睦。"她微笑，她的脸现在变得很僵硬，但她已尽了最大的努力让这笑容在她心里显得得体，"小睦。我现在不用化妆就可以去拍恐怖片。"

一个原本该惊心动魄的场景就这样过去了。夏芳然知道她这个时候有权利号啕，有权利寻死，有权利歇斯底里——没有谁能比她更有权利。可是那怎么行？在众人面前那么没有品格，让全世界的人茶余饭后欣赏她的绝望，博得一点儿观众们都会慷慨回报的眼泪或者对罪犯的声讨——这不是夏芳然要做的事情。

可是后来夏芳然想：我多傻。如果你从一开始就选择低下头的话，你就可以一直低着头。可是如果你一开始选择了昂着头的话，你就永远不能低头了。荣辱说到底只是一瞬间的事情。你已经有了一张不堪入目的脸，还要有一个不辞劳苦支撑这颗高傲的头的脖子。这一点儿都不好玩——但夏芳然当时没来得及想那么多，她认为她自己一定是还没进入新角色，还以为自己是那个就算鲜血淋漓也要笑靥如花的"湿润"的美女。

天气开始变热的时候夏芳然做完了第一次植皮手术。拆掉纱布的那天她微笑着说："没看出来好了多少。"医生耐心地看着她，"还早呢。这只是第一次。"那是个好医生。因为他依然用从前男人们看她的眼光温柔地甚至纵容地看着她。夏芳然是在后来才明白那其实有多不容易的。不过那些天的夏芳然对这个还浑然不觉，她那些天的心情甚至还不错。总是闲适地靠在病床上看看电视什么的。如果把满室消毒水的气味忽略掉，这里住久了还有一股家的味道。她无聊地按着遥控器，还不时地跟护士抱怨说为什么这么大的医院病房里都看不了凤凰卫视。然后，在那有限的几个频道里，她听见了她自己的名字，还有那个叫孟蓝的女孩。

于是她知道了，孟蓝的一审判决是死刑，剥夺政治权利终身。孟蓝没有上诉。她看这档节目的那天正好是孟蓝被枪决的日子。听到这儿的时候她还想着：死刑？太夸张了吧。一个如果卸掉妆根本不堪入目的女主持人和一个正襟危坐一脸忧国忧民相的专家在讨论孟蓝以及当代大学生们的心理健康。他们播出了孟蓝的家：只有一个连脑筋都不大清楚的老奶奶——那就是孟蓝唯一的亲人了。孟蓝的父母离异，从小没人管，一个弟弟十五岁的时候死于一场不良少年之间的械斗。——看到这儿的时候她模糊地想起小睦——小睦就是她的弟弟——她想还好小睦碰到了她之后走了正路。然后一个痛哭流涕的邻居对着镜头说孟蓝这个孩子从小多么懂事多么争气只是为什么要这么想不开——夏芳然想这简直是在演肥皂剧。然后主持人和专家一起慨叹其实孟蓝是值得同情的社会应该反思，等等等等。接着镜头里是当时医生们抢救夏芳然的过程。那个人是自己吗？脸上是焦炭的颜色，不停地发出待宰的牲口般的号叫，是自己吗？太过分了。夏芳然的指甲深深地掐进了手掌心。这准是在自己神志不清的那段时间拍的，这真让人不能忍受。镜头切向了小睦，眉清目秀的小睦眼泪汪汪的样子一定能赢得非常多的四十岁左右的家庭主妇的同情，"芳姐——括号，夏芳然，括号完——是个那么好的人，那个罪犯为什么要这样对待她呢？"——上帝，这个没出息的孩子。

一身囚服的孟蓝很瘦。她面无表情地直视着镜头，眼神里有种什么燃烧过的东西还在散发着余温。面对那些记者提出的悲天悯人的问题，只说了一句话："你能不能帮我转告夏芳然？我向她道歉，我知道这没有用，可是我真的想跟她道歉。"×的道歉有用的话要警察干吗？但是——夏芳然不得不在心里说："你很棒。没有像我一样任由他们羞辱。虽然我暂时还做不到接受你的道歉，但是我知道我终有一天会接受的——毕竟，和我同岁的你已经死了。"

主持人和专家又出来了。主持人说："两个花样年华的少女的人生就这样令人惋惜地毁于一旦。"你说谁毁于一旦——丑八怪？深入骨髓的寒冷就是在这个时候涌上来的。因为夏芳然在恶狠狠地自言自语"丑八怪"的时候突然间问自己：她是丑八怪？那我是什么呢？她明白自己以后的人生中，一定是躲不掉对这些丑八怪的羡慕了。她知道自己以后会做梦都想变成一个那样的"丑八怪"。说不定——这个"以后"，在下星期，明天就会开始。从明天起，任何一个丑八怪都可以在看到她之后自以为是地慨叹人生无常；从明天起，就是这些丑八怪在跟她说话的时候都可以自以为是地躲躲闪闪，害怕会伤害她——更妙的是，一些比较善良或者说喜欢自作多情的丑八怪会在她面前心照不宣地不提有关时尚、有关美容、有关化妆品的话题；一些比较文艺或者说喜欢无病呻吟的丑八怪会在看过她原先的照片之后说："瞧这个女人，她只剩下了回忆。"——她已经可以想象某个来采访她的记者会在社会版里这样下作地煽情，"夏芳然很倔强，即使是在今天，她依然保留着涂指甲油的习惯。"——是的，她活着，这些丑八怪终有一天会像赶百货公司的折扣一样争先恐后地来弄脏她最后的尊严；她就是死，他们也可以为这场消费轻而易举地埋单——他们的良心就是最值的优惠券。

天！一阵眩晕排山倒海地打垮了她。她不知道她自己出了一身的冷汗。她想：天！眩晕就像是海浪，散发着原始的腥气。没错，腥气，她摇晃着冲进洗手间，她不顾一切地呕吐。她的脊背开始钻心地疼痛——植皮手术让她原本光滑的后背布满了类似鳞片的疤痕。"我现在像条鲤鱼。"曾经她开玩笑地对小睦说。

陆羽平就是在那个时候出现在她身后的。他站在她身后看着她蜷缩在地上全力以赴地对着马桶干呕。然后他蹲下来，把浑身发抖的她抱紧。他说："你哪儿不舒服？"——你哪儿不舒服？能问个聪明点儿的问题吗？

夏芳然还是允许自己待在他怀里，直到她觉得她可以安静下来了为止。她感觉得出来他不是一个对女人有经验的男人。他抱她的时候有些紧张——这是他第一次这样拥抱一个女人也说不定。她的脸埋在他胸前，然后她听见了他急促的心跳声。他的手几乎是小心翼翼地落在她的头发上——原先她那头长发在手术时被剪短了，短得像个上初中的小女生。他抚摸着它们，刚开始是笨笨地，很迟疑，到后来他的手渐渐变得柔情似水，缠绵的气息就这样家常地氤氲了上来，恍惚间夏芳然觉得自己已经跟这个男人厮守了很多年。

越来越精彩了。夏芳然对自己冷笑。那个半年来天天风雨无阻只为了来喝一杯咖啡的嫩角色现在也粉墨登场，以为自己有的是资格扮演一个施主。真 × 妈的虎落平阳。最可恨的是，她自己居然给了他一个这样的机会——这让夏芳然胆寒和沮丧。那么好吧，该你说台词了。请原谅我不能在这么一个温情而又委屈的时刻用眼泪打湿你的衬衫。通常在这个时候男主角应该无限怜惜地捧起女主角的脸为她拭去这些泪——我们显然不太适合这么做。

陆羽平沉默了很久，说："你能不能——让我留下来？"

难怪这句话听上去耳熟。小睦当初也是这么说的。

夏芳然说："轮不到你来可怜我。"

他说："我只是想照顾你。"

"我不需要。"她微笑了。她想看看他怎么回答。如果他用那种肉麻的语气说"你逞强的样子让人心疼"之类的话夏芳然确信自己可以把他的头就势按到马桶里。可是他说："我需要。可以了吗？"

"我现在贬值了，你消费得起了，对不对？我知道你心里怎么想。你觉得我不过是不想拖累你其实心里对你感激涕零。但是那是不可能的。我才不是那种人。我现在比任何人都有资格当坏人。你别妄想着能感动我。"

陆羽平慢慢地回答——似乎是很胸有成竹的，"你是我这辈子喜欢过的第一个女人。如果我因为你出了事就这么逃跑——我永远都会看不起我自己。我今年二十岁，要是永远看不起自己的话，那么长的一辈子我该怎么打发？就算是你给我一个机会，行吗？"

你不得不承认他值得加分。陆羽平自己也看出了这一点。因为他明显地感觉到怀里的夏芳然突然间柔软了下来。虽然他看不见她的脸——她的脸依旧紧紧地贴在他的衬衫上，可是他知道她笑了。她说："你比我小三岁。"

他也笑了，"现在流行姐弟恋。"

她说："我的脾气很糟糕。以前因为是美女所以觉得这没什么。可是现在——我改不过来了。"

他说："我也有缺点。我……"他想了想，像是下定决心那样地点点头，"我讨厌刷牙。"

"你真惨。"她愉快地叹口气，"第一次谈恋爱就这么特别，说不定这会影响你以后的心理健康呢。你知道的，我现在的样子——很难看。"

"要是你愿意，我可以当你是贞子。这样就没问题了。"

"说不定哪天，我会像贞子那样杀了你，也没问题吗？"

"没问题。死在美女——我是说前任美女手里是我从小的梦想。"

"还好意思说，当你自己是韦小宝啊？"

她的手臂终于慢慢地圈住了他的脊背。一种相依为命的错觉就在她跟这个陌生的男孩子之间像晚霞一样绽放。他们没办法接吻，他的嘴唇停留在她的耳边，他轻轻地说："夏芳然，我的名字比'韦小宝'要好听得多。我叫陆羽平。陆地的陆，羽毛的羽，平安的平。记住了吗？"

——●— 12 ·——●—

夏芳然于二月十七日的口供：

你们说得没错，陆羽平是我杀的。动机你们都知道了——反正动机不重要，我告诉你们我是怎么做的。可是有一件事我必须要再说一遍，在我吃安眠药被救过来之后，陆羽平是真的跟我说过那句话。他说"要死咱们俩一起死我这辈子是不会放过你的"。不管他做过什么，我都还是相信他说的是真话。可是我不能原谅他。为什么——其实杀人这件事，说难也难，说简单也简单——没有那么多为什么。

氰化钾是我在网上买的。我在一个化工网站的 BBS 上看到一个帖子——网站的名字我已忘了。发帖子的人是一个私营小工厂的厂主，他列了几种他们厂生产的产品，问有没有人要买。我就跟他联系上了，说我爸爸的公司需要。除了氰化钾之外，我还随便要了两样别的东西——我怕他起疑心。我知道买氰化钾特别麻烦，需要专门的证明什么的，我就跟他讲，我们公司现在急需这些，大家都是做小本生意的，能不能给个方便，省了那些手续——

我说我可以多给他钱。我们约在鼓楼街的那家麦当劳见的面。什么时候？让我想想——那天是大年三十，对，大年三十那天人很少，尤其早上就更是。我们约在早上九点——他看到我戴着大墨镜还有口罩的时候有点儿警觉。我很直率地跟他说我是被毁容的。我说我原先是化工厂的技术员，是工作的时候出了事故，所以我才辞职回家用我爸的钱办了个做化学产品的小公司。我爸是法人，但是事情其实都是我来做。我说得头头是道，他就信了。他还特同情我，说我可惜，还说我了不起——有意思吧？我做梦也没想到有一天我这张被毁了的脸也会帮我的忙。塞翁失马，焉知非福？我算是明白了。我当然记得这个人叫什么，手机号我也有——你们会去抓他吗？不至于吧？他是个好人。

二月十四号那天，我跟陆羽平准备一起去看赵薇和陆毅的那部《情人结》。我挺喜欢陆毅和赵薇的，我就想这样也好，我们俩一起看的最后一部电影是这个。你问哪一家电影院——华都，就是离南湖公园很近的那家。你们知道我原先的计划吗？我原先是想在电影院里做这件事的。在电影演到一半的时候，把放了氰化钾的啤酒给他。我知道氰化钾会让人在一瞬间送命。他会死在一片黑暗里，但是电影院的大银幕上故事还在演。等电影完了，灯光亮了，人们退场的时候才会发现他。这挺浪漫的，对吗？

可是我们到得太早了。七点开场的电影，我们五点半就到了电影院门口——我们以为路上会塞车可是没有。我们就想找个清静的、人少的地方待一会儿，到电影开场的时候再进去。这两年来——我很不愿意在人多的地方待着，你们也知道，这对我，的确不大方便。于是我们就来到了南湖公园的湖边。因为那天很冷，天又快黑了，湖边人很少。非常巧，也可以说非常不巧的一件事：我们碰上了丁小洛。我以前也听陆羽平说过，她是他的房东的女儿，一个——胖胖的，用陆羽平的话说是缺心眼儿，用我的话说是傻头傻脑的小姑娘。我没想到会在这儿碰见他们，更没想到丁小洛和那个跟她一起来的男孩子——叫什么来着——对，是叫罗凯，他们俩听说我们是要去看《情人结》，那个小洛就吵着非要跟我们一块儿去不可。最严重的是陆羽平就特别爽快地答应他们了。我想这下糟了，我又想老天是不是派了这两个孩子来阻止我干这件事儿？然后陆羽平就开始跟他们聊——东拉西扯的。陆羽平特别喜欢跟小孩子说话。而且他这个人——心软，不忍心驳任何人的面子。然后，那段时间里我，我心里特别乱。其实我知道我自己是在犹豫了，我也知道我如果现在后悔一切都还来得及。说真的我记不得那个时候我在想什么了。没撒谎，我真的记得不清楚。再然后，在电影马上就要开场的时候，那两个小家伙跑去买玫瑰花——为什么？你说为什么？那天是二月十四号呀。我记得我第一次收玫瑰花的时候也是丁小洛那么大。

　　湖边就只剩下我们俩。我的心跳得很快，很快，耳朵里面一直有一种像是鸽哨的声音——我自己也不知道为什么就把带来的啤酒打开了，我是听见那一声易拉罐的声音才知道我把它打开了的。放毒药是件特别简单的事儿，我就是在陆羽平对我说"天气这么冷，你当心一会儿又胃疼"的时候把氰化钾放进去的。然后他说："还是让我替你喝了吧，否则你一定会胃疼。"我说："不。"他说："听话。"他是这么说的，"听话"。

　　就像是以前考试的时候，你碰上一道不会做的选择题。你不能确定是要选 B 还是要选 C。这个时候铃声已经响了，监考老师已经开始收考卷了。你大脑里一片空白，你就这么写上了一个 B。为什么不选 C 呢？其实选 B 还是 C 对你来说都是一样的。你选了 B 并不代表你觉得 B 比 C 更合适。只是为了选一个而已。我这么啰唆一大堆，就是为了说我当时把那个啤酒罐递给陆羽平的时候的心情就像是在决定选 B 还是选 C，严格地说那连"决定"都谈不上，我，表达清楚了吗？虽然我脑子里很空，但是心里却清醒得很。尤其是当我看着陆羽平把那些啤酒喝下去的时候，我心里从来没有那么清醒过。就像佛教说的：一念心清净。不对，说这种话好像对神明太不尊敬了。总之，我就是觉得，如果那两个小家伙跟我们一起到电影院去的话，我是不会有胆量再照着我原先的计划去做的。因为——跟一群陌生人一起在一片黑暗之中是一回事，可如果你知道黑暗之中有两个认识你、刚刚还跟你说过话的人就完全是另外一回事了。

就像我知道的，他是在一瞬间倒下去的。他在倒下去的时候还把手伸给了我，那个时候我也自然而然地拉住了他的手。我忘了眼前的这些都是我干的。他的手开始还是暖暖的，后来才慢慢变冷。我为什么没有马上离开那儿呢？我也不知道。我只记得我突然间害怕得不得了。我在想——原本是打算在电影院里的一片黑暗中做的事情，怎么突然间变成在光天化日之下了呢？说到底理想跟现实之间是有差距的啊。我一直坐在他身边，握着他的手，无论如何，他对我的好我是不会忘记的。就在这个时候，那两个孩子回来了。

关于丁小洛的事，我可以明天再说吗？我今天很不舒服，可能有点儿发烧，嗓子也疼。我累了。不过我想说的是，丁小洛的事情真的是个意外。我想要把她拉上来的。我不会游泳。我的头快要裂开了，今天就到这儿好吗？你们这儿的饭真是好难吃啊。我想我要是能吃得好一点儿也不会生病。过分。我们纳的税都到什么地方去了？真是过分。

———— 13 ————

徐至知道也许很多年后自己依然不会忘记这场审讯。这个女人像是在讲一场旅行那样兴致勃勃。尤其是当她讲到她原先在电影院里的计划的时候，那语气完全是个躲在角落里偷偷看着自己暗恋对象的小姑娘。"其实杀人这件事，说难也难，说简单也简单——没有那么多的为什么。"她说得轻描淡写，好像她杀过很多人。可是她的语气温柔无比，在呵护着某些珍贵的回忆。在整个审讯的过程中，其实他们很少打断她，因为她的声音里有种毋庸置疑的力量，让你不由自主地任由她一气呵成行云流水。然后徐至感叹：要是所有杀人犯都这么会说话，那他对这份工作一定会更有热情一点儿。然后徐至问自己：我为什么要当警察？当他嘲笑自己滥情的时候，他已经开始回忆了。

在学校里的时候他们大家都还有梦想。那个时候很多香港片像是上天的恩赐，抚慰了像徐至那样认为人生无聊得不可救药的孩子们。在警校的时候，大家集体逃课去录像厅热血沸腾地看《英雄本色》，看《喋血双雄》。梦想着自己有朝一日拿起枪来会像周润发一样酷，不幸却忘了周润发演的是黑社会。可是少年时的徐至跟他们有些不同。他当然也喜欢那些电影，可是做一个除暴安良的孤胆英雄却不是徐至的梦想。他想成为的那一种警察活在一部美国电影里。徐至不知道这部电影是由两个演技派天后级的女星主演，而且还一举捧红了如今呼风唤雨的性感帅哥布拉德·皮特。他不知道这些。他只知道那里面有两个原本结伴出来度假的女人，因为偶然的事情杀了人。从此她们开始了漫长的逃亡。这种生活看上去比做快餐店服务员和天天为晚饭菜单伤脑筋的家庭主妇有意思得多。但这两个亡命的女人不了解，在这世界上唯一理解她们的人就是那个一直负责追踪她们的警察。最后一幕，这两个女人相视一笑，加足了汽车的马力飞进了面前的大峡谷。她们至死也不会知道，是那个警察成全了她们最后的、壮美的飞翔。一场戏总算有一个真正懂得的观众，那是一种令当时的徐至着迷的惺惺相惜。

　　这才是真正的好警察。他觉得这比周润发要更——侠胆柔肠。那个时候的他们都不知道，警察永远不可能变成侠客。侠客的时代或者是永远过去了，或者是根本就没存在过——不过是这个世界自己对自己撒的一个大谎。等徐至想明白这件事的时候他已经在紧急的追捕中对逃跑的罪犯开过枪，已经在审讯的时候对"打死我也不说"的罪犯动过手——原则上这当然是不对的，可是徐至不相信这世界上有哪个警察从来没这么做过。他早就已经知道一个人在活着的时候想要成为英雄基本是不可能的——成龙也许除外。所以他只想做一个聪明的警察。然后夏芳然来了。这个巧笑嫣然的杀人犯，不像《本能》里的莎朗·斯通那样张扬地炫耀她若隐若现的大腿。事实上她根本没有什么可以炫耀的了。但她依然轻柔地说："杀人这件事，没有那么多的为什么。"依然撒娇地说："我今天生病了。你们这儿的饭好难吃啊。"徐至相信她是杀人的那块料——聪明的警察懂得如何判断这个。但是他喜欢这个女人。不是一般人理解的那种通俗的喜欢。

"徐至。"李志诚又是风风火火地闯了进来，"真是踏破铁鞋无觅处，得来全不费工夫！"

"不简单。"徐至微笑着，"会说成语。"这是徐至总结出来的对付李志诚这种时不时自我膨胀的家伙的最好方法。

"真的徐至。你看……"李志诚最大的优点就是脸皮超厚，"昨天我无意中发现的。案发那天丁小洛跟夏芳然不是第一次见面。"

"噢。"

"徐至，你知道夏芳然在开咖啡馆之前是师范学校毕业的。她没有去当老师，但是她毕业前实习过。五年前，她实习的那所小学正好就是丁小洛的小学。然后我就又到那所小学去了一趟——你猜怎么？"他故意停顿了一下，"夏芳然正好教过丁小洛的班，教音乐。丁小洛当时的班主任还给我看了一篇丁小洛的作文——这个班主任了不起，她说二十几年来写得好的学生的作文她都会留着。那篇作文的题目是《我的老师》，丁小洛写的就是夏芳然！"李志诚丝毫没有注意到徐至正用一种同情的眼神看着他，"我就知道，我就知道丁小洛死得奇怪。我倒要看看这个女人她还有多少花招要耍……"

"李志诚。"徐至脸上是一副忍无可忍的表情，"你想过没有？她已经承认了她杀陆羽平，如果丁小洛真是她杀的的话，她有必要隐瞒吗？"

"我不知道。"李志诚有点儿不高兴，"但是我就是不相信丁小洛会是自己掉下去的。"

"就算她们以前认识，可是那又怎么样？五年不见夏芳然有可能认不出丁小洛了。你别忘了丁小洛更有可能不认识夏芳然。而且——小学里能有什么事情让人去杀人？不是说完全没有，但是可能性太小……"

"队长。"婷婷的声音细细地从角落里传出来，"一个人没有必要弹琴给一头牛听，对不对？"

————— 14 —————

丁小洛一直到最后都是一个鲜活和明亮的小姑娘。多年之后她会像所有人想象的那样变成一个肥沃、愉快、热心肠并且话多的女人。她年轻的时候或许不会被很多男孩子追逐，但其实她这样的女孩子往往会比那些漂亮女生更容易得到一份稳定和知足的幸福。小洛很少抱怨什么——等她长大以后她才会明白这是一个多大的优点。只是她已经永远没有了长大的机会。当然，这是后话。

三年级小学生丁小洛看上去已经不再像小时候那么圆滚滚的了。她依然胖，可是大人们倒还是看得出来如果这个孩子在青春期可以长得高一点儿的话，到了十八岁她有希望出落成一个体态适中的姑娘。——当然苗条也许还是没戏。遗憾的是她的眼睛——依然只有那么细细的一条缝。一笑起来就更是没救了。偏偏小洛还很喜欢笑，一点儿小事就会笑个不停，她的笑声是很好听的，就像那种铜制的，又清脆又有质感的小铃铛。可是小洛自己不知道这个。因为这种特别清脆的笑声总是给她带来麻烦——比如老师在上课的时候听见这个声音的话会恼怒地罚她站。所以小洛觉得自己毫无顾忌的笑声真是样伤脑筋的东西。

小洛真心地喜爱一切与美好有关的东西。比如清晨的阳光，比如盛开的花——无论是花店里卖的，还是草丛里野生的，在小洛看来都是一样。花是那么奇妙的东西，看上去那么柔弱，却都可以拼尽全力爆裂出一种虽然纤细但是毋庸置疑的鲜艳。小洛当然还喜欢商场里的那些漂亮裙子。可是小洛却从没像她的小朋友们那样因为妈妈不肯为她买下来而生气——小洛真的只是喜欢看看而已，如果真的拥有的话，怕是自己又要像小时候面对那个娃娃那样手忙脚乱的。那样就太没出息了。自己都觉得不好意思。小洛自己常常觉得困惑，为什么别的女孩子看到学校花坛里的花开了总会背着老师在人少的时候偷偷摘两朵呢？小洛就不。倒不是认为这是损害公物，也不是害怕老师的责罚，而是——占有一样美丽的东西的时候不该这么心安理得，小洛概括不出这个句子，可她生来就懂得。

夏老师是丁小洛八岁那年的一个童话。那一天，夏老师站在讲台上，对着所有的孩子嫣然一笑，"我的名字叫夏芳然。你们叫我夏老师，记住了吗？"拥挤的教室里有一秒钟的寂静，然后爆发出几十个孩子清脆还有自由的声音，"记——住——了——"站在讲台上的夏老师当然不会知道，这几十个声音里埋藏着一个小女孩拼尽全身力气喊出来的一声"记住了"。如果可以把这个声音分离出来，你就会惊讶地发现它原来这么嘹亮，这么喜悦，还有这么动人。

这个小女孩当然就是小洛。没有人注意到小洛的眼睛亮了。她就像是看见日出，看见彩虹，看见一轮明月照亮波光粼粼的大海那样看见了夏老师。怎么可以这样美呢？小洛问自己。夏老师明明不施脂粉，明明留着最简单的披肩发，明明只穿着一条最简单的牛仔裤。她就这么毫无准备地来到小洛面前，拥挤的教室里突然照进来一道斜斜的阳光，一堆陈旧的、歪七扭八、满是刘痕的课桌看上去突然变得朦胧和亲切了，因为它们沉默地做了夏老师的背景。夏老师轻盈地落在忍辱负重的课桌中央，空气于是突然间绽开了一个伤口，那里渗出的清新而艳丽的血液就是夏老师蜻蜓点水般的微笑。

一个月以后，在一篇题目叫《我的老师》的作文里，小洛这样写："等我长大以后，我要当一个服装设计师。我要做出最漂亮的衣服给夏老师穿。我想创造一些人们从来没见过的颜色，因为每次上完夏老师的课，听完她唱的歌，我的心里就会有好多好多这个世界上并不存在的颜色在跳舞。我想那就是音乐的颜色吧。总有一天我要告诉夏老师：这些颜色本来就都是属于她的。"

丁小洛的班主任把这篇作文拿给夏芳然看的时候，她正坐在办公室里望着窗外发呆。她觉得实习这种糟糕的生活漫长得似乎永远不会结束。你只能穿最难看的衣服，只能天天对着那一群嘈杂得让人头晕的孩子，这阴暗的办公室里那些人到中年整日家长里短的女老师们一个个对你虎视眈眈，就像电影里 20 世纪 50 年代的妇女主任。夏芳然沮丧地明白了自己永远做不成一个好老师——为人师表这么光荣的事情，就留给那些干燥的女人去做吧。

那个写这篇作文的叫作丁小洛的孩子很怪。夏芳然之所以记住她是因为她有一副绝好的嗓子但是没有好的乐感来跟这嗓子匹配。夏芳然摇摇头，总而言之，她对别人的事情通通没有兴趣，何况是一个萍水相逢的孩子的嗓子或乐感。还是想想自己尽管八字还没一撇的咖啡馆——那可是这发霉的日子里唯一的兴奋剂了。夏芳然要管她的店叫"何日君再来"。她已经决定了。

但是夏芳然从来就不知道，那个孩子满怀感恩地跟着她唱歌，看不出来夏老师美丽的微笑里有多少勉强，同样看不出来这位夏老师已经快被这空气不流通的教室、快被他们这群永远也安静不下来的小麻雀逼疯。夏芳然更不知道自己就在无意中点燃了这个孩子对生活的热情、信心，甚至是想象力。

然后，冬天来了。

那年冬天学校选中小洛的年级代表学校参加市里的千禧年歌咏比赛。夏芳然则必须非常不情愿地在实习马上就要结束的时候担负起准备这次比赛的责任。丁小洛一直都记得，她知道自己被选进了为了比赛临时组起的合唱队的那一天，天气绝好。北方的冬天如果阳光明媚的话，很容易看到一种锋利的天高云淡。虽然锋利，却根本没闪着那抹咄咄逼人的寒光。那是小洛喜欢的天气。她跟着合唱队一起练歌，准确地说，跟着夏老师练歌。除了比赛的规定曲目外，夏老师选择了一首叫作《明天会更好》的歌。夏老师说："这是首老歌了。它很适合童声合唱。"

于是，小洛关于那个冬天的记忆，变成了一样可以贴上五个字的标签的标本：明天会更好。为了练习，放学回家的时间常常很晚。白昼一点点地变短，巨大而疲倦的地球无声无息地把越来越长的黑夜留给北半球的孩子们。可是尽管这样，在令人沮丧的冬日的黄昏里，在北半球这声冗长的叹息里，依然有一群孩子在为它感恩和喜悦地歌唱着："轻轻敲醒沉睡的心灵，慢慢张开你的眼睛。看看忙碌的世界是否依然孤独地转个不停。春风不解风情，吹动少年的心……"

什么叫"风情"，小洛其实不大了解。可是她隐约感到了，这不是个大人们乐意从小孩子的嘴里听到的词。因为它牵涉着某种秘密的，但是妩媚的欲望。可是现在不同了，小洛可以光明正大地让这个词在她口中大摇大摆地进进出出。不仅是大摇大摆，还可以搔首弄姿。唱歌真是一件好事啊。小洛心满意足地叹着气。叮叮咚咚的钢琴声中，当讲台上的夏老师的左手像花一样盛放的时候，他们就该开始唱了。小洛站在一群孩子里，听着歌声盖过了钢琴声，夏老师站定在他们面前，用双手跳舞。原来人是可以站着跳舞的。

"抬头寻找天空的翅膀，候鸟出现它的影迹。带来远处的饥荒无情的战火依然存在的消息。玉山白雪飘零，燃烧少年的心……""停一下。"夏老师给负责钢琴伴奏的六年级的大姐姐一个手势，"我们把那句'远处的饥荒'再唱一遍，刚才唱得不齐。"音乐声重新响起，已经擦黑的天空里路灯刚刚点亮。小洛觉得自己的身体里有种紧紧的、温暖的快乐把血液这样猩红和残忍的东西变成温暖的浪潮。小洛在涨潮的声音里闭上了眼睛：风情，是指这个吗？

那天正好是冬至。小洛心里隐隐地有点儿害怕。因为这两天练歌练得的确过瘾，昨天她忘了写数学作业。老天保佑老师不要发现小洛没有交作业本啊。因为她听说邻班的一个小女孩就是因为没写作业然后她们班主任就不许她参加合唱队了。对小孩子来说，最残忍的事莫过于提心吊胆。可是好像没几个小孩子可以躲过。小洛在那个十二月的、寒冷的日子里度过了她八年来最灰暗的白天。好不容易挨到中午放学，她趁着爸爸妈妈午睡的时候把作业补完，一边写一边对自己说："要写整齐一点儿啊，如果很乱的话老师看得出来的。"然后她很早就来到学校，偷偷溜进老师的办公室，还好，他们班上午交的本子只改完了一半，小洛舒了一口气，把自己的练习本塞进还没有批改的那摞本子的正中央。后来她常常问自己：自己那天那么紧张，那么害怕，偷偷地把本子塞进去的时候手指抖得厉害——为什么呢？仅仅是因为害怕老师发现后有可能不让她继续参加合唱队吗？还是因为，她有某种预感？

那天下午放学的时候，班主任把小洛叫进了办公室。小洛错愕地想，不会啊，中午应该没有人看见她才对的。班主任对小洛微笑，她说："小洛，这次真的很不巧。夏老师今天去少年宫借服装——就是你们上台穿的。可是，实在找不到大号的了。——你知道因为快要新年了，演出什么的特别多，想要借到衣服特别难。所以小洛，不是说你唱得不好啊，没有这个意思。其实二班和五班有两个跟你一样比较胖的同学也被换下来了。夏老师专门说，你们这些天练习得都很好，很努力，衣服的事情实在没有办法。小洛，很对不起，你能理解老师吗？"

小洛心里有种如释重负的踏实：原来不是因为作业，数学作业一点儿问题都没有，原来是衣服的关系，不过是衣服而已。小洛对老师重重地点点头，微笑了，"能。"

老师又说："咱们班是许缤纷来替你。她没有练习过，不大会唱这首歌。你能教教她吗？这也很光荣。要是咱们学校真的得了第一名，也有小洛的功劳呢。"

小洛又是重重地点点头。心里简直是高兴的。那些折磨了她整整一天的惊慌终于全都飞走了。衣服的事情是小事情，其实小洛早该想到的。没有关系，如果是因为衣服的话一点儿关系都没有。小洛一个人轻松地，甚至是愉快地走下放学后又空又长的楼梯。日光暗淡。听说冬至这一天是一年来夜最长的日子。小洛开心地想：这下好了。今天不用练习，能早点儿回家。妈妈一定在包冬至的饺子了。小洛最喜欢看妈妈一张张擀皮的样子，觉得妈妈好厉害。就在这时，小洛猝不及防地听见顶楼传出的歌声："唱出你的热情伸出你的双手让我拥抱着你的梦，让我拥有你真心的面孔。让我们的笑容充满了青春的骄傲……"然后歌声停了。小洛知道一定是夏老师嫌"骄傲"这两个最该出彩的字唱得不够圆润。但是小洛还是悄悄地在心里替她的同学们把下面一句唱出来了："让我们期待明天会更好。"

正式比赛的那一天到来了。小洛还是跟着去了。是作为观众去的。入场券数目有限，一般老师们都会给学习好还有听话的小朋友。虽然小洛的成绩很一般，可班主任还是给了小洛一张票。开场前小洛在后台帮着大家换衣服，后台的灯光有一种不切实际的梦幻感。在那样的灯光下，小洛第一次看到了那些让她被刷下来的裙子。是很浅很浅，花蕾般的粉红。夏老师说在舞台的灯光下它们会变成乳白色。第一个女孩子把裙子换上了，胸前的小亮片在她的眼睛里一闪一闪的。接着是第二个，第三个，后来所有的女孩子都这么简简单单地就变成了小仙女。小洛惊讶地站在一旁，甚至不敢大声呼吸。还是她们吗？那些平时每天一起上课、下课经常为了丢沙包之类的游戏闹别扭的她们吗？她们嬉笑着说冷，夏老师笑着说只要坚持一会儿就好了。那些缀满花边的裙摆顺着她们的声音一颤一颤的。灯光沐浴着她们，小洛忘了其实她自己也站在这灯光的下面。忘了其实她自己本来也有可能变成这样一个小仙女。恍惚间，他们刚刚脱下来的满室冬装变得那么臃肿跟龌龊，就像是这些小仙女的蝉蜕。小洛惊慌地想，自己是不是也跟这满屋子被换下来的冬装一样难看，一样散发着发霉的日子的气息呢？

"丁小洛。"那个把小洛换下来的女孩子——许缤纷在叫她，"叫了你好几声了，怎么不过来啊？过来帮我把后面的带子系上。"

要是在平时，听到许缤纷这么飞扬跋扈地说话，小洛是不要理睬她的。可是今天，她也变成了小仙女中的一个。她翩然转过身，裙子就像她的羽翼一样在空气里画出一个美妙的弧度。小洛于是——坦白地说，不大敢不理睬她了。她默默地过去帮许缤纷把带子系上。跟自己说："还是回到观众席上比较好，那里比较像真正的人间。"

观众席是人组成的海洋，掌声就是浪。小洛坐在那里觉得很踏实，当如潮掌声响起时小洛就自豪地觉得自己也是很有力量的，因为自己的掌声也是潮声里的一份。报幕的女孩子出来了，然后小洛的同学们入场了，最后出来的是夏老师，她换了一条那样潋滟的桃红色的长裙，优雅地鞠躬。全场寂静。小洛一直都觉得如果一个地方有很多人却没有声音的话是压抑的——比如教室，比如考场，比如图书馆。可是观众席上众人的寂静却给人一种无比荡气回肠的感觉。钢琴声响起，夏老师一如既往地开始站着跳舞，桃红色真适合她。桃红色让她变成了一只蝴蝶。小仙女们的歌声突然间就被灯光清洗了。

轻轻敲醒沉睡的心灵，

慢慢张开你的眼睛。

看看忙碌的世界是否依然孤独地转个不停。

春风不解风情，吹动少年的心。

让昨日脸上的泪痕，随记忆风干了……

她们唱得真好。小洛由衷地赞叹着。比从前任何一次的练习都好。是真的，她们的裙子在强烈的灯光下变成了粉蝶那样的乳白色。舞台上的灯光就像一片厚厚的，厚厚阳光下的雪地。让人不自觉地享受着一种美妙的孤独。更妙的是，这孤独不是无止境的，谁都知道有掌声在后面等待着。掌声是海。站在舞台上的人于是就同时拥有了雪地和海洋。雪地和海洋，让人联想起很多很多年前的冰川纪。

抬头寻找天空的翅膀，

候鸟出现它的影迹。

带来远处的饥荒无情的战火依然存在的消息。

玉山白雪飘零，燃烧少年的心。

使真情融化成音符，倾诉遥远的祝福。

小洛闭上了眼睛。没错的。雪地和海洋，让人联想起很多很多年前的冰川纪。歌声就是伴随着古老的地壳慢慢裂开，渗透在这伤痕上的阳光。小洛眼前的黑暗中有一朵彩色的光在绽放，然后小洛听见寂静的观众席上，飘浮出她自己的声音，艰难但是准确地和着舞台上的伴奏：

　　唱出你的热情伸出你的双手，

　　让我拥抱着你的梦。

　　让我拥有你真心的面孔……

　　不管了。小洛不管了。就算有很多双奇怪、嘲笑跟厌恶的眼睛看着她，就算她的周围马上就要响起一片轻笑，就算马上会有老师过来说她影响公共秩序。小洛把眼睛闭上就是为了不管这些。她想唱歌。她今天才明白人为什么要唱歌。她想要在这个空旷而又荡气回肠的地方听见自己的声音。这个为了抵御无边无际的孤独才会变得美丽动人的声音。

　　小洛于是放开了嗓子，"让我们的笑容充满着青春的骄傲，为明天献出虔诚的祈祷。"然后一个奇迹来了。她听见周围有另外几个小朋友在跟着她、跟着台上的音乐一起唱。几个，然后变成她所坐的这一排，歌声在扩散，像回声一样扩散，当她唱到"为明天献出虔诚的祈祷"这句的时候，这个剧场一千多个孩子的声音融化到了一起，变成了真正的被灯塔的光照耀过的海面。一千多个孩子一起唱着：

　　唱出你的热情伸出你的双手，

　　让我拥抱着你的梦。

　　让我拥有你真心的面孔。

　　让我们的笑容充满着青春的骄——傲——

让我们期待明天会更好。

小洛满眼都是泪。天，他们一起把那两个最华彩的音符"骄傲"唱得多好听、多完美啊。要知道一分钟以前他们还是陌生人。夏老师就在这时缓缓地转过身，她开始对着观众席用双臂跳舞。所有的孩子都心照不宣地明白这个意思。一阵音乐声后，他们一起跟着夏老师的手势唱：

谁能不顾自己的家园，

抛开记忆中的童年。

谁能忍心看那昨日的忧愁带走我们的笑容。

青春不解红尘，胭脂沾染了灰。

让久违不见的泪水，滋润了你的面容……

后来小洛就听见了掌声。掌声。掌声。他们学校自然是得了第一名。那一天是小洛短暂的一生里最幸福的一天。后来的日子里，她经常一遍又一遍地回忆着那个神奇的瞬间，那个一千多个人突然间像是一起被施了魔法的瞬间。小洛想：那是不是一个梦呢？但是那种浪涛一样的歌声是真的回响过啊。她不知道那个施魔法的人其实正是她自己。小洛从来没有对人提起过这件事，从来没有，有时候她会自己轻轻地哼一下这首歌的曲调，真的只是哼给自己听。非常轻，像是怕冒犯了什么。

———— 15 ————

两周以来罗凯常常在梦里听见海水的声音，很远但是很真切的潮声，圆圆的月亮在夜空里赤裸着。浪涛是月光跌碎的声音。那是罗凯童年时候的记忆。罗凯是在一个海滨城市出生的。是后来才跟着爸爸妈妈迁到这座完全位于内陆，闻不到一点儿潮湿的气息的北方城市。这个后来可真长。在这个后来里发生了很多很多的事情。往往是在这个时候，罗凯就知道自己醒了。潮声还在耳边回响着，可是眼前已经出现了窗帘上气若游丝的阳光。然后他听见医生跟警察们讲："他现在还不能跟你们说话。"

有件事情很奇怪。虽然从来没有人跟他说过，但是他知道小洛死了。其实他只不过是看见了那个名字叫陆羽平的大男孩的尸体而已。但是他在梦中，在那些跌碎了的月光里，无比清晰地明白了：死的人不只是陆羽平，还有小洛。他睁开眼睛的时候听见妈妈在哭，妈妈说"宝贝你想吓死我呀"。那时候有种像阳光一样强大的孤独侵袭了他，他知道那是因为这个世界上现在只剩下了他自己。小洛不会再回来了。他明白从现在起他要不动声色地学会很多东西——究竟是什么，还不知道，还没来得及想。

在徐至眼里，罗凯是一个很好看的小男孩。用徐至的标准来说，一个男孩子这么秀气不是什么好事。可是好像婷婷这样的小姑娘们就喜欢这种类型。想到这儿徐至对自己微笑了一下，该不会是真的老了吧。他没有想到自己这个不经意间一闪而过的微笑让罗凯有了一种亲切感。这个男孩子歪了一下头，对徐至说："你不像个警察。"

"那你觉得警察应该是什么样子的？"徐至问。

"应该是——特别凶的那种。要不然——就像《无间道》里的刘德华和梁朝伟一样，一眼看上去脸上应该没什么表情。"

"要是真能长得像刘德华和梁朝伟一样帅，我保证不当警察。"徐至愉快地说。

一种很简单的融洽就这样建立了。这个时候那个叫章淑澜的女人走了进来，跟徐至和婷婷分别握了握手。她很利落地说："我是罗凯的母亲。你们问他话的时候我应该可以在场吧？我们罗凯才十三岁。我自己就是律师，我懂得，不会妨碍你们的。"

"当然。"徐至很客气地微笑。他听说过这个女人的名字。不过今天才第一次见她。她当然不年轻了，可是气势压人，所以硬是把我们水灵灵的婷婷姑娘比了下去。然后徐至看到罗凯抬起眼睛，对自己抱歉地一笑。

"罗凯，现在请你回忆一下，二月十四号那天下午——从你和丁小洛碰到夏芳然跟陆羽平起，到你去报案的那两个小时之间的事情。越详细越好，能想起来什么都告诉我们，好吗？"

罗凯安静地说："我不相信人是夏芳然姐姐杀的。"

"罗凯。"婷婷这个小丫头看上去还挺像那么回事，"我们现在也并没有确定夏芳然就一定是凶手。所以我们才需要来找你。如果她真的没有杀人我们是不会冤枉她的。"

"你们不就是来找证据的吗？来找可以指控她杀人的证据？别以为我不知道，你们就是指望我说出点儿对你们有用的东西好把她早点儿拖去枪毙。"罗凯淡淡地一笑，眼睛里一种冷冷的狠毒一闪而过。

"罗凯！"章淑澜轻叱，微笑着转向目瞪口呆的婷婷，"对不起噢，他一个小孩子家你不要计较。他是前些天受了一点儿刺激……"

"罗凯。"徐至认真地看着这个孩子漆黑的眼睛,"那你要告诉我,你为什么能肯定夏芳然没有杀人呢?"

"因为一开始是他们俩告诉我们,他们是准备两个人一起死的。"

一片寂静之中,罗凯依然直视着徐至的眼睛,"那天下午我跟小洛一起在公园的湖边。很冷,几乎没别人。天已经开始暗的时候我们才看见他们俩。是小洛先看见那个姓陆的哥哥。然后我们俩就过去跟他们俩打招呼。他们俩说是要去看赵薇跟陆毅演的那部《情人结》,小洛听见了就吵着非要那个陆哥哥把我们俩也带去不可。因为那天——我和小洛都没有钱,小洛出门的时候穿错了裤子,我——我的钱包被我妈妈拿走了。"

"瞧这孩子说的。"章淑澜笑了,"那天我就是要洗衣服才去掏他的口袋,好像我还故意去拿他的东西。"

罗凯没有表情地看着徐至,"我继续说?"

"当然。"

"我根本觉得小洛其实就是说说而已。可是没想到那个姓陆的哥哥特别爽快就同意了。然后我们还专门跟他说,等过两天我们一定会把电影票的钱还给他。后来——我们说了些别的话,我记得就不大清楚了。我只记得那个陆羽平说话特别幽默,很逗人,我就不能像他那样说话。那个叫夏芳然的姐姐——话说得特别少。她戴着一副大墨镜,还有口罩。头发长长的,可是我不小心看见了,风把她的头发吹起来的时候,我看见她的——大概是右耳朵吧,只有一半。反正有些可怕。当时我还想——要是她这只耳朵再少一点儿的话,她可就戴不成口罩了……"罗凯笑了,有些不好意思。

"他们俩怎么会随便告诉你们他们俩是要自杀的呢？"婷婷实在忍不住问了一句，一脸苦恼的样子。

"我当时也吓了一跳。"罗凯懂事地看着婷婷，"电影是七点钟的。快要六点半的时候那个陆羽平哥哥把电影票拿出来给了小洛。他说'小洛你们自己去看电影吧。我们俩还有别的事——看完了早点儿回家'。最后他问我和小洛，能不能不要告诉任何人我们看见过他们。"

"他是怎么说的？"徐至问。

"很认真。"罗凯很肯定地点了一下头，"他说他跟夏芳然有很重要的事情要做。他还说'小洛咱们是朋友，你要帮我这个忙'。然后——我也不知道为什么……"罗凯停顿了一下，"我觉得他的语气不对，我说不上来是哪儿不对。我就问他们可不可以告诉我们他们要做什么，我还说我保证不告诉任何人。这个时候小洛也来劲了，因为小洛觉得他们俩一定是要私奔什么的，一直说我们保证不会告诉任何人。然后，那个叫夏芳然的姐姐说：'告诉你们可以，你们要遵守诺言，不能跟任何人说。'"那个叫夏芳然的女孩子的声音真好听啊，罗凯闭上眼睛就看得到，她的长发妩媚地垂下来，遮住了她残缺的耳朵，他看不见她的脸，看不见她的表情，但是他知道她是笑着说出那句话的，她说："你们差一点儿就猜对了。我们不是要私奔，是要殉情。"那一瞬间罗凯就像失聪一般听见了空气飞翔的声音，"我们不是要私奔，是要殉情。"多美的声音，天生就是生长在做得出殉情这种惊天动地的大事的人的喉咙里的。"太了不起了——"小洛欢呼着，"是真的吗——""当然。"陆羽平耐心地对小洛微笑着，像是欣赏着这个孩子的手舞足蹈。

"罗凯。"徐至问，"为什么你们知道他们是要自杀却没有阻止，也没有想办法报警呢？""为什么要报警？"罗凯反问。

"看见人自杀总是要救的，对不对？"徐至几乎是困惑地看着面前这个胸有成竹的孩子。

"可是如果一个人铁了心想死，你救得了吗？"

"你不知道，其实很多人自杀是一念之间的事情，那个时候如果有人把他救下来他自己也会后悔。"

"我觉得他们俩不是你说的这种人。"罗凯迟疑了一下，"还有就是——我和小洛都觉得，虽然自杀是不好的事儿，可是人家有人家的想法和决定，又不犯法，我们没有权利干涉。"

这是徐至在一天里第二次觉得自己老了。

"你说的这叫什么话！"那个母亲皱起了眉头，"一点儿都不负责任。"

"可是我觉得，这个世界就是因为有太多人自以为自己可以为别人负责任，才会变得这么乱、这么不和平的。"罗凯看着母亲，静静地一笑。

"好，罗凯。"徐至做了一个投降的手势，"你继续讲。"

"我还记得夏芳然姐姐说，他们俩原本准备在电影院里喝毒药，等电影散场灯火通明了以后人们才会发现他们俩在椅子上。我跟小洛都觉得这挺浪漫的。"有一种很遥远的温柔奇异地从罗凯的眼睛里升上来。夏芳然说："想想看，银幕上的故事还没完，一片漆黑里我们俩已经完蛋了。多浪漫。可是就是因为你们两个小家伙，我们的计划得改变。"她有些沮丧地拍了一下小洛的肩膀。

她的手心里有很淡的一条伤疤，可是她的手真纤细啊。在冬日的黄昏中，就像是冰雕一样。她手上那个蓝宝石的戒指和快乐王子的眼睛一样美丽而冰凉，是惨白的月亮的眼泪。

"她跟你们这么说的？他们准备在电影院里这么干？"

"对。可是因为我们来了，所以他们把电影票给我们了。陆羽平哥哥说不能在我和小洛已经知道了这件事之后还带着我们一起去电影院——会给我们惹麻烦的。他是个好人。"

"我知道。"徐至看着罗凯的眼睛。

"是不是好人都要早死？"罗凯像是自言自语。婷婷看着罗凯的笑容，突然觉得这个孩子有些可怕。

"夏芳然说，你们去买了一次玫瑰花？玫瑰花是谁要你们去买的？是送给小洛的吗？"徐至问。

"我们是去买了一次玫瑰花。"罗凯点头，"我和小洛。就在公园旁边的那家叫'雅馨花房'的花店。不过不是要送给小洛的。噢，不全是。"

"那是谁让你们去买玫瑰花的？是不是夏芳然？"徐至的脸色陡然间变得冷峻起来。

罗凯犹豫了一秒钟，"是她。其实当时我们说起来南湖公园湖边的那个雕像。就是汉白玉的那个叶初萌的雕像。"

"我知道。"婷婷点点头，"叶初萌就是十几年前那个在南湖公园救人的小女孩。我们上学的时候清明节学校还组织我们去给她扫墓呢。"

"对。"罗凯笑笑，"我们也给她扫过墓。夏芳然姐姐说，叶初萌为了救人淹死的时候才十五岁。以后每年人们都是在清明节的时候送她花。按说她今年应该二十七岁了，可是从来没有人送她情人节的玫瑰。夏芳然姐姐说：'不如我们俩在临死之前送这个小女孩一次玫瑰花吧。'然后小洛就说她要去挑，后来我们俩就一起去了。"

"那是几点？"徐至紧紧地盯着罗凯。

"我不确定。那时候电影应该还没有开场。不过应该已经过了六点半。我没有看表。我和小洛带着玫瑰花回来的时候，看见陆羽平哥哥已经躺在湖岸上了。那时候天已经黑了，夏芳然姐姐坐在路灯下面。她说'你们去报案吧'。"

"是她让你去报案的？"婷婷瞪圆了眼睛。

"其实那之后的事情，我自己也糊涂得很，我没撒谎，好多事都想不起来了。可是这件事我能确定，是她叫我们去报案的。"

她坐在路灯下面，托着腮，就像叶初萌的那座雕像。路灯就在这时候戏剧性地亮了。她转过脸，罗凯觉得她在发光。她温柔地说："游戏结束了，罗凯，小洛，现在请你们去报案吧。"

"那为什么丁小洛没有跟你一起去报案呢？"婷婷急切地问。

"如果我告诉你们，你们大概是不会相信我的。"罗凯的视线在面前的三个大人身上绕了一圈，最后停在徐至身上。

"我相信你。"徐至说得很肯定，鼓励地微笑。

"小洛不肯去。她说她不能做这种事情。她说'罗凯要去你一个人去'。"罗凯在他制造出来的静默中有些满意地微笑，他重复了一遍，"小洛的确是这么说的，她说她不能做这种事情。"

"为什么？"婷婷怔怔地问。

"我也不知道。当时我还想着我报完案要问问她这件事。可是现在我再也没办法问她了。不过我还是不相信夏芳然姐姐会把小洛推下去，你们一定是搞错了。"罗凯笑着，那笑容让徐至心头一凛。

"好的罗凯。谢谢你告诉我们这么多。"徐至从笔记本上撕下一张纸，写上自己的手机号，"罗凯，如果你哪天又想起了什么，就打这个电话给我。"

"行。"罗凯很仔细地把那张纸方方正正地叠好。太仔细了些，以至于连徐至跟婷婷出门的时候，他都没有注意。

"罗凯。把那张纸给我。"送过徐至他们出门的章淑澜不知什么时候已经折了回来。

罗凯把它很小心地放进口袋里。由于他低着头，章淑澜没有看到他的眼里寒光一闪。

"罗凯，听话，把那张纸给妈妈。"

罗凯终于抬起头，温暖，甚至是腼腆地笑着，清晰地说："不。"

———— 16 ————

"夏芳然，你没有跟我们说，你和陆羽平告诉了那两个孩子你们要自杀。"

"不用那么认真嘛。"夏芳然很爱惜地抚了一下自己肩头的长发，"我当时不过是一时兴起，想逗这两个孩子玩玩。没想到他们俩还真是挺入戏的。"

"不对。夏芳然。"徐至叹了一口气，"如果罗凯没有撒谎的话，那你和陆羽平的确一开始是打算一起去自杀的。你为什么不说？"

"我早就说了，你们不相信我我有什么办法？"

"那你那天的杀人经过是你自己编的吗？"

"当然不是。"夏芳然的声音变细了，"我要是真能编得那么像，那不是抢人家作家的饭碗吗？做人要厚道。"

"但是你很不厚道地耍了那两个孩子。还耍了陆羽平。"徐至说，"罗凯说了，是陆羽平主动把那两张电影票送给他和丁小洛。这样说来，陆羽平是真的准备和你一起死，对吗？"

夏芳然没有回答。

"夏芳然，你从一开始就知道只有陆羽平一个人会喝毒药，对不对？"

"就算是吧。"她懒洋洋的。

"夏芳然，"婷婷静静地说，"杀一个这样对你的男人，你怎么下得了手？"

"我当然下不了手。"夏芳然轻轻地叹了一口气，"我想我告诉那两个孩子我们想要殉情就是因为我自己下不了手。我也不知道我是不是希望他们能做点儿什么阻止我们俩。不，不对，这种事情怎么能指望别人呢？我想我当时大概就是这么想的吧。可是我记不起来了。"

"你为什么要让罗凯和丁小洛去报案？"

"当然是为了量刑的时候可以轻一点儿啦——"她笑了，"我又没有走，就等着你们来，算不算是自首？"

"好。现在说丁小洛吧。丁小洛是怎么死的？"

"那是个意外。我只能这样说。"

那个小女孩突然间一脸凝重，刚才听到他们要殉情的时候的那一脸惊喜早就不翼而飞。夏芳然怀疑她到底还是不是刚才那个叽叽喳喳的轻浮的小丫头。是被陆羽平的尸体吓坏了吗？不会的，她觉得这孩子简直是在审视她，然后小洛轻轻地开了口，她说："夏老师，你不记得我了吧？"

夏老师。这是多么遥远的一个称呼。这个孩子叫她夏老师。她多大？十三四岁吧。已经过去这么久了吗？

"夏老师，我是丁小洛。那个时候我三年级，老师让我们写篇《我的老师》的作文，我写的就是你，你都忘了？

"我还记得呢。我说我长大以后要当一个服装设计师，做最漂亮的衣服给你穿。夏老师你那时候好漂亮啊。我到现在为止再也没碰到过像你那么漂亮的老师。

"夏老师。其实一开始我就觉得你的声音很熟，像是在什么地方听过。"她突然笑了，夏芳然惊讶地发现这个女孩子虽然一笑起来本来就小的眼睛更是变成一条缝，可是她的笑容让你觉得她是由衷地开心，哪怕还有一具尸体躺在她面前也不能改变她的喜悦。

"夏老师，那个时候我看过电视新闻，我知道了你的事情。夏老师，我当时还想着一定是一个碰巧跟你同名同姓的人。可是后来我看见了报纸上的照片才知道那是你。其实想想也对，'夏芳然'这么好听的三个字，想找一个完全同名同姓的人也难。

"夏老师我还记得你指挥合唱队的样子，我们比赛那天你穿了一条桃红色的裙子，那时候我真羡慕你啊，你的腰那么细，可是我直到现在都是肥肥的。"

"够了。"夏芳然轻轻地，甚至是有气无力地说。这是从哪儿来的一个可怕的孩子？上天的惩罚都来得这么快、这么猝不及防吗？

"夏老师你骗了我们。"刚刚擦黑的天空像个肮脏的垃圾场，小洛愉快的声音就像是那些盘旋在上面的小麻雀。丝毫不在意周遭所有的龌龊与荒颓。

"我没有。"夏芳然握紧了拳头。

"夏老师你们这些漂亮的人真是可怜，一旦没有了漂亮就什么都没有了，像白雪公主的后妈一样，什么事情都做得出来。"

"我叫你闭嘴你听见没有？"夏芳然觉得自己似乎是扇了她一个耳光，她尖利的指甲划伤了她的脸。那是她长这么大第一次打人，还真是有一点儿不习惯。她抓住这孩子的肩膀，摇晃她，她只是想让她不要再说下去，"你再不闭嘴我就杀了你，你信不信？你知不知道我现在是一个什么都不怕的人？不就是这一条命吗我告诉你我不怕。"那孩子挣扎着，挣扎着，终于挣脱了她。路灯映亮了她的脸，这路灯就像这个污染严重的城市里肮脏的月光一样，把人的脸照成温情又有些惨痛的灰白色。她就在这温情又有些惨痛的灰白色中天真地对夏芳然摇了摇头，微笑着后退，后退，夏芳然没有紧逼上去，绝对没有，但是那孩子还是一点儿一点儿地后退着，是吓坏了吗？那一瞬间夏芳然几乎是后悔了，她一点儿都不想伤害这个孩子，她发誓她不想。夏芳然知道这孩子是上天派来惩罚她的，这个一脸天真无邪的笑容的小魔鬼，她是来带她下地狱的。她已经准备好了，丁小洛我不怕你，既然已经走到了这一步，那就应该对所有接踵而来理所应当的惩罚甘之如饴。

　　"丁小洛。"她的嗓子竟然如此晦涩跟喑哑，"不要再往后退了丁小洛，后面是……"那个"湖"字还没有出口，她就已经掉下去了。像电子游戏里GAMEOVER时候的那个小人儿一样张开双臂掉下去了。夏芳然连滚带爬地扑过去想拉住她的手，她觉得自己已经触到她的皮肤了，丁小洛的小手真暖，那触觉完全是果实一般的清甜和温馨。

　　"我想我的手一定是冻僵了。"夏芳然抬起头，看着徐至，"要是我的手不是一点儿劲都使不上的话我说不定可以拉住她，我想要把她拉上来的，她沉下去的时候我喊人了，我使劲地喊，可是居然连一个人也没有。湖边只有我和那个叶初萌的雕像。当时我想我们中国不是有十三亿人吗，都死到什么地方去了？我不会游泳，我也不是叶初萌。"

　　"完了？"徐至问她。

　　"完了。"

　　"那么签字吧。"

　　徐至又一次明显地感觉到夏芳然笑了。她真是爱笑。徐至想，她一定是一个笑容很美的女人，但是现在没有谁有机会印证这个了。

—— 17 ——

　　陆羽平总觉得自己是一个没有童年的人。他是在一个小镇上长大的。镇上的人们基本都互相认识，陆羽平就算叫不上谁的名字也绝对不会对那张脸感到陌生。陆羽平在十二岁之前就一直过着这样一种没有陌生人的生活。所以很多都市里的孩子天生就掌握的冷漠对于他来说就需要在成长的日子里慢慢地学习。那座镇上的男人们多半是矿工，陆羽平从小就习惯了远远传到镇上来的矿山的机器的声音，或者轰鸣，或者沉闷，对于他，这些机器的声音就像雨滴落在树叶上的声音对于森林里的动物一样，能唤起他最柔软最深刻的乡愁。后来陆羽平来到城市的时候，他惊讶地发现原来在大城市里，机器被认为是一样冰冷无情的东西。这个发现令陆羽平第一次明白了人和人之间的不同。十二岁那年的某一天，他听见一声恐怖的巨响震荡着这个小镇，那声巨响是陆羽平贫乏的童年里离"激情"最近的回忆。他觉得那声巨响让他的血液在身体里奔跑，那是种很新鲜的感觉。那巨响呼啸而来，把他的灵魂干脆地砸出一个恐惧而幽深的黑洞。当他闭上眼睛享受这一刻的时候他还不知道就是这声巨响让他变成了孤儿。矿塌了，他的爸爸妈妈都在里面。

渔村里的人们绝对不会因为海啸而怨恨大海，相反地在大海让他们妻离子散家破人亡之后他们还要举行祭祀来平息海的愤怒。可惜的是当矿井里的机器效仿大海闹过脾气之后，命运就不一样了，人们把它们拆掉，熔成废铁，再去买新的机器来代替它们。那个小镇因为这番折腾反倒在灾难之后呈现出一种蓬勃的表情，十二岁的陆羽平想：大概这就是书上说的"劫后余生"。陆羽平被送到离小镇很远的叔叔家，那是一个离繁华还差得远的小城。叔叔是父亲最亲的兄弟，把抚养陆羽平看成是天经地义的事情，婶婶是一个极为宽厚跟善良的女人，叔叔家的家境也是好的。因此陆羽平对"寄人篱下"这种词语倒没有旁人想象的那般敏感。也许，他有些沮丧地下了结论：我是一个迟钝的小孩。

夏芳然听到这句话的时候大笑了起来。她抚摸着陆羽平短短的平头，说："宝贝，你真有自知之明。"那是他们在一起的第一个冬天。冬天是夏芳然原先最不喜欢的季节，可是现在冬天变成了最安全的季节。夏芳然只有在这几个月里戴上墨镜和口罩出门不会被人注意。她叹口气，对陆羽平说："真盼着夏天的时候能再来一场'非典'，这样满大街的人就都会戴着口罩了。""这个狠毒的女人！"陆羽平夸张地怪叫，"说这种话也不怕遭报应。再来一场'非典'，说不定轮到的就是你呢。""不会。"夏芳然嫣然一笑，"就连村上春树都说过，癌症患者是不会出车祸的。""村上春树？"陆羽平愣了一下，"是小日本吗？""这个没文化的男人！"现在轮到夏芳然怪叫了。

只不过北方的冬天总是干燥。这让夏芳然的伤疤上永远有瘙痒作祟。她想，她的那些伤疤变成了空气里看不见的尘埃狂欢的绝好场所。可惜面膜现在是不能再做了，夏芳然最常用的化妆品变成了橄榄油。橄榄油可以让她的伤疤们舒缓，可以让她的脸暂时摆脱掉那种沉重的感觉。陆羽平站在她的背后，看她轻轻地从一个精致的瓶子里倒出一些晶莹的液体，然后一点儿一点儿用指尖把它们敷在脸上。完全是按着过去敷脸时做按摩的顺序和方式。女人真是另外一种生物，陆羽平惊讶地想。几个月之前她还在为了这张脸呕吐，现在她已经这样小心翼翼地伺候它了。用夏芳然自己的话说，女人对待自己的脸要像对待自己的 baby 一样，那么现在，她的 baby 病了，而且病得不轻。她闭上眼睛，听见她的 baby 贪婪地把美丽透明的橄榄油吸进去的声音。她不知道陆羽平在她身后出神地看着她。陆羽平想起小时候看过的童话：公主被施了魔法，变丑了，但她依然是公主，等王子打败巫婆以后她就会变回原来的样子。可是他的公主不会再变回去了——但是没有关系，陆羽平想。童话里王子通常要在结尾的时候才能见到公主原先的样子，可是他已经见到过了。她高傲地坐在高脚凳上，她的长发垂下来，如果你坐在那个靠窗的座位上，就能够看到吧台里面她修长美好的腿。她很少对顾客微笑，本来，公主来了，谁还敢说自己是上帝？是的，他早就见过公主的模样了。你总不能要求现实生活跟童话完全一样，对不对？

"陆羽平你过来呀。"夏芳然在叫他。心情好的时候他喜欢回答："是，殿下。"心情不好的时候他会一言不发地走过去，有些凶地把她抱在怀里。她的胳膊就像藤蔓一样环绕着他，他的手指缠绕着她的，她的手完美如初，她的身上如此完美的地方如今已经不多了。有一天她突然想：我变成了一座废墟。手就是那些考古学家挖出来的断瓦残垣，他们从这些破碎的片段里惊叹那曾经的盛况。这种联想让她很难过。她心里难过的时候就喜欢很嚣张地叫："陆羽平你过来呀。"他的手指划过了她左手上的戒指，他故意装出一副霸道的样子问她："说，这是谁送你的？""这个——"她甜蜜地拖长了声音，"是我这辈子爱过的第一个男人。"

"那我是第几个？"他问。

"第二个。"夏芳然笑了，"但愿也是最后一个。"

"怎么可能不是？"他也笑。但他自觉失言的时候她已经挣脱了他，他们两个都沉默了一会儿。天黑了，从夏芳然家的十五楼上看得到夜晚的火树银花。她像个小女孩那样抱着自己的膝盖，看着窗玻璃被霓虹变成晚霞的颜色。他很抱歉地把手搭在她的肩膀上，他说："我不是那个意思。"

"是又怎么样？"她幽幽地说，"陆羽平，你别忘了我还是可以喜欢上别人的。就算没有人会要我我也还是可以喜欢任何人，这说到底是我一个人的事情。"

他长长地叹气，站起来关上了灯。他走过去，低下头亲吻她的头发，亲吻她只剩了一半的耳朵，他说："殿下，谁说没人要你？"一片漆黑之中，只有她的电脑屏幕还亮着，是一种很好看很幽静的蓝。他抚摸她，抚摸她身上的每一寸肌肤，还有肌肤上的那些鳞片。他的手像一条温暖的河流一样大气地经过岸边的满目疮痍。夏芳然笑了，她说："我现在就像是穿了一身的铠甲。跟螃蟹一样。"他无限疼惜地把嘴唇落在她的背上，他说："你不是螃蟹，你是美人鱼。"

———— 18 ————

徐至打开灯的时候看见婷婷坐在屋角的椅子上，托着腮，那一身警服看上去就像一些搭错了舞台的布景，因为她一脸可怜兮兮的样子。这丫头这两天有点儿不对劲，徐至这么想，八成是失恋了。

"还没走？"

"我等你。"

她慢慢地笑了，问："队长，夏芳然会被枪毙吗？"但是她没有等待徐至的回答，似乎是自嘲地说，"其实一开始的时候，我不像李志诚他们那样，我不相信夏芳然会是凶手。队长我看得出来，其实你相信是她干的，但你希望不是。"

婷婷清澈地凝视着他，"你还记不记得你说过，你有一种直觉，你觉得这件案子或许跟夏芳然被毁容的那件案子有关？你是不是想说——你觉得那件毁容案并没完？"

"你还记得这件事？"徐至笑了。

"因为我觉得你有可能是对的。可是我没有任何证据，那只是我的猜想。孟蓝已经死了。那个案子早就结束了。其实——我的猜想救不了任何人，孟蓝就是给夏芳然泼了硫酸，有几十个目击证人；夏芳然就是杀了陆羽平，证据确凿，她自己也都承认了——可是如果我的猜想是真的，那夏芳然就太可怜了。"

"你的意思是……"

"我的意思是，那天我去'何日君再来'的时候，我发现了一件事。我说过了我没有任何证据。我的想法可能很荒唐——但是我真的觉得，其实孟蓝在交代犯罪动机的时候根本就没有说实话。"她停顿了一下，"你会不会觉得我疯了？"

徐至面无表情地点上一支烟，很用力地吸了一口，他的声音里有种奇异的密度，他说："你继续说。"

"那天我去'何日君再来'之前，专门把孟蓝当初的口供调出来看了一遍。她认罪的态度很爽快，对不对？她说她在行凶之前早就观察过，银台是个好地方。因为银台很隐蔽，是在从入口到店堂的那截小过道上。你看……"婷婷摊开一张她自己画的"何日君再来"的平面草图，"这是'何日君再来'的入口，这是洗手间，是故意这样设计的，洗手间跟银台正好在一个三角形的两个腰上。她说了，她早就看好了，她只要站在洗手间出来的这盆植物后面把硫酸泼出去，就一定能伤到夏芳然的脸——当然伤到什么程度就看运气了——这是她的原话。因为那盆植物的位置恰好是在洗手间那面墙和银台的死角上，站在那盆植物后面她和夏芳然是看不到彼此的，她选择这个位置是为了能在夏芳然毫无防备而且看不到她的情形下伤到夏芳然然后可以很从容地走进洗手间逃脱犯罪现场，她是这么做的，不过她还是被抓住了。可是有一件事不对，既然她看不到夏芳然，那她必须确认银台后面的人的确是夏芳然才能行凶，对不对？她说她是透过入口的玻璃门看见夏芳然在银台后面的。可是我已经试过了，透过外面的玻璃门你无论从哪个角度都看不到银台后面的人，你明白我的意思吗？"婷婷的呼吸变得急促了，"就是说，她是观察过银台没错，她找到了一个在她从头到尾看不见银台后面的人的情况下还能行凶的方法。但是你别忘了，你再看庄家睦的口供，案发的时候庄家睦已经专管收银有一年了，也就是说，正常的情况下，她一定是很确定银台后面的人是庄家睦才敢这么做的。可是偏偏，那天因为一时啤酒不够了，庄家睦下去拿啤酒，夏芳然自己都说那天她就是临时帮庄家睦看一会儿银台的。我知道这只是猜想……"婷婷的眼睛闪闪发亮，"破案的时候我们觉得一个已经认罪的凶手没有必要再撒谎，对不对？但是按照她原来的计划，她不是应该马上走进洗手间吗？她没有。会不会是因为——她当时也吃了一惊，她发现自己泼错了人？"

"婷婷。"徐至安静地打断了她，"这听上去太像推理小说了。事实上没有一个凶手敢在完全没看到被害人的情况下作案。很简单，犯罪毕竟是件大事，既然她选择了一个在作案过程中看不见被害者的手段，那她无论如何都该在事先确认一下庄家睦到底在不在银台后面。没错，从玻璃门外看不见银台，可是很简单——她有可能是记错了。确认一下银台后面的人不过是举手之劳，从玻璃门外不行可以大大方方地走进去坐下来点一杯咖啡，不就什么都看见了吗？像你说的，她如果从头到尾没看见庄家睦就敢这么干——那不现实。就算你说的都对，那动机呢？孟蓝跟庄家睦根本就不认识。"

"如果我能证明他们认识呢？"

"好，就算他们认识，那孟蓝为什么死到临头了还不肯承认她真正的行凶对象不是夏芳然？她还有什么害怕的？"

"她在保护什么人。如果她交代真正的犯罪动机的话就必然要提到另外一个人或者另外一些她不愿意让人知道的事情，她不想这样，就是这么简单。"

"婷婷你真的很有写小说的天赋。"

"孟蓝有个弟弟叫孟彬。十五岁那年死于一场流氓械斗。这能让你想起来什么吗？"婷婷沉默了一会儿，"孟彬如果还活着的话，今年应该十九岁，跟庄家睦同年。你跟我说的，庄家睦也参加过那场四年前的械斗，他还说过他有一个最要好的小兄弟在那场械斗里替他挡了一刀，没错吧？那天我在'何日君再来'跟庄家睦聊过几句，我穿的是便装，他还叫我'美女'。我就装成是个很无聊的顾客问他在这儿工作多久了，原来是哪个学校的……

果然，我到他的中学去查了，他和孟彬一直都是同班同学。我现在还没有更直接的证据，但是我确定那个小兄弟就是孟彬。庄家睦不可能不知道孟蓝就是孟彬的姐姐，但是在调查毁容案的时候，他却一口咬定他从来都没有见过孟蓝——你可以说我想象力过剩，但这不是太奇怪了吗？"

"婷婷，孟蓝已经死了。"徐至说。

"我知道。"

"那个案子已经过去了。孟蓝一死任何推测都只能是猜想。"

"我知道。"

"所以这件事是你和我的秘密。我愿意听你说说你的'推测'，但是你必须答应我，你不再继续查下去了。"

"你不相信我说的。"

"虽然不是百分之百地没有可能，但是我不相信。"

"因为你有的是经验，所以你不相信例外。"

"那是因为经历得多了之后，原先的例外也变成了经验。"徐至一如既往，平静地微笑着。

━━━ 19 ━━━

昨天夜里罗凯又梦见了小洛。梦开始的地方总是安静地躺在湖岸上的陆羽平。陆羽平就像一棵被伐倒的树。夏芳然在清冷的路灯下面说："现在游戏结束了。罗凯，小洛，去报案吧。"小洛微笑了，小洛的笑容总是给人一种由衷的欢乐的感觉。小洛慢慢地说："罗凯。我不去。要去你一个人去。"小洛的声音像是在撒娇。其实小洛不是那种喜欢撒娇的女孩子。小洛从来都不会像那些女孩子一样为了一点儿小事情皱眉头，小洛很爱笑，罗凯第一次注意到班上有一个叫丁小洛的女孩子就是因为她的笑声。

母亲问他："罗凯，你觉得丁小洛到底有什么地方好？"怎么解释呢？就说因为他喜欢丁小洛笑的声音吗？那其实也是不准确的。更重要的是：罗凯的妈妈不是那种你可以用这样的方式说话的妈妈。罗凯太清楚这个了。不是说母亲专横不讲道理，恰恰相反，她永远不会大声地呵斥罗凯，不会很粗暴地说："小孩子家懂得什么？"但是她耐心的微笑让你明白你的确是一个小孩子。最妙的是她温柔的眼神让你不由自主地替她辩护：不，这不是妈妈的错，妈妈不是故意要让你觉得害羞的。

罗凯惊醒的时候看见客厅里隐隐的灯光透过门缝传过来。事实上从医院回来的这些天里他总是惊醒。突然间惊醒的滋味并不好受，那是一种挣扎和眩晕的感觉。但是他不会对母亲说起这个。自从那件事以来，母亲已经非常小心翼翼了。她是那样焦灼——客厅里深夜残留的灯光就是证据。他不忍心再让她有什么负担——这太冠冕堂皇了吧？他嘲笑自己，说真的，母亲凄楚的眼神有时候让他心疼，更多的时候让他心生厌恶。在他偶尔尽情地放纵这种厌恶的时候他会想起父亲，不是想起，可以说是想念这个他曾经恨过的父亲。罗凯并没有意识到这想念其实是一种男人之间的同盟，尽管罗凯才十三岁，还有一双孩子气的眼睛。

往往是在深夜里这样的瞬间，他会想到小洛。然后他闭上眼睛，强迫自己数绵羊。他的眼前真的出现了一片非常绿，绿得就像颜料的旷野，一只又一只的绵羊从他眼前顺从地走过去。这种漫无止境的顺从让人抓狂。然后他看见小洛，小洛远远地出现在旷野的另一端，努力地朝羊群的方向奔跑着。这一下他又是完全忘了他刚刚数过的数目。他告诉自己他会习惯的，会慢慢地把小洛变成一个内心深处的回忆，一个不大能和自己的喜怒哀乐直接挂钩的回忆。必须这样，他在黑暗中咬了咬牙，劫难把他变得心冷似铁。为什么不呢？他用被子蒙住头。——不过是为了应付生活。

"你给谁打电话？"母亲不动声色地说。

"给同学。"他在一夜之间学会了不动声色地撒谎。

"干什么？"母亲问。

"问数学作业。"他没有表情。

"自己的作业你为什么不自己写？"

"我又不是要问怎么写，我忘了该做哪些题。"

"哪个同学？"母亲慢慢地脱外套。

他没有作声。

"哪个同学？"母亲换上了她的绣花拖鞋，一副很随意的样子，"你先去洗澡吧，你把那个同学的电话号码给我，我替你问……"

他默默地站起来，他说："妈，你还有什么不放心的？"

"你什么时候让人放心过？"她使用的是种调侃的语气。

"不管我是给哪个同学打电话，反正我现在是不可能再打给丁小洛了，你还怕什么？"

他转过身回他的房间，捅破一层心知肚明的窗户纸是件令人快乐的事情。

当徐至看到手机上那个陌生的号码时，头一个猜到的人就是罗凯。果然。语音信箱里的留言是个刚刚开始变声的孩子的声音：
"徐叔叔，我能不能见见你？"但是话还没说完就挂断了。徐至
把手机收起来，跟吧台里面的小睦说："别给我放太多糖。"

是午夜时分，"何日君再来"已经打烊。卷闸门全都放下来，
店面变成了一个巨大的罐头。密闭的灯光中，咖啡香更浓郁了。
小睦抬起头望着徐至，一笑，"以前我和芳然就常常这样，她说
打烊了以后的咖啡更好喝。""嗯。"徐至点头，"因为人少的
关系，我老是觉得，咖啡是样特别适合用来偷情的饮料。——至
少比茶要合适。"

"你什么意思啊……"小睦居然脸红了。

"别误会，我知道你跟夏芳然是纯洁的革命感情。"

"你们准备什么时候起诉芳姐？"小睦叹了口气。

"马上。"徐至简短地答。

"其实我直到今天也不相信芳姐真的杀了陆羽平。"

"不奇怪。"徐至说，"很多杀人犯的亲属都觉得杀人是别
人的事儿，不会发生在自己家里人头上。"

"我就是喜欢你们警察说话的调调——够冷血。"小睦眨眨
眼睛，"其实我初中毕业的时候也想去考警校来着，可是我的档
案里有一个大过，一个留校察看——所以警校不要我。"

"给夏芳然这样的大美女打工比上警校有意思得多。"徐至
很肯定地点了一下头。

"讽刺我。"小睦抓了一把咖啡豆在手上，像玩鹅卵石一样
看着它们从指缝间滑落，"我刚才想说——我原来一直以为，芳
姐不是那种会为了另外一个女人杀自己男朋友的人。何况，赵小

雪那个女人跟芳姐根本就不是一个重量级。"

"那你觉得赵小雪是哪个重量级，夏芳然又是哪个？"

"我不喜欢赵小雪。"小睦皱了皱眉头，"她心机太重。外表倒是很贤淑没错，平心而论也没什么坏心眼儿，可是其实骨子里特别贪。你明白我的意思吧？"

"明白。"徐至点上了烟，"可是录口供的时候我倒觉得，赵小雪是个很聪明的女孩子。"

"小事聪明，大事来了以后就蠢得像头母牛。"小睦恶毒地笑了笑，"你没看见她偷偷摸摸写给芳姐的那封信——×，也就是没什么大脑的女人才干得出来这种事，她本来就是专门为那些没种的男人准备的好老婆。"

"这么说你很有种？"徐至笑了。

"至少我知道芳姐比她地道——这跟芳姐是不是美女没关系。"

"也就是因为这个……"徐至叹了口气，"要知道如果夏芳然没有出过事的话，她也不会那么不要命地抓着陆羽平不放。"

"不对。"小睦脸色很难看地把一个啤酒杯重重地蹾了一下，"陆羽平死了活该。"然后他像是为自己的语出惊人抱歉那般安静地笑笑，"他是自找的。你明白吗？他半年里天天可怜巴巴地跑来喝咖啡芳姐连正眼都没怎么瞧过他——后来倒好了，芳姐出了事轮到他一时高兴跑来逞英雄。这可不是演电影，他还等着停机的那一天好跟赵小雪双宿双栖。天下哪有这么便宜的事儿？这种不知轻重的家伙——他保准还等着芳姐对他感激涕零呢。所以我说他死了活该。"

"我真庆幸警校没有收你。"徐至很认真地看着他。

"又讽刺我。"小睦低下头，去拿徐至面前喝空了的咖啡杯。

徐至就在这时静静地说："庄家睦，你是怎么知道赵小雪给夏芳然写过一封信的？是夏芳然给你看的吗？"

"不是。"小睦的脸色变了一下，"那封信是我在芳姐家门口的信箱里看见，然后把它拿走的。你知不知道……"小睦又开始眉飞色舞，"那天早上我到芳姐家去的时候，在小区外面的街上一个小吃馆里看见赵小雪，我还以为是我眼花看错了，结果我上楼以后还真的在信箱里看见一个白信封，当时我想 × 的这个女人还真是低能，我就把那封信拿走了……"

"这件事我们调查的时候你为什么不说？"徐至紧紧地盯着小睦。

"这个——你们没有问我啊？"小睦做出一脸无辜的样子。

"我们调查陆羽平和赵小雪的事情的时候跟你说过，你要告诉我们任何你知道的细节——"

"那——那我当初一定是忘了这回事了。"

"庄家睦你知不知道我现在可以逮捕你？"

"没那么夸张吧？"小睦瞪大了眼睛。

"那封信现在还在你家吗？"徐至深呼吸了一下。

"这个——应该还在，我找找吧，我这就去看看，我就住楼上，你等着我行吗？"小睦像个闯了祸的孩子那样急切地重复着，"让我想想，你让我想想——我记性不好。"

"你记性不好。"徐至微笑地看着这个抓耳挠腮的孩子，然后凑到他耳边，轻轻地说了一句话。然后他满意地欣赏着脸色惨白的小睦说："上去拿吧，我等着你。"

徐至那句耳语的内容是："你记性的确是不好。你连你认识孟蓝都忘了。"

————— 20 —————

夏芳然对徐至微微一笑，"除了我爸和小睦，我想不出来还有谁能来看我。"然后她说，"你还是穿制服的样子比较好看。"

"你的律师这两天来过了没有？"徐至问。

"来过了。"她有些漫不经心地笑笑，"没什么新鲜的，无非是想拿我惨不忍睹的脸打同情牌。"

"在这儿还——习惯吗？"话一出口徐至就意识到这是个蠢问题，于是他紧接着说，"我的意思是，这儿有没有人欺负你？"

"谢谢关心。"她轻轻地说，"我的律师说，因为我的情况很特殊，申请取保候审是没有问题的。但是——到底什么时候起诉我？"

"给检察院的起诉意见书已经写好了，原本该今天递上去的，但是我没有递。"

"噢。"

"夏芳然，你为什么要承认你从来没做过的事？"

"我没做过什么？"

"你根本不知道陆羽平跟赵小雪的关系，对吗？你在审讯的时候交代的作案动机根本就不成立。你没看那封信，那封信是被庄家睦那个臭小子拿走的，他还不知道他自己误了多大的事儿。"

　　"小睦。"夏芳然笑了，"那个孩子从一开始就只会给我惹麻烦。"

　　"那么，你是不是在审讯的那天才知道陆羽平跟……"

　　"当然不是。"夏芳然干脆地打断了他，"我的确是没有看那封信没错，可是陆羽平跟我说过有这么个女人。"

　　"你撒谎。"

　　"我没有。"

　　"别忘了审讯的时候你说你是看了这封信之后才开始策划，开始在网上买氰化钾的。"

　　"这有什么区别吗？"她叹着气，"我的意思其实是说我就是在知道他们俩的事情之后才这么做的。而且说起那封信的事儿——那天你的表现多精彩啊，说得句句在理头头是道，弄得我都在怀疑我自己是不是真的看过那封信然后忘了——我这个人意志薄弱，你别忘了。"她娇声娇气地吐出"意志薄弱"这四个字，然后笑着说，"你很厉害啊警官，就像周星驰的电影里一样，真的是可以把死人说活呢。"

　　"有意思。"徐至说，"夏芳然，你知道我现在在干什么吗？"

　　沉默了片刻，他说："我在救你。我知道你还有什么事情没说。夏芳然，如果你能信任我，告诉我你隐瞒的事情，这说不定会对你有利，可以给你争取一些机会……"

　　"太荒唐了吧。"她的手指缠绕着肩上的头发，她的戒指就像是一只蓝色的萤火虫那样在发丛中一闪一闪，"我什么都没有隐瞒。不是什么证据都齐了吗？总不至于你们认为有另外一个人杀了陆羽平，然后我为了袒护这个人把什么都担下来吧？这是八点档肥皂剧的情节。"

"好吧。但是我告诉你，我已经把那封信送去检验，我相信上面不会有你的指纹。三天以后，我还会来，你有三天的时间考虑。我们星期五见。"

"为什么你能这么肯定？"夏芳然静静地说，"你就这么自信？"

"有一个原因让我确定赵小雪和陆羽平的事情不会是你的动机。因为……"徐至笑了，"说真的这不是一个刑警该说的话。我看了赵小雪的那封信，通篇都是在求你，很委屈的语气，也是在用一种很低的姿态，用她肚子里的孩子跟你示威——我觉得陆羽平跟这样一个女孩子在一起——或许可以激怒一个喜欢言承旭的女大学生，一个爱看韩剧的家庭主妇，但是无论如何——只能让你失望，而不至于让你动杀人的念头。"

"你说错了。"墨镜和口罩后面的夏芳然笑靥如花，"我也挺喜欢看韩剧的。"

"也许。"徐至回答，"还有就是，庄家睦那小子说他特别想问你一个问题，可是不好意思。"

"这家伙又想干什么？"

"他想问你：杀人是什么滋味？"

"坏孩子。"夏芳然骂了一句，"其实——没什么特别的感觉。我小的时候跟我妈妈一起去过乡下，我外婆家养了好几头猪。在那以前我从来都没有见过活的猪，觉得特别新鲜。我每天有事没事就往猪圈那里跑，想看看它们。有一天我一边吃火腿肠，一边看那只小猪拱槽。然后我一不小心就把那根火腿肠掉进猪食槽里。

结果那只小猪毫不犹豫地过来把它吃了，当时我还想这下糟了它吃的可是自己的同类。——我想也许杀人也有这个意思在里面。很可怕的一件事，但是发生的时候都是不知不觉的。"

徐至温暖地微笑了一下，"夏芳然，星期五见。"

———— 21 ————

丁小洛看见罗凯的时候，刹那间回忆起自己遇到夏老师的那一年。他经过丁小洛的课桌时碰掉了她的代数课本，然后他又折回来替她捡起来。他把课本放在她的桌上，说："对不起。"然后，很随意地微微一笑。那时候丁小洛那句"没关系"已经在嘴边了，却硬是没有说出口。她只是在想：为什么他碰掉的不是自己的文具盒呢？这样的话里面的圆珠笔、橡皮、尺子会滚一地，他就得多捡一会儿，就可以让小洛多看看他啦。

对于小洛来说，那是一种完全陌生的、一闪而逝的念头。不是指小洛喜欢罗凯——这件事小洛是可以大大方方地承认的，小洛不像别的女孩子一样非得装矜持不可。只不过，小洛自己也不知道为什么，每次她看到罗凯的时候，心里都有一种小心翼翼的感觉，很奇怪，小洛不知道，那其实是一种占有欲的雏形。只是小洛对于这种别人从小就习惯的欲望有些陌生罢了。小洛是不能像许缤纷她们那样——没错，就是小学时候的那个许缤纷，现在又跟小洛考到同一所中学了。许缤纷她们这些女孩子就做得到大声地在操场上喊："罗凯——过来啊——"可是小洛就不行。小洛经常站在一边，在一个离他们不远的地方静静地看着罗凯和那些漂亮活泼的女孩子在一起的场景。小洛的心里是不忌妒的，真的一点儿都不忌妒。因为罗凯和那些女孩子在一起的画面很漂亮，让小洛心生感动。体育课的时候，男生们的球踢进了练习双杠的女孩子们的队里，许缤纷总是灵巧敏捷地一跳，把那个球够到自己怀里，然后大声地说："叫罗凯来拿——"大家全都"轰"地笑了，然后操场上扬起一片女孩子们喜悦的声音："就是，就是，叫罗凯过来拿——"许缤纷喜欢罗凯，这在全班都不是秘密。

有时候会有一些女孩子打趣许缤纷，"许缤纷你不害羞……"但是其实谁都知道许缤纷是有资格不害羞的。初中女生许缤纷已经出落成了一个小美人，而不再是小学时候那个傻傻的总是尖叫的小丫头了。只不过她依然颐指气使——当许缤纷美丽的大眼睛一眨，小嘴一噘的时候，班上就总是有男孩子帮许缤纷抬其实一点儿都不重的课桌，许缤纷不舒服的时候也总是有好几个男生争着送她回家——所以，当许缤纷公开地对罗凯表示好感的时候，所有的人都觉得要不了多久就可以看到班花班草出双入对的幸福局面了。那简直是理所当然的。小洛也觉得那是理所当然的。小洛也很期待看到罗凯和许缤纷在一起的样子——真的，那该是一个多美好的画面呢。就像日本漫画里的情侣一样精致得让旁人只想保护。

小洛只想看看罗凯。只想默默地盼望罗凯能在又一回经过她的课桌的时候把她的什么东西碰掉。这就够了。一想起罗凯，小洛心里就涌上来一种广袤的温柔，在这无边无际的温柔中，她却又清晰地问自己：是不是有一点儿怕罗凯呢？好像是的。可连话都没怎么说过的一个人，为什么要怕他呢？真丢脸啊。小洛当然没想到其实那就是爱。小洛只是一如既往地开心地甚至是没心没肺地过她的日子。上初中的丁小洛虽说不再像小时候那样总是毫无顾忌地大声笑了，不过她永远是一副憨憨的样子。举例说吧，小洛她们的学校是寄宿制的中学，宿舍里她永远是给所有的舍友打开水的那一个。很简单，四个人一间的宿舍只有小洛有力气一次提着四个暖壶上三层楼——小洛依然是个胖胖的小姑娘，她觉得既然如此这对她没有什么不公平的。宿舍的阿姨每天早上都会笑着对拎着四个暖壶进进出出的小洛说："小洛这么勤快的姑娘将来会找个好婆家的……"

经常地，宿舍里的某个女孩子会在晚自习之后撒娇地对小洛说："小洛，亲爱的，我们刚刚吃泡面来着，没有水洗脸了。"然后，往往是许缤纷会加上一句："洛洛宝贝，你可不可以顺便把我的这半壶灌满呢？我这两天用的那种除青春痘的洗面奶特别烦人，得用清水漂好几次。"小洛于是微微一笑，用力地点点头，拎着别人的暖壶走下长长的楼梯。

其实小洛很喜欢打开水这个活儿。因为这往往是在清晨或者马上就要熄灯的晚上。校园里有种安静得摄人心魄的幽远。如果是春天或者夏天，没有人的气味骚扰的校园弥漫着浓浓的树木香。开水房里长长的一串水龙头静默着，灰色的水龙头，有的还泛着铁锈的绿色，一字排开，就像雁阵一样沉默而尊严。拧开一个，整个一排就都笼罩在白色的雾里了，如果运气好的话整个开水房就只有小洛一个人，倾听着水流淌的声响，看着白色的雾升腾起来，整个水房就有了一种某个逝去的年代的氛围，蓬勃，敦厚，欣欣向荣——小洛于是开心地想：我变成了一个历史人物。然后小洛拎起满满的暖壶，走到温暖的开水房外面，她愉快地想：许缤纷那种治青春痘的洗面奶还真难伺候啊。月光无遮无拦地洒下来，小洛只知道自己是个胖姑娘，只知道自己很黑，眼睛还很小，可是她不知道她的脸上一个青春痘都没有，月光漂洗着她的脸，光洁如玉的脸，洗去了尘世间的一切污垢。

有一天她在开水房的门口看见了罗凯。罗凯站在某个水龙头前面昏黄的灯泡下，对她点点头，"嗨，丁小洛。"她脸红了，像蚊子一样哼了一声"嗨"。然后低着头走了进去，她想怎么可以这样呢？这么普通，这么难看的暖壶，为什么罗凯轻轻松松地就能拿得那么好看呢？他也只不过是随随便便地提着它啊，可是在罗凯手里暖壶上面印着的难堪的红色号码就一点儿也不刺眼了。小洛轻轻地叹了口气，强迫自己把视线从罗凯修长有力的手指上转到自己面前的龙头上，白雾从罗凯用的那个龙头那里蒸腾起来，小洛这下可以放心大胆地在这白雾的保护下好好看看罗凯的侧影了。一时间她失了神，直到听见罗凯对她说："丁小洛你的壶已经满了。"她吓了一跳，慌张地去关面前的龙头，却被已经满满的暖壶里溅出来的水烫了一下。"小心。"罗凯说。然后他走过来，替她把龙头关上，把暖壶里满满的水倒出来一点儿，然后塞上瓶塞盖上壶盖——他有条不紊地做这一切，像任何一个普通男孩子那样。可是他是罗凯啊。小洛这样对自己说。

"你一个人怎么拎四个壶？"罗凯问她。

"我——是我们宿舍的，全体……"该死，怎么连话也不会讲了呢？

"你们宿舍的人，为什么不自己下来打水？"

"这个——" 该怎么说呢？小洛本来想说"我习惯了"，可是她突然觉得这根本是在扮可怜，小洛才不是那种冒充灰姑娘的女孩呢。还有，小洛沮丧地想，不管怎么说，人家灰姑娘很漂亮呢。

"她们这是欺负你。"罗凯下了结论。

"没有。"小洛急了，"这怎么能算是欺负呢？我自己没觉得吃亏，是我自己愿意这样的。"

"我帮你吧。"罗凯拎起四个暖壶里的两个，说，"你真行，我从没见过一个女孩子拎得动四个。"真的，罗凯身边的那些女孩子都是连一个暖壶都要假装自己拎着很费力，随时等待着英雄救美的小姑娘。——她们自己美不美当然是另外一个问题。小洛手足无措地跟在罗凯后面走了出去，一手提着一只暖壶，就像是个小跟班。始终保持着一定的距离，夜色恰到好处地遮盖了她通红的脸颊。一路上也碰上了几个班里的女孩子，她们热情地跟罗凯打着招呼，虽然都看见了罗凯后面不远的地方走着一个小洛，但是没人想得到罗凯手上的暖壶是小洛的。这样也好，小洛在看到她们时"怦怦"乱跳的心终于平静下来了。这段路很长啊，树叶的阴影在路灯下小家碧玉地斑驳着。小洛很开心地想踩自己的影子，一不小心撞到了前面已经停下来的罗凯的身上。

"对不起。"小洛的小脸儿热热的。

"你想什么呢？已经到了。"罗凯笑了，原来他们已经走到女生宿舍的楼下了，怪不得罗凯会停下。罗凯的笑容是透明的。

真有意思啊，就像这些树的树冠一样被路灯映得透明了，说透明也不确切，那其实是一种让人觉得惊喜的光泽。

"明天见，丁小洛。"说完罗凯就跑进了夜色里。小洛的那句"谢谢"只好又说给了空气。但是罗凯在黑夜里奔跑的背影就变成小洛此生最悠长的记忆。

像很多女孩子一样，小洛也是有写日记的习惯的。小洛自己也不清楚为什么，虽然自己的作文写得并不好，可是面对日记本的时候小洛就觉得自己可以想说什么就说什么——不对，是想说什么就可以把"什么"说得又清楚又有表情。就像一个结巴突然被医生治好可以畅所欲言一样，那是让人大气都不敢出的喜悦。

激情是一种很玄的东西。一开始你觉得它是海浪，惊涛骇浪之中你忘记了自己要去到什么地方。但是到后来，你也变成了海浪，你闭上眼睛不敢相信原来自己也拥有这般不要命的速度和力量；还没完，还有更后的后来，在更后的后来里你就忘了你自己原先并不是海浪，你像所有海浪一样宁静而热切地期待着在礁石上粉身碎骨的那一瞬间。遇到罗凯之后，小洛就在自己的日记本里把这所有的一切都经历过了。在这种让她自己也害怕的震颤中，她依然满怀感恩。感谢上天让她遇上了罗凯，这个她或许永远都不会得到的罗凯。但是这没关系，已经变成海浪的人永远心怀谦卑，因为它的梦想原本就是倾尽全力的破碎。

但是小洛搞错了一件事。她以为给她这份力量的人是罗凯。但是她不知道，其实这早就是从她出生的那一刻起就在她的体内生长的东西。罗凯只不过点燃了它们而已。小洛不知道其实激情这东西，有人有，有人没有，有人认为自己有但实际上没有。

　　日子像小朋友的滑梯一样越过越快了。转眼间夏天来临。罗凯和丁小洛的故事从那个夏天正式开始。那一天和平常没什么两样，小洛觉得。早上在她像平时一样拎着四个暖壶上楼的时候宿舍里的女孩子们一如既往地对她说："谢谢宝贝小洛。"她没有看出来许缤纷她们的眼神里有一种异样的东西。

　　很简单。许缤纷无意中看到了小洛的日记本。它是从小洛的枕头下面掉出来的。许缤纷知道这不对，但是那天晚上宿舍里没有其他人。许缤纷想我没有恶意我只是好奇。她很犹疑地翻到随便一页。恶意就是在这个时候慢慢滋生出来的。她看到了那个她认为除了她没人有资格碰的名字：罗凯。

　　并不奇怪。罗凯是那种会被很多女孩子喜欢的男生。即便是丁小洛也是有资格喜欢罗凯的。但是让许缤纷恼怒的是日记本中那些句子烫人的温度。与其说是恼怒，不如说是心生畏惧。丁小洛你凭什么这么认真地喜欢罗凯？罗凯才不会正眼看你这种丑八怪呢你明不明白？如果你明白的话你有什么权利用这么烈这么可怕的句子来讲我许缤纷看上的人？你以为你自己是谁？你以为你是演《流星花园》？就算是《流星花园》里的杉菜也不像你似的胖得像头猪。你平时装得多可爱多憨厚啊我险些就被你这只麦兜骗过去了。你心里的那座火山终有一天是会冲着我爆发的吧？可是你多卑鄙，就在今天早上你还笑眯眯地去帮每个人打开水。老天有眼啊丁小洛，让我早一点儿看穿你。我倒要让你看看我许缤纷是谁，丁小洛你等着瞧。

　　阴谋在一片平静之中酝酿着。午饭后到下午上课前的那两个小时往往是大家最闲散的时间。教室里空出了大约一半的座位，顿时显得很空的教室里回荡着几个女孩子打闹的嬉笑声。许缤纷满意地环顾四周，很好，班上最能起哄、最唯恐天下不乱的几员干将都在。许缤纷轻盈地走到讲台上，清清嗓子，教室里一下就安静了。许缤纷学着电台 DJ 的口气，满面微笑地说："听众朋友们大家好，欢迎您收听《情感天空》节目的午间特别版，调频106.3 兆赫。爱，永无极限；缘，妙不可言。"——《情感天空》是大家在熄灯后一片黑暗中的集体活动，经常是白天的时候两个不同宿舍的同学在一起兴奋地说："昨天《情感天空》里的那个故事，你说是真的吗？"因此，当许缤纷惟妙惟肖地学着"爱，永无极限；缘，妙不可言"这句大家都已烂熟的《情感天空》的广告词的时候，一片哄堂大笑已经响起来了。小洛也跟着大家开心地笑了，没有一点儿对于灾难的预感。

"这次我们的特别节目是为了隆重推出我们班一直以来被埋没的一位实力派才女——丁小洛小姐！""WOW——"一片欢呼声非常自觉地爆发了，接着是掌声，然后掌声渐渐变成有节奏的，起哄这件事好像没有人需要别人来教，伴随着有节奏的掌声，几十个男孩女孩的声音也汇成了有节奏的呼喊："丁小洛！丁小洛！丁小洛！……"小洛愣愣地看着大家，从来没有一个时刻有这么多的人为她鼓掌，为她欢呼，弄得她都有点儿不知所措。她不知道许缤纷葫芦里到底在卖什么药，可是这个场面真让人心跳。许缤纷就在这个时候做了个手势让大家安静下来，许缤纷学《情感天空》的那个女主持人学得简直太像了，许缤纷的声音里充满了微妙的婉转，她说："听众朋友们，让我们先来听一段丁小洛小姐为大家倾情打造的心情故事。"说着她拿出了几张 A4 纸——

那是她专门从小洛的日记本里挑出来复印的：

"昨天晚上我又梦见了你。你就站在散发着树叶香的校园的小路上。圆圆的路灯就像是黄色的柠檬糖，也像是从深深的夜里飘出来的渔火。你就在飘摇的渔火旁边跟我说：'嗨，丁小洛。'……"

教室里一片惊呼声爆炸了出来，震荡着整整一层楼。后排的几个男生开始敲桌子，还有人开始吹口哨，外班的几个同学也来到他们班的教室门口探头探脑了，没有人看见丁小洛的脸在一瞬间变得毫无血色。

"许缤纷——"这是他们班的语文课代表特有的尖嗓子，像是划破了空气，"这是真的吗？丁小洛写的是散文还是小说啊——"一阵哄堂大笑之中许缤纷也放开了嗓子，不再模仿电台DJ了，"你听着啊——还没完呢——"

"我真喜欢听你这样叫我：'嗨，丁小洛。'就好像我们是很熟的朋友一样。你笑了，你知道我有多爱看你的笑容吗？"许缤纷故意停顿了一下，然后在周遭的一片催促声中，像是宣布彩票中奖号码那样欢呼了一声，"你知道我有多爱看你的笑容吗——罗凯！"

掌声四起，伴随着末日一般的欢呼和怪叫，围在教室门口看热闹的人越来越多了。只有少数几个女孩子看了一眼呆呆地坐在那里毫无反应的丁小洛，不好意思再继续笑下去。

欢呼声就像是在庆祝什么盛大的节日或者胜利。在一片欢呼声中小洛没有表情。她像小的时候打针时那样咬紧了牙，对自己说："快点儿结束吧，快点儿结束吧。"恍惚中又回到了童年，护士阿姨往小洛的屁股上抹凉凉的酒精，那是最为恐惧的一刻，比针尖扎进来的时候的疼痛还要恐怖得多。这一针打得可真长啊，还没有结束吗？

许缤纷的声音像蝴蝶一样在各个方向盘旋，用轻浮跟嘲讽的语气大声地朗读小洛珍藏在心里的句子："罗凯，不知道为什么，每一次看见你，我总是担心你过得不够好，总是在想你是不是因为什么事情不开心，可是看到你真的很高兴地大笑的时候，我就又会觉得很难过，因为我觉得你在高兴的时候是不会在乎任何人的，当然也包括我。喜欢你的人太多了，罗凯——"

你去死吧。小洛在一片震耳欲聋的笑闹声中在心里对许缤纷说。你死吧。小洛重复着，小洛在那之前从来没有恨过任何人，不知道憎恨到底是样什么东西。但是这终归是不用学的，小洛一个字一个字地想：你应该死，许缤纷。小洛已经不再在心里盼望这场灾难能快点儿结束了，在一天一地的欢呼声里祈祷变成了诅咒：我会高高兴兴地看着你死，臭婊子。如果你弥留之际能像一只鸽子那样眼神里流露着哀求那就更妙了，我会开心地在那样一个瞬间往你的脸上吐一口唾沫。如果能让你死掉我什么事情都愿意做，许缤纷你为什么不死？

突然周围寂静了。小洛不敢相信自己的耳朵，欢呼声像是夏天的暴雨一样停得没有一丝征兆。小洛抬起头，她看见了罗凯。罗凯是在整个教室最沸腾的时候进来的，刚开始他还不明白这沸腾与自己有关。待他明白了之后他一言不发地走到讲台上，抓住了许缤纷手里那几页纸。许缤纷倔强地跟他抢，一片寂静之中所有的人围观着他们俩——像两只小兽那样没有声音只有激烈。终于那几张洁白而无辜的A4纸干脆地撕裂了。许缤纷漂亮的大眼睛里漾满了狂野跟眼泪。

"你太过分了。"罗凯说。

罗凯的眼神让许缤纷的心里抖了一下。她恶狠狠地看着他的脸，那是她最最钟爱的脸庞。她咬了一下嘴唇，故意装出一副很蛮横的语气，"罗凯，你居然帮着她。"

"我谁也不帮。"罗凯摇了摇头，"我就是看不惯你这么欺负别人。"

许缤纷慌乱地明白自己就要被打败了。十三岁的小姑娘还不了解人世间的每一种感情，在她开始口不择言的时候她并不知道自己其实——是在伤心。

"我就是欺负她又怎么样？我就是看她不顺眼又怎么样？我哪知道丁小洛的来头有这么大，我要是知道有你罗凯替她撑腰的话我哪还敢欺负她啊……"

"许缤纷，你以为你自己是谁？"罗凯像是漫不经心地吐出这句话。然后他径直来到丁小洛的座位前，把手伸给她，对她说："走吧。"小洛糊里糊涂地站起来，糊里糊涂地跟着罗凯走出去了。打破教室里一片错愕的寂静的，是一个人的自言自语："真是美男与野兽……"然后语文课代表细声细气地接了口："不对，是美男与麦兜。"哄堂大笑又爆炸开来了，在这片哄笑声中许缤纷非常庆幸没有人在意她脸上的表情。

——— 22 ———

丁小洛和罗凯的人生就是在那个屈辱的下午被改变的。罗凯有生以来第一次畅快淋漓地享受了一个青春期的男孩子的英雄主义。就这样，不动声色地走到小洛面前，走到因为他受够了嘲弄委屈的灰姑娘面前，大大方方地说："走吧。"那一瞬间罗凯觉得自己简直像是黑帮片里的好汉，解救了一个被人欺负的无助的小姑娘。

只是他不知道这个无助的小姑娘跟着他站起来，安静地在众目睽睽之下走出去的时候其实是跟着他走到了一个更没有余地没有回头路的绝境。如果他能不陶醉在自己终于做了一回英雄的感动跟满足里，简简单单地回一下头，他就能看到这个很胖、很黑、眼睛很小的小女孩的脸上有种什么东西在燃烧。那是种蜕变的先兆。十三岁的小姑娘在众目睽睽之下无声无息地蜕变了。小洛知道今天跟着罗凯走出去的话，她就等于永远抛弃了身后的这个集体——或者说主动选择了永远被他们抛弃。小洛并不是那种爱出风头爱标新立异的小孩，她不会因为被群体抛弃而沾沾自喜。但是她又怎么能够不跟着罗凯走呢？小洛轻轻地深呼吸，她对自己说了小洛你完了。可是她弄不明白为什么自己却如此热切地期待着这样的一种"完了"。完了，小洛在心里重复着，多决绝、多壮烈的一个词。

学校的楼梯真长啊，长得没有尽头。罗凯在前面，小洛在后面。外人看上去小洛依旧像是个小跟班。罗凯一路上没有回头看一眼小洛，越走他的心就越慌。他问自己我们这是要走到哪儿去呢？我们。"我们"这个词让他心生畏惧。他不敢回头是因为他知道那个"们"就在后面。他想起自己小的时候在海里游泳——海边长大的孩子的水性都好得很——有一条规矩他早就烂熟于心：

不可以游过防鲨网。虽然在那个城市里十几年来也没有人真正见过一条鲨鱼，更没听说过谁真的被鲨鱼吃掉了。但是防鲨网还是在那里，形同虚设，恐惧却是实实在在的。有一次他想，我试一次，我不会真的游过去我只是想看看防鲨网到底长什么样子。于是他开始游，海浪劈头盖脸地打过来的那种幸福让他全身战栗。他游了很远，前所未有的远，远到如果妈妈知道了他真的游了这么远之后一定会尖叫着过来打他的屁股。当他隐隐约约地看到防鲨网的时候，他发现浮在海面上的也无非是几个巨大的土黄色的铁球而已。他突然真切地觉得鲨鱼就要来了。转过头去往回游的时候他却手足无措地发现，他已经看不见沙滩和海岸。

"罗凯。"小洛怯怯地叫了他一声，打断了他的胡思乱想。其实这是小洛第一次这样叫他的名字，真是有点儿不习惯。于是小洛又不好意思地叫了一声："罗凯。"

"听见了。"他转过头，脸居然红了，"又不是聋子。"

小洛细细地凝视这个男孩子。他清晰的轮廓，他俊秀的脸庞，他黑黑的眼睛。他跟她之间有了一层更深的联系。因为他，她第一次被人这样羞辱；因为他，她第一次恨一个人恨得咬牙切齿；因为他，她发现原来自己也可以有非常狠非常不要命的瞬间。真喜欢他脸红了时候的样子啊。还有他这样粗声粗气地对她说："听见了，又不是聋子。"那种不耐烦听上去——小洛的脸红了，就像是平时爸爸对妈妈那么说话一样，好亲近的。丁小洛你不要脸，她在心里说。

"我发现……"罗凯好奇地端详着她，"你老是这样，想什么时候发呆就什么时候发呆，无缘无故就停电了。真了不起。"

他们一起笑了。是种很默契的笑。罗凯惊讶地发现这个看上去丑丑的小洛笑起来居然——那是什么呢？似乎不能用"漂亮"来形容。她笑起来的时候像个大人。那笑容里有种温柔或者说——慈悲的东西。可以用这个词吗？罗凯拿不准，这种词好像不是用来形容他们这个年纪的孩子的。但是，有更合适的词吗？

爱情就这样到来了。如果你愿意，我们就把这叫作爱情吧。其实那更是一种同盟。两个孤独的孩子之间的心照不宣的同盟。他们两个其实都是慷慨的孩子。不会——或者说还没来得及学会心疼交付给什么人的感情。小手一挥就把重若千钧的珍惜挥出去了，颇有些"千金散尽还复来"的架势。在后来漫长的岁月里，这份慷慨的相亲相爱帮助他们抵御了很多外人的轻视、耻笑，还有诬蔑。从此以后，他们两个人就变成了"我们"——好一个气势如虹的"我们"。听上去是个很有力量的词语呢，就像多年前令小洛心醉神迷的如潮水般的掌声。

黄昏到来的时候小洛嗅到空气中紧张的气息。那天刚好是周末。大家都心急如焚地赶着回家。打过放学铃的楼里充满了孩子们叽叽喳喳的欢呼雀跃声。小洛凭直觉感到还会有事发生。但是她不怕。小洛现在什么都不怕了。

教学楼里有两道楼梯。通向正门的楼梯是宽阔的，铺着红色的花岗岩。大家经过这道楼梯时头顶的墙上悬着的全是牛顿、爱因斯坦、鲁迅们的画像。这道楼梯有种坦荡的正气。每到电视台来录像时，都会拍从这道楼梯上走下来的穿着统一校服的孩子们。可是通向后门的楼梯就截然不同了。很小，很狭长，铺着藏青色的大理石，小楼梯就顿时有了股曲径通幽的味道。小楼梯是孩子们的隐私出没的地方：比如恋人们在这儿约会，比如有纠纷的人在这儿单挑或者和谈，等等。

丁小洛和罗凯就是在这道小楼梯上碰到许缤纷她们的。许缤纷和几个平日里跟她要好愿意替她出头的女生。她们在那里默不作声地看着罗凯和丁小洛慢慢地从楼梯上走下来。她们几个女孩子像是排练好的那样，从四个方向把他们俩包围起来，默不作声的对峙中稚嫩的凶恶弥漫在周围的空气里。许缤纷正好站在他们的正对面。她迎上来的时候小洛不由自主地跟罗凯更靠近了些，这让许缤纷很不爽。但是她控制了自己，依旧没有表情。

"许缤纷。"罗凯先开口打破了沉默，"让我们过去吧。"

"我不知道'你们'是谁。" 许缤纷微笑。其他几个女孩子也跟着轻笑着。

"是罗凯和我。"寂静中小洛的声音格外清脆悦耳。

"这儿没你说话的份儿。"许缤纷看了一眼小洛，"懂了吗？麦兜？"这下女孩子们都恶意十足地哄笑了起来

"许缤纷。"罗凯说，"今天中午算我不对。我不应该当着那么多人给你难堪，我跟你道歉，你让我们过去吧。"

小洛就在这个时候激烈地开口道："才不是罗凯的不对呢。你不应该随便偷看别人的日记，然后你还……"

"你他 × 吵死了！"许缤纷的喊叫声撕裂了周围的空气，然后转过头，把脸冲着罗凯，她转身的动作就像一支船桨那样划动着周围被夕阳笼罩着的暖洋洋的金色的空气。"罗凯。"她的大眼睛里含着眼泪，"× 的你值得吗？就为了这么一个丑八怪你值得这么低声下气的吗？"

罗凯拉着小洛，一言不发地往下走。这几个女孩子于是同时围得更紧了些。现在罗凯和许缤纷离得这样近。许缤纷看见罗凯的眼睛里那个自己的倒影。多少次，她梦想过多少次，有一天她可以跟罗凯离得这么近，现在这一天来了，不过没想到是这么到来的。许缤纷对自己微笑一下，笑得又稚嫩，又惨然。这个又稚嫩又惨然的微笑点燃了许缤纷的脸和眼睛。罗凯有些惊讶，他从来没发现这个平时又聒噪又轻浮的女孩子原来可以这么美丽和庄重。

"罗凯。"许缤纷笑着说，"我不是那种不讲道理的人。我可以放你们过去。但是我有一个条件。"许缤纷蛮横地扬起了下巴，"你必须当着我们的面，打她两个耳光。"她指了指小洛，"不能是装装样子的那种，必须是真的。"

小洛屏住了呼吸。她看着这个不可思议地变得美丽的许缤纷，她从来没想过美丽原来也是有杀气的。她承认她害怕了。不是怕许缤纷的威胁，而是害怕这个因为恨而变得美丽凛冽的许缤纷。她悲哀地想：我是不是真的很懦弱很没用呢？也许是的。因为她在心里对罗凯说："罗凯你就打吧。"然后她听见了两声清脆的、货真价实的耳光声。一阵眩晕的感觉搅浑了身边夕阳透明的橙红色。

周围寂静了下来，鸦雀无声。罗凯自己的脸颊上两个红色的手印已经微微凸显出来了。罗凯说："许缤纷，我已经打过了。你看，我一点儿没手软。"

那一瞬间许缤纷有种冲动，她想伸出手去摸摸他脸上那个红得发烫的手印。但是她没有这么做，她愣愣地、心疼地看着他的脸，对于十三岁的孩子来说，他们俩的这场对望稍嫌冗长。她在心里说罗凯你真傻。你以为你了不起啊？你这等于是低头了你知不知道？你不只是向我低头，你从此以后就要向所有人低头了笨蛋。

那些刚刚围着罗凯和小洛的女孩子默默地散开了。她们的脸上现在都没有了那些邪恶的神情。罗凯和小洛往下走的时候她们甚至不约而同地、自觉地往两边分开，让出了一条道。脸上甚至浮着一种相互传染的悲戚。现在她们看上去又变成了平时的小女生的模样。对庸常生活中难得一见的美丽和丑陋都不了解但是怀着本能的畏惧。

只有许缤纷还站在楼梯的正中央，留给所有人一个骄傲的背影。当罗凯和小洛的脚步声渐渐远了的时候，她突然转过身，对着楼梯下面说："等一下。丁小洛，我告诉你，你别神气得太早了。《流星花园》只不过是电视剧。其实杉菜永远只能是一种杂草，灰姑娘永远是灰姑娘！如果你自己不是公主的话，总有一天王子会把什么都收回去的。"

可是小洛什么都听不见了。她稀里糊涂地跟在罗凯后面下楼，有好几次差点儿被楼梯绊倒。她像是做梦那样行走在云里雾里。罗凯却是越走越快了。简直可以说是健步如飞。小洛又一次不幸地沦为一个小跟班。罗凯心里真他 × 的高兴啊。他没有忽略那些一开始凶神恶煞到后来变得噤若寒蝉的小女生的眼神。他没有忽略跟许缤纷擦身而过的时候她眼睛里那抹泪光。脸上的那两个巴掌狠了些，火辣辣的疼痛伴随着虎虎生风的步子好像是燃烧了起来——但那是记录尊严跟荣耀的勋章。太过瘾了。他心满意足地叹着气。

　　他们已经来到了操场上。空旷的、黄昏的操场很静。人都走光了。落日的颜色无遮无拦地倾泻其中，水波荡漾的。一群鸽子飞来了，轻盈地落下来。四四方方的操场就变成了鸽子们的游泳池，金色的游泳池。罗凯回过头的时候，发现小洛在以一种奇怪的眼神看着他。"怎么了？"他微笑着。

　　小洛"哇"地哭了。小洛的哭声就像是婴儿一样嘹亮、饱满，元气十足。听上去简直是愉快的。一群鸽子随着惊飞了起来，这哭声就像是它们的鸽哨。任何人都不会把这哭声跟"爱情"联系起来。她说："罗凯你真傻你为什么要打你自己嘛明明是让你打我的呀你就打我嘛我又不会怪你……"小洛淋漓酣畅地哭着，喊出来这一大串话，连口气也不喘所以中间不能用标点符号。她不理会罗凯气急败坏地在对她吼："你脑子有毛病啊笨蛋——你还嫌你今天丢的人不够多呀你！"罗凯一边吼一边无奈地想：女生们真是没救。为什么她对这样一个本来该庄严的时刻视而不见，而且轻而易举地就拆了罗凯用两个那么响亮的巴掌才搭好的台？真是不可原谅。罗凯好奇看着小洛，她在放声大哭的时候似乎乐在其中。女孩子真是一种奇怪的动物。

　　小洛心里一遍又一遍回味着刚刚的那个瞬间。她在一阵眩晕中看到罗凯扬起了手。重重地落在他自己清秀的脸上。这是为了小洛。这是罗凯送给小洛的礼物。这是罗凯跟小洛之间的约定。这是小洛要用全身力气甚至是有生之年来遵守的约定。小洛不知道对于罗凯来说那两个耳光完全不代表这种意义，她只是明白：丁小洛永远不会背叛罗凯。为了罗凯丁小洛什么都愿意做。

　　温柔的夕阳像河流一样浸泡着这两个孩子，一个在号啕大哭，一个手足无措。夕阳叹了一口气：这两个孩子都是好孩子啊。有情有义，知恩图报。可是有什么办法？已经准备好了的磨难还是必须要降临的。它只能拼尽全力让自己再灿烂一点儿，再美丽一点儿，再惨烈一点儿——夕阳只能用这种方式来提醒他们了，因为即使是夕阳，也没有力量改变任何人的命运。

———— 23 ————

夏芳然经历过很多次手术。比如植皮，比如扩张器植入，还比如——一些奇奇怪怪的名称。除了帮她整容之外，这些手术还担负着其他的功能：那些硫酸烧伤了她的右耳道，他们做手术来尽可能地帮她把已接近封闭的耳道打开；她原先性感饱满的嘴唇如今变成了细细的一条线，他们做手术来帮助她能够正常地咀嚼跟吞咽食物——陆羽平总是开玩笑地说："在医院约会是件很酷的事情。"

躺在手术台上的时候夏芳然觉得自己变成了一台出了故障的机器。因此她总是努力地在手术开始前对麻醉师微笑一下，因为多亏了他，自己才能真的像架机器一样没有痛觉。一位她已经熟识了的麻醉师跟她说："我原先在日本留学。"她说："是不是日本人的麻醉技术很强？"麻醉师说："当然……"麻痹的感觉已经来临，有时她会陷入海水一样深的睡眠——那是全麻；有时她会觉得自己像是灵魂出窍——那是局麻。科学的力量就是伟大。她模糊地想。

　　疼痛往往在深夜里如期而至，就像《百年孤独》里那个跟将死之人讨论绣花针法的死神一样亲切而家常。夏芳然头一次发现原来疼痛就像音乐一样，有些尖锐高亢，有些钝重低沉，有些来势汹汹但是并没有多少杀伤力，有些婉转柔软但是余音绕梁很久不会散去。当好几种痛彼此配合着此起彼伏地同时发生，夏芳然握紧了拳头，泪一点儿一点儿地从眼角渗出来，她对自己笑笑，说："会不会钢琴在被人们弹的时候也是这么痛呢？只不过它不会说，人们都不知道。"

　　自私一点儿说，陆羽平是比较喜欢夏芳然忍受疼痛的时候的。当然这有些不道德。只是在她疼的时候，她会像个惊慌的小女孩一样依赖陆羽平——平时这种事情当然是没有的。她的声音里有种虚弱的嚣张，"陆羽平你过来呀。"陆羽平一如既往地过来，她迫不及待地把手伸给他。医生允许的时候，他会把她抱在怀里，像是抱一个小 baby，他对她说："你闭上眼睛，你数数，它就过去了。"疼得实在厉害的时候她会像个听话的孩子那样委屈地说："好。"疼得不那么厉害的时候她会凄然地一笑，问他："数到几算是头呢？"

　　他也不知道数到几算是头。可是他可以把他的体温传递给她。他的温暖跟撕心裂肺的疼痛比起来微弱得很，可是对于她来说，那就是无边苦海里的一个看得见摸得着的期盼。他轻轻地摇晃着她，给她哼着歌——在这种时候她不会嘲笑他五音不全。她的眼泪滴在他的手背上。现在她的脸庞已经不能允许她的泪一路顺畅地滑行了，脆弱的眼泪们必须要经过很多疤痕的沟壑，夏芳然甚至觉得现在她的眼泪滴落的形状已经不再是规则的圆点儿，它们变成了很多艰难的不规则的形状——就像每个国家的地图一样——谁见过整整齐齐的正方形的地图呢？疆域这东西要是想定下来，永远需要很多人流上很多年的血。夏芳然需要这种胡乱的联想来打发这些难熬的时光——其实所谓"时光"，也就是几个小时，最多两三天而已。她缩在他的怀里怯怯地说："陆羽平，你可不可以帮我跟医生说，给我打一针杜冷丁？"通常他是会对她说"不"的，通常她其实也并不等待着他说"行"，那针永远不会打的杜冷丁是他们两个人之间的默契，每一次这样的煎熬过后，陆羽平都觉得他们俩已经在一起走完了大半生。

最可怕的是等待疼痛来临的时候，比如当麻醉药的效力还没消失，但是谁都知道它终究会消失。在这种时候夏芳然就变得非常暴躁，她经常无缘无故地抓起身边的什么东西往陆羽平身上丢——准头好得很，哪怕陆羽平站在离病床最远的门口也还是会被打中。陆羽平有时候不无惊讶地想她小时候没去练练篮球什么的真是损失。看见他不声不响地把她扔了一屋子的东西捡起来放回原处，她就会冷酷地说："×的你装什么可怜扮什么正经？你还等着谁来给你颁奖？受不了你就滚啊，你以为我愿意天天看见你……"他会在听完这些话之后微笑着问她："喝不喝水？"她很沮丧很泄气地点点头，然后等他把杯子递给她的时候对准他的脸泼过去。如果杯子里的水有三分之一那是最合适的，这是夏芳然在泼了很多次之后总结出来的经验，因为三分之一的水可以非常利落地全体飞到陆羽平身上而不弄湿夏芳然自己的被单。如果再多力道就不好把握了。比如有一次，陆羽平不小心倒了满满的一杯，夏芳然在泼的时候迟疑了一下，结果没能如愿以偿，大半杯都到了地上，她气急败坏地把杯子掷到屋角，在一声惊天动地的破碎声中她无力地说："滚出去，陆羽平你滚。"

陆羽平安静地来到走廊上，轻轻地替她关上门。他是那种心里越愤怒脸上就越平静的人。他靠着墙站着，灵魂的深处依然回荡着那个杯子碎裂的声音。他想起小时候学英语，他怎么也记不住"玻璃杯"这个单词。堂姐说："你就记住玻璃杯打碎时候的声音吧：g—la—ss，有一点儿像对不对？"叔叔婶婶全都笑了，说堂姐还真能胡说八道。阳光像潮水一样在狭长的走廊里汹涌，这绝好的阳光让他觉得自己拥有了来自上苍的鼓励。他对一个一脸同情地冲他吐舌头的护士笑笑，然后对自己说：算了吧，到此为止吧，谁他 × 也不是圣人。反正只有这一辈子谁还能永远想着别人？深入骨髓的寂静里，他推开夏芳然病房的门，他要跟她说他不准备再看见她了，他要跟她说他从来就没有觉得自己真的做了多么了不起的决定可是事实上他并不欠她的，他早就准备好了迎接她的冷嘲热讽所以他还有重磅炸弹在必要的时候扔——他要跟她说："你以为我真的想过要娶你？"就这样他推开了门。

但是她睡着了。她蜷缩在床上像只猫一样把脸埋在自己的身体里。他试着推了推她，想把她弄醒，可惜未遂。她的身体温顺地随着她的呼吸一起一伏。她现在就连睡觉都养成了把脸藏起来的习惯。陆羽平替她把被子盖好，然后慢慢走到屋角，拿起笤帚尽可能轻地扫那些碎片。它们懒散地划过地板，划过建筑物的肌肤，这尖刻的声音还是吵醒了她。他看见雪白的被子动了一下，这令他联想起雪崩这种危险的东西。恍惚间他的心又提起来，他以为新一轮的战争又要开始了。可是他听见她说："陆羽平你刚才到哪儿去了？你不要乱跑啊你知不知道人家多担心你……"

　　她的声音干干净净的，就像被雨水漂洗过的树叶。好像刚才的事情根本就是陆羽平自己做的噩梦。陆羽平来到她旁边，她把手伸给他，她说："陆羽平，我疼。"

　　和平就这样到来。他坐到她身边，他的手臂环绕着她，感觉到她的身体微妙的震颤，他在她耳边说："疼得厉害的时候，你就喊吧。喊出来就会好受点儿。"她居然笑了，她说："不。那不行。"他在心里长长地叹着气，他想这真是一个固执的女人。

　　几个月以后她的第二次植皮手术失败了。这一次他们没有用她脊背上的皮肤而是用大腿上的。手术前一天，陆羽平小心翼翼地抚摸着她光滑雪白的腿，她说："陆羽平，我真的马上就要变成一条鱼了。""对。美人鱼。"她笑了。"美人鱼"变成了他们之间的一个典故，一个暗语，一个小小的玩笑。

　　可是手术后她的创面感染了。她发着三十九度的高烧昏睡了整整三天，那时候她觉得自己真的变成了一条离开了水的鱼，只能张着嘴狼狈而卑微地呼吸。疼痛是在三天后的那个凌晨里长驱直入的。那时候陆羽平坐在病房外面的长椅子上。因为病房里的空气很闷，也因为他睡不着。坐在他身边的还有一位老人，他几乎夜夜都在这儿坐着。他有一个也是在烧伤病房的孙子。他们的故事整个病房的人都知道。冬天的时候老人给小孩买了一床电热毯，可是半夜里也不知道因为什么原因，电热毯烧着了。现在那个孩子毫无知觉地躺在夏芳然隔壁的病房，全身被裹得像个小木乃伊，也不知道能不能救活。陆羽平和这个没有表情的老人每个深夜都会并排在这儿坐一会儿，往往是陆羽平来的时候老人就已经在这儿了，陆羽平走的时候他还在那儿坐着。他们从没有说过话，甚至没有彼此点过头。那天的凌晨也是如此，他们都已习惯了彼此的存在。

他很困。他想明天的课并不重要就不用去了吧。他就在这时听见了她的号叫。起初那让昏昏欲睡的他吓了好大一跳。然后夜班的医生护士们急匆匆地往病房里跑。他想：她死了。或者是，她马上就要死了。那根本就不是人的声音。他童年时的小镇上每逢过年总会杀猪或者杀牛，这叫声竟然让他想起这个。他不知道如果他这个时候冲进病房医生会不会把他轰出来，事实上他根本就没力气也没胆量冲进去。走廊上有一扇窗是破的，很冷的夜风吹进来，她的号叫就像是一棵被狂风蹂躏的狰狞的树。渐渐地，变成了一种丧心病狂的锯木头的声音。他身边的老人依旧无动于衷，一如既往地没有表情。说真的他真感谢他的无动于衷，这让他觉得其实事情还没有那么糟糕。寂静的走廊上已经开始有隐隐的骚动了，无辜的睡眠中的人们大都已经被吓醒，那些惊恐的疑问跟抱怨让他无地自容。那一瞬间他羡慕这个世界上所有不认识这个女人的人。一个小护士惊慌失措地跑出来，过了一会儿又从走廊上惊慌失措地跑回来，手上拿着一个盒子。他知道那是杜冷丁。

这下好了。只要能让那种号叫声消失，什么都行。杜冷丁，吗啡，安乐死也好啊。他闭上眼睛，现在他总算是明白了为什么当他对她说"要是疼的话你就喊出来"的时候，她会摇摇头微笑着说"不"。因为她知道：如果她真那么做的话，他会恨她。也因为如果她真的允许自己养成这个习惯的话，她会恨自己。

当他终于又坐在她的床边，安静地帮她削苹果的时候，她的身上已经找不到一丝那晚的痕迹了。她把自己的右手很珍惜地捧在胸前，小声对陆羽平抱怨着那个新来的小护士扎偏了针，搞得她整个手背都红肿了起来。可是他知道自己并没有忘记那个晚上，她也没忘。她说话的声音里有种道歉的意味，这让陆羽平很不自在。无论如何，那不是她的错。他自己也不知道，为什么他可以忍受她无端的暴躁跟发泄，可以忍受她的冷嘲热讽，可以忍受她以越来越熟练的姿势泼到他脸上的水，但是他没法面对那个整个走廊响彻她的号叫声的晚上。为什么呢？他本来应该更心疼她才对啊，她忍受过了他根本就无法想象的疼痛，刻骨铭心的疼痛。对了，问题就在这儿，刻骨铭心。可是在那种令人毛骨悚然的瞬间里，她到底还有没有心？他在心里嘲笑自己的虚伪：装什么淡啊？人不都是动物吗？还不都是那么回事，有什么不好意思的？

她说："这个苹果不好，我还是喜欢吃红富士。"他说："卖水果的人说，这就是红富士。"她笑了，"宝贝，他是骗你的。"因为她现在已经不方便咬整只的苹果，所以他总是把每个苹果给她切成小小的块儿。后来这变成了他的习惯——在他们冷战的时候，在他们彼此谁都不愿意开口说话的时候，切苹果变成了打发这种类型的沉默的最好的办法。"别切了。"她静静地说，"一点儿都不好吃。""当药吃。"他看着她，"维 C 对你的伤口有好处。"她从他说话的声音里感觉到了一种疏远。她知道那是什么原因。

"陆羽平，你走吧。"她微笑着说，"我的意思是，这些日子辛苦你了。我们就到这儿吧。你应该找一个正常、健康的女孩子跟你在一起。你别担心我，我不会寻死觅活的，要是真的想死我早就死了，所以我会好好的。我们以后还是朋友。"

　　他站起身走了出去。她像是松了好大的一口气那样靠回枕头上，无论如何，她已尽了最大的努力为自己挽回一点儿漂亮的尊严。伤口处的疼痛又开始苏醒，真奇怪，每次都是在她尽力想要维持尊严的时候，这些疼痛就会来临。她又想起两天前那个羞耻的夜晚，她一点儿都不想回忆它，可是她的喉咙里还残留着一种细微的干燥和灼热。是那场就像是要把灵魂呕吐出来的号叫的痕迹。她想起以前听说过的一个欧洲的吸血男爵的传说。那大约是英法百年战争的时候，这个男爵先后杀掉了他自己的领地里一百多个小孩，因为他认为孩子的血可以让他留住自己的青春跟力量。这个故事里最让她心悸的一点是：那个男爵把这些孩子组成一个合唱团，训练他们发声，因为那个男爵说——这样在他屠杀他们的时候，他们的惨叫和哭泣声会比较悦耳一点儿。为什么想起这个可怕的故事呢？她对自己笑笑，因为她现在觉得，这个男爵或许是有道理的，合唱团，多精彩的主意。不过我原来也是学过音乐的啊。她闭上眼睛，阳光在泪光里变得晶莹剔透。她都没有听见一声门响。

　　陆羽平又回来了。手中拎着一个粉红色的塑料袋。他一个男生拎着这么鲜艳的口袋真是好笑。口袋里面是很多个鲜红、饱满的苹果。他没有表情地说："这次，应该是真的红富士了。"

———— · 24 · ————

　　夏芳然经常问自己，到底爱不爱陆羽平。她知道这个问题太奢侈了些，但是要知道夏芳然本来就是一个奢侈的女人。曾经在她穿什么都好看的时候，用她自己的话说，在她的鼎盛时期，她经常是在两个小时内就可以让梅园百盛的每一个收银台都插过她的信用卡。陆羽平听完这句话后坏笑着说："又是'鼎盛时期'，又是'全都插过'，你的修辞还真是生动。"她尖叫着打他，说他流氓。趾高气扬地按下自己信用卡的密码的时候夏芳然心里是真有一份连她自己也解释不了的自信的。比方说，在梅园百盛里你经常会跟一个长相很好衣着很好甚至是气质很好的女孩子擦肩而过，但是夏芳然知道自己跟她不一样，因为自己的眼睛里没有闪烁那种被物质跟金钱占领过的迷狂。夏芳然从头到脚没有一点儿物质的气息，虽然她是个奢侈的女人，她自己没意识到她能吸引很多男人的原因也在这儿。对于大多数女人而言，奢侈是一种商品，可以买卖可以租赁可以交换，她们的美貌或者青春或者劳动或者才干或者贞操都是换取奢侈的货币。夏芳然鄙视这些女人——也就是说她实际上鄙视大多数女人，夏芳然把这群买卖奢侈或者意淫奢侈的女人统称为"暴发户"，连那些自命清高鄙视奢侈视奢侈如粪土的女人都算上，全是暴发户。为什么？因为暴发户们怎么可能明白奢侈根本就不是一样身外物？就像天赋对于艺术家来说是一样在他体内既可以生长蓬勃又可以衰老生癌的器官，奢侈就是夏芳然的天赋，夏芳然的器官，夏芳然伸手不见五指的内心深处一双不肯入睡的眼睛，一轮皎洁到孤单的月亮。金钱、名誉、地位、虚荣心这些东西算什么啊？夏芳然不会是因为它们才奢侈，夏芳然的奢侈是光，物质不过是被光偶然照到的一个角落。所以就算是没有钱夏芳然也还是要照样奢侈下去的，就算是没有梅园百盛夏芳然也还是要继续奢侈下去的，所以当夏芳然已经没有了美丽，甚至已经没有了一张正常人的脸的时候，她依然拿她的感情大张旗鼓地奢侈着，依然用她的尊严一丝不苟地奢侈着，于是她就会问自己到底爱不爱陆羽平。

她不知道外人是怎样想象她现在的生活的，或许他们，尤其是她们，会认为夏芳然一定是躲在暗处天天在撕心裂肺的痛苦中度日。但事实上那是不可能的。没有任何一个人能把每一分每一秒都过得痛不欲生，每一分每一秒都痛不欲生的生活或许存在在地狱里，但是人间是没有这回事的。因为痛不欲生的次数一多，人也就习惯了，也就安然地活在痛不欲生里了。伴随着习惯而来的，是贫乏、琐碎、庸俗等一切人间的事情。

所以当夏芳然悄悄地在饭桌上打量陆羽平的时候，她像所有的正常女孩子一样在挑剔自己差强人意的男朋友。说真的她不能接受他喝汤的声音大得像匹马，不能接受他剔牙的动作，尤其不能接受的是他吃完饭后点烟时候的表情，夏芳然是很在意一个男人点烟时候的神情的，打火机那一抹微弱的光照亮的是灵魂的深度，可是你看看陆羽平吧，按下打火机的时候他歪着头，准确地说是佝偻着头，眯着眼睛，那副上不了台面的心满意足简直可以拍成照片放进字典充当"卑微"这个词的图解。夏芳然就在这时想起了另外一个男人，那个送她这个蓝宝石戒指的男人。他并不是多么英俊，但是他是夏芳然见过的点烟点得最好看的男人，也是夏芳然此生第一场劫难。夏芳然知道自己这是在比较，在这场令人心灰意冷的比较中她暂时忘掉了对面的陆羽平是那个在她最绝望的时候过来拥抱她的人，是那个在已经没有人相信传奇的今天依然肯跟她生死相许的人。有时候她需要暂时忘掉这件事，如果真的时时刻刻活在对自己的提醒跟责备中很快就会精神崩溃的，现在她已经有比一般人更多的精神崩溃的理由了——她不能再让自己活在对一个男人的付出的诚惶诚恐里。生死相许是个多重大的仪式，死在这仪式里倒也罢了，可是麻烦的是如果你活在这个仪式里，你就一定会在某些时刻用厌倦来打发日子。夏芳然此时还没有意识到，其实亲人之间就是这么回事。抱怨、嫌弃、厌恶都发生在一群彼此肝胆相照的人之间。厌弃是真的，但是肝胆相照也是至死不渝的。

夏芳然不住院的时候也是基本上不出门的。最多在人少的时候去趟"何日君再来"听小睦吹吹牛。父亲上班、陆羽平上课的时候，夏芳然就得一个人待在家里。在这些独处的寂寞中，她渐渐养成了一个嗜好。就是拉开她那个巨大的衣柜的门，把里面的衣服一件一件地拿出来。其实她的衣柜在她出事后已经整理过几百回了，那些现在已不能穿的衣服却还是在那里挂着。比如吊带，比如露背装，比如露肚脐的衬衫和露肩膀的裙子。有一回父亲要她整理出来几件现在已经用不着的衣服送给她的表妹，她平静地说："等我死了以后我就全都用不着了，到时候再让她来拿也不迟。"父亲说了句"胡说些什么"就再也没提过关于衣服的话题，其实父亲现在也有点儿怕她。

夏芳然一件一件地检视着那些衣服。是检视也是回忆。这件外套是"何日君再来"刚刚开张的时候买的，不是什么了不起的牌子，可是小睦评价说她穿上这个很像《骇客帝国》的女主角；这件大领口的羊绒衫真是可惜了，她现在已经没有本钱让胸前那道曼妙的小沟若隐若现，可是曾经，她穿上这件羊绒衫就觉得自己像个芭蕾舞演员那样露出了天鹅般洁白的脖颈；这条牛仔裤还是读师范学校的时候买的，那个时候这条裤子对她来说可算得上是天价，但是她试穿时一看见镜子里的自己就投降了，不知不觉间它跟了她七年了——好衣服都是通人性的，越穿它就越了解你的身体，身体和好衣服的关系是河跟河岸的关系，那些服装大师的作品之所以是大手笔，就是因为它们对女人身体的奥妙了如指掌。夏芳然像是在欣赏一些珍贵的标本那样把衣服们拿出来，再整整齐齐地挂好或者叠好，小心翼翼地放回去。送人？做梦吧，她就是一把火烧了它们也不会让它们去委屈地跟随别的女人的身体。她曾经完美的身体已经变成这些衣服前生的记忆了。现在呢？这件中袖 T 恤真是美妙，正好可以遮住她左臂上从肩膀一直蜿蜒到肘关节的一条骇人的疤——那瓶硫酸大部分都倒在了她脸上，溅出来的几点调皮的浪花到她胳膊上就变成了今天这种结果；旗袍是样好东西啊，领口系得严严的，这样胸前的那些疤痕就会被遮掩得好好的，可惜的是下摆上那道开气让她很郁闷，因为现在就连她的腿也因为手术的关系变得必须遮掩了，那么只好放弃旗袍，改穿唐装上衣就好了。还有高跟鞋——这样性感得像乐器一样的鞋子到底是什么人最先发明的呢？夏芳然真高兴她现在还是可以穿高跟鞋的——一个女人若是不喜欢高跟鞋那她可就太不可救药了，她根本就不会明白上帝为什么要创造女人这种生物。欣赏衣柜的时候永远是夏芳然最开心的时候，只可惜陆羽平就不会明白这种事情乐趣何在。有一次陆羽平非常憨厚地拎着一件紫色的露背装对她说："这个摸上去舒服，剪了当抹布保准很能吸水。"

夏芳然知道陆羽平这样说其实是怕她心里难过。可是夏芳然真的一点儿都不难过。陆羽平是不会了解她就算难过也永远舍不得把委屈撒在它们身上的。但是夏芳然还是很感动，她笑着揉陆羽平的头发，说："傻瓜。"然后她说，"陆羽平，你爱不爱我？"

这是永恒的第二问。问完了自己爱不爱陆羽平之后马上随之而来的第二个问题。陆羽平从来不会说："爱。"只会说："当然。"或者说："你又说什么废话？"男人真是迟钝，夏芳然叹了口气。

这个问题看上去是毋庸置疑的，陆羽平凭什么要忍受她，忍受她满脸满身的瘢痕，忍受她反复无常的坏脾气，忍受这份因为她而不能正常的生活，甚至忍受所有她忍受的疼痛？凭什么？陆羽平爱她？他爱的是原来的夏芳然吧？那个如花似玉风情万种的夏芳然。可是他实在没必要爱如今的夏芳然的。谁能永远靠着那么一点儿回忆过日子呢？夏芳然突然想起了王菲的一首歌，她用慵懒和玩世不恭的声音唱着："如果你是假的，思想灵魂住在别的身体，我还爱不爱你？如果你不是你，温柔的你长了三头六臂，拥抱你甜不甜蜜？"好问题。但是有时候，身体一旦变成了别的，思想灵魂也会跟着变。夏芳然对自己微笑了一下，她的灵魂变了吗？应该变了一些的。可是她真庆幸自己依然是一个湿润的女人，尽管身体已经变成了一片无可救药的戈壁。女人有四种：干燥的好女人和湿润的好女人；干燥的坏女人和湿润的坏女人。那我是哪一种？她自嘲着：我现在是个湿润的妖怪。那陆羽平又为什么要爱这样的一个我呢？陆羽平是怎么说的？"你是我喜欢过的第一个女人，如果我因为你出了事就这样逃跑，我永远都会看不起我自己，我今年才二十岁，如果永远都看不起自己的话那么长的一辈子我该怎么打发？"真是个傻孩子，不知道他现在有没有悟出来所谓荣辱真的只是一瞬间的事情呢？

她知道别人在怎么讲她和陆羽平。她们——比方说她父亲公司里的那些厚颜无耻的女职员，她们说陆羽平真是聪明真是有心机，一个来自小城没有吓人的名校文凭的年轻人在研究生满街都是的今天拿什么来出人头地呢？看人家陆羽平就想得到那个被硫酸亲密接触过的夏总的女儿。陆羽平这个年轻人真不简单真舍得下血本。她似乎看得到她们绘声绘色的样子，她们还会说："不过夏总的女儿其实很漂亮的基因还在，生的孩子一定还不难看。"然后她们一起开心地大笑……

夏芳然害怕那是真的。当她开始害怕的时候一种歉疚就会跟着浮上来。她怎么可以这样想他呢？她的陆羽平她的宝贝那个总是叫她"殿下"的男孩子。可是她需要知道这个，说到底男人和女人是不同的。有些男人在女人身上最在意的东西是顺从，有些男人最在意的是仰视，有些绅士一些的男人最在意的是尊重跟了解。——说来说去都是些跟"权力"沾边的东西。可是女人最在意的"爱"是样什么东西呢？不是说跟"权力"一点儿不沾边，但是"爱"更多的是种自然界里生生不息的蛮荒的能量。

比如说，当她需要忍受那些没有止境的疼痛的时候，她已经习惯了寻找他的手。在那种时候她对自己说算了吧，真的也好假的也好就算是被骗了也好。那个时候她就问自己：夏芳然，没想

过你也有今天吧？冷酷的不可一世的你啊，你伤害过多少人？你
对多少人的真感情满不在乎？现在报应来了，你慢慢地忍受慢慢
地了悟吧，倾国倾城阅尽风情也好，惨不忍睹诚惶诚恐也罢，都
是你的命。不是每个人都有运气用一生的时间活完两辈子的，你
偏偏就是一个这样的人。那么好吧你会比那些一生只有一辈子的
人聪明得多只要你肯忍耐。也就是说你终究会比大多数都要聪
明。想到这儿夏芳然的心情就又好了起来。她愉快地看着陆羽平
很没气质地点烟，愉快地听着陆羽平用家乡话跟他的叔叔婶婶讲
电话，然后愉快地叹口气自言自语："旧时王谢堂前燕，飞入寻
常百姓家。"陆羽平现在已经非常了解她了，了解她每一个玩笑
每一句暗语，所以当他收起手机的时候熟练地扑过来掐她的脖子，
"你刚才说什么？"她笑闹着一边挣扎一边求饶，"我错了嘛——"
他一边胳肢她一边问："哪儿错了——"她笑着说："我以后再
也不歧视来自偏远地区的同胞了。"他重重地朝她屁股上打了一下，
她说"体罚犯法的我要打110。"他们突然紧紧地拥抱在了一起，
他的呼吸他的温度他的气味就这样不依不饶地侵袭了她。短暂的
安静过后,他没头没脑地问了她一句："乖。你现在还恨不恨孟蓝？"
她想了想，"不恨。"他问为什么。她说："就是因为恨她的理
由太充分所以倒懒得恨了。"

　　她说的是真话。自从出事以来，她经常是度日如年。这么一
来她心里有很多岁月在生长。于是有时候她就忘了让她这样度日
如年的那个人是谁。当然是孟蓝，被枪决的死刑犯，她知道的。
可是真的是孟蓝吗？或者说，真的只是孟蓝吗？孟蓝是谁呢？一
个恨她的陌生人。上天选了孟蓝来给她这一劫。不是孟蓝，会不

会也是别的陌生人？说穿了还不都是一样的？隔了这么远的路看过去，原先坚定不移的答案居然也变得模糊了。记忆这东西，真是不可思议。

"陆羽平。"她叹了一口气，"要是照我以前的性子，我知道有一个人像孟蓝一样恨我，我其实会很高兴的。我原来最怕的事情就是大家都来夸我好，因为我觉得如果一个人能被大家喜欢，要么这是大家的一个阴谋，要么这个人是个没有意思的大路货，你明白我想说什么吧？"

"明白。"陆羽平其实不大明白，不过他不想扫她的兴，"我想孟蓝她，一定是原先在舞蹈队的时候就开始恨你了吧。恨了这么久。也许她恨所有的人，只不过你不小心成了一个代表。"

"嗯。"夏芳然愉快地伸了一个懒腰，"对于我来说，也许就算不是孟蓝，也会有另外一个恨我的人来害我一回；对于孟蓝来说，也许就算不是我，她也会选中另外一个倒霉蛋。想想看我们初中舞蹈队里面——我原先总是领舞，她——最多也就是在后面跑个龙套，也难怪我会记不得她。可是当时看过我们跳舞的观众们估计不会想到吧，在那个很普通、水准也不怎么样的中学舞蹈队里若干年后会发生一个惊天动地的大案子。人生这东西真有意思啊。"

"喂。"陆羽平笑了，"怎么那种语气？听上去还以为你有多老。"

"不对，陆羽平。"她轻柔地摇摇头，"我不老。只不过从现在起，我永远不会变老，但是也永远不再年轻了。孟蓝用一种很特别的方式把我的时间停顿住了。但问题是她明明知道我不愿意这样。"

———— • 25 • ————

　　小睦永远忘不了两年前那个早上。一月的天气依然寒冷——小睦总是搞不清楚：反正每一年都是在寒冷中开始，然后在寒冷中结束的，那么，所谓的"辞旧迎新"又是从何说起？

　　冬天的晴朗永远有一种锋利的味道。那天他一如既往地很早来到"何日君再来"，开开音乐以后就开始拖地。音乐声中传来了一个陌生的嗓音："小睦。"

　　他有点儿愕然。因为除了夏芳然，没有多少人这样叫他的小名。在这里那些跟他很熟的客人都跟着一个从广东来的女发型师叫他"阿庄"。

　　"小睦。"那个女孩子笑吟吟地站在冬天的太阳下面，冲他挥挥手。

　　"蓝蓝？"他不敢相信自己的眼睛。

　　"不错嘛。"她走过来拍了一下她的肩膀，"还认得我。"

　　"哪会忘呢？"他对她羞报地一笑。

　　"几年不见你长这么高了——"她烫了头发，也比从前会打扮了。

　　"是两年。咱们两年没见了。"小睦纠正她。

　　"小睦，你不知道我前天和昨天的晚上都在这儿吧？还有上个星期六我也来了。可是你这个小没良心的居然好几次从我身边走过去都认不出我。"

"不是。"他吐了吐舌头，"蓝蓝你变太多了，你现在变得这么漂亮，我当然不敢认了。"

"嘴真甜。"她的耳环随着她说话一晃一晃的，"不过没大没小。以前还知道叫一声'蓝蓝姐姐'，现在就直接叫名字了噢。"

小睦逐渐地对眼前的局面有了真实感。他胸有成竹地眨眨眼睛，"以前小，现在还叫'姐姐'，那不是把你叫老了？你们女孩子不都在乎这个吗？"小睦现在说话已经很有一股老油条的味道了。

"贫嘴吧你就！"她又打了他一下，笑得很开心，"说正经的小睦，今天我其实是有事要求你。"

"尽管说。"小睦豪爽得很。

"是这样小睦。你知不知道我现在就在理工大上学？我有个同学，其实是我的好哥们儿，他想追你们老板。"

"芳姐？"小睦挠挠头。

"对，就是夏芳然。"她点头。

"是不是那个陆——陆羽平，你的同学？"

"不是。他姓刘。"

"噢。"小睦笑了，"主要是追我们芳姐的人实在是太多了。"

"所以要来点儿新鲜的啊——"蓝蓝的眼睛好像比以前大了，很有些顾盼生辉的滋味在里面，"小睦，其实很简单。今天晚上我会在那儿坐着——她指了指角落的一个座位。你十二点的时候想办法让夏芳然到银台来一会儿，你编个什么理由都行，能让她在那儿待四五分钟就好。看见她到那儿了，我就给我的哥们儿打个电话，其实他就在外面你明白吧？接到我的电话他就会捧着一大束玫瑰花走进来，你看小睦，我们早就看好了，站在那盆银台拐角处的植物后面，我的哥们儿看不见夏芳然，夏芳然也看不见他。这个时候他把玫瑰花亮出来，多棒啊，九十九朵啊，夏芳然会觉得那捧玫瑰花像是从天上掉下来的一样！"她兴奋得眼睛都亮了。

"噢——蓝蓝我觉得你真适合当偶像剧导演，要不然搞地下工作也行。"小睦觉得如果是在日本漫画里的话，他现在的脑后一定要悬一粒大大的汗珠。

"那就说定了！"孟蓝拂了一下落在额前的头发，"改天再谢你。对了还有——我奶奶常常念叨你呢，说你怎么不来玩了。下个月是彬彬的生日，你要来家里吃饭，行吗？"

"哎。"小睦犹疑着答应。

"来吧。"她的语气还是那么明亮，"你嘴这么甜，一定能把我奶奶哄得很高兴的。她现在有点儿老年痴呆，已经不大清楚了。"她做了个促狭的表情。

望着她离去的背影，小睦还在想：她会不会是喜欢那个她所谓的"哥们儿"呢？所以才这么尽心地帮他追别的女孩子。小睦知道，蓝蓝是个做得出这种傻事的姑娘。

那天晚上的计划进行得很顺利，他看见蓝蓝坐在那个最不被人注意的角落里，十二点的时候他轻而易举地就把夏芳然骗到了银台，他甚至看见了蓝蓝站起身，穿过店面的时候对他做了个"OK"的手势。他满心欢喜地等待九十九朵玫瑰空降的时候却等来了一声凄厉的惨叫。没错的，计划进行得很顺利，只是一个环节出了问题。九十九朵玫瑰变成了百分之九十九的浓硫酸。

"阿庄，你跟我说这个干什么？"婷婷伸了个懒腰，把胳膊肘撑在吧台上，语调掩饰得非常好，没有流露一点儿的惊讶，毕竟是警花嘛，婷婷这点儿功夫还是有的。

"我想找个人说说，就这样。"小睦说着端起面前的托盘，把咖啡给新来的一桌客人送去，当他再回来的时候婷婷还是那个姿势，安静地托着腮，一副很能骗倒一些男人的架势。

"妹妹，你是不是被我的故事吓坏了？"小睦笑着问。

"小看人。"婷婷对他做了个怪相，语气里的那丝不自然倒不全是装的。

"妹妹，我就是心里憋得难受，正巧你是我这几天里唯一可以算是朋友的人，尽管咱们才刚刚认识，所以我才告诉你的。——说真的要是咱俩很熟的话，我想我也是讲不出口的。"

"你跟多少女孩说过这种话啊？"婷婷笑了，"你拿我当初中生是不是？"

"我早就跟你说了信不信由你，而且是你让我讲故事的，本来就是故事，你就不用管它是不是真的了吧。"

"我相信。"婷婷歪着头，很无辜的样子，"干吗不信呢？不过话说回来，如果这是真的的话，你那个芳姐也够可怜的。"

"何止是可怜。"小睦冷笑了一下，"你知道我一直都觉得我欠蓝蓝的，所以她让我帮忙我怎么能不帮呢？她说得多像啊——要是语文老师问：这个故事给了我们什么启示？我告诉你，启示就是你千万别相信任何人，尤其是别相信一个很久没见面的好朋友。"

"我下面想讲的这句话可能残酷了点儿。"婷婷笑靥如花，捏起了嗓子，"不知当讲不当讲。"

"但讲无妨。"小睦装深沉。

"我不懂法律。"婷婷眨了眨眼睛，"那你这种情况，应该不算是共犯吧？"

"蓝蓝没有把我说出去，我也没有跟警察讲。可能在查这个案子的时候，'非典'来了，再加上蓝蓝又是当场被抓住的，也就没人怀疑她的口供。"

"可是就算是这样。"婷婷很哆地说，"阿庄你真不容易。其实这又不是你的错。"

"最不容易的人是芳姐。"小睦重新把洗干净的咖啡杯摆到架子上，"那个时候我特别想走，我的一个哥们儿来问我愿不愿意跟他一起去海南，我当然想去，可是我不能就这样把芳姐丢下。我已经闯了这么大的祸，要是一走了之的话，我多不是东西。"

"那你的芳姐，她知道这件事吗？"

"当然不知道。"小睦打了个响指，"傻丫头，我怎么能让她知道呢？我当然可以说出来，我可以双手给她递刀让她随便砍我——反正要不是她救我我本来就该被砍死。可是真正的忏悔不是这样的。芳姐已经受过够多的折磨了，我不能为了自己良心平安就干这种事儿。"

"没错。"婷婷用力地点点头，"那种做什么事情都想着要对得起自己良心的人其实有可能是最自私的。"

"太有哲理了妹妹。"小睦夸张地叹了口气，"我原先觉得你挺有水平，但是我没想到你居然这么有水平。"

"别一口一个'妹妹'的。"婷婷撇嘴，"我已经二十二岁了，比你大。"

"那更好，'女大三，抱金砖'这句话你又不是没听说过。"

"不要脸。"婷婷开心地欢呼着。

"别紧张，我是开玩笑的。"小睦一边擦杯子，一边漫不经心地说，"因为我想娶芳姐。"

婷婷没有回答，把眼光调向了别处，她不愿意承认她被感动了，她只是说："你的芳姐，可不可以做整容手术？"

"可以是可以。"小睦说，"但是她伤得太厉害，再整也就那么回事，何况现在……"小睦还是把原先想说的话咽下去了，他不打算告诉婷婷芳姐现在遭遇着什么。他只是说："这两天我心里很乱，你知道吗？前些天有个警察来问我认不认识蓝蓝。我不知道他们是怎么知道的，按理说不应该啊，蓝蓝死了谁还会来查这个案子？所以我得找个人说说，再不说说我就一定得憋疯。"

"不会吧。"婷婷笑了，"别吓唬我们善良的平民百姓了。咱们中国的警察有这么强的工作能力吗？"婷婷一边说一边想着待会儿回家以后要自己对着镜子掌嘴。这个时候有顾客起身，小睦赶紧跑到银台去结账。客人很少，小睦说过，没有了夏芳然的"何日君再来"，没有多少人愿意"再来"了。

"阿庄。如果你的故事是真的，那我也只能跟你说，你就自己咬咬牙忍吧，没有更好的办法。"

"看来我不出示证据你是不会相信我了。"小睦痛心疾首地把手机摔在台上，打开"短信"那一栏，有一条二〇〇三年一月的短信两年来一直在那里，发信人是"蓝蓝"，小睦在一阵混乱后才发现它，他推断那条短信一定是蓝蓝从座位上站起来对他做 OK 的手势的前后发的。没错，正好是午夜十二点。短信的内容很简单：小睦，对不起。

"小睦？"婷婷盯着那条短信，把发送人的号码默记在心里，准备第二天去电信局核实，她嘴上却欢天喜地地说，"这个名字好可爱啊！"

"那是我的小名。"小睦脸红了，"我的名字叫庄家睦，你呢，你叫什么？"

"叫我'妹妹'就可以啦。"婷婷嫣然一笑。

婷婷推开办公室的门，对着徐至的背影说："我承认是我错了。"

"你说什么？"徐至正对着电脑屏幕专心致志地玩"接龙"。

"我原来的推想——就是我怀疑孟蓝真正想要害的人是庄家睦，这个推想是错的。我现在知道它是错的了。"

"小丫头。"徐至叹着气，"我不是叫你不要再管这件事了吗？"

———— 26 ————

"我去查过了市中心医院急诊室的记录，夏芳然。"徐至看似漫不经心地说。

"噢。"她淡淡地回答。

"你是二〇〇五年一月十八号因为服安眠药自杀被送进去的。"

"对。你们管这叫——自杀未遂，是吧？"

"审讯的时候你说你是因为你的第二次植皮手术失败你才自杀的。"

"这个——可以这么说。"她点点头，"至少那应该是主要原因。"

"但是我不相信。夏芳然，你的失败的第二次植皮手术是二〇〇四年三月做的。但是你却拖到第二年一月才自杀——你一定是犹豫得很厉害。"徐至慢慢地微笑了，一脸"请君入瓮"的神情。

"天——"夏芳然夸张地叹气，又开始撒娇，"警官啊，你们这些人天天讲证据找作案动机，你们是不是忘了人又不是机器，人不能做什么事情都想着到底有什么动机——"她调皮地笑了，"杀人或者自杀——都是需要激情的，哪有那么多动机呢？"

"那好。就算你是因为第二次植皮手术失败才吃安眠药，从一月十八号你只是单纯要自杀开始，到二月十四号你想要杀了陆羽平。这不到一个月的时间里你为什么变了这么多？就算你知道了陆羽平背着你跟赵小雪来往，你要杀陆羽平，可是如果罗凯没有撒谎的话，你跟陆羽平两个人根本就是要一起去殉情——至少陆羽平以为是这样。这哪是一个有'第三者'的男人干得出的事？陆羽平难不成是疯了？"

"我——"夏芳然说，"警察叔叔，我可不可以叫你的名字？"

"当然。"

"好。徐至。"夏芳然微笑着，"你为什么还要揪着我的案子不放呢？能说的、该说的，我在审讯的时候都已经说清楚了。"

"今天不是审讯。我想听的就是你不能说，和不该说的。"

徐至看着她硕大的墨镜，就像看着一双真正的眼睛那般专注，"你看看这个案子，夏芳然。人证有了——那个卖给你氰化钾的倒霉蛋；物证有了——氰化钾的瓶子、你的指纹，还有你买氰化钾的那个工业网站的网址；动机有了——你承认你是因为赵小雪；就连案发第一现场都有目击者——中间还有丁小洛那个孩子的这条命。唯一的一个疑点——陆羽平为什么会跟你一起'殉情'，但是这不是问题，只有罗凯这样说，罗凯才十三岁，罗凯的证词根本不可能跟一个成年人的证词有同等效力。所以夏芳然——你知不知道你死定了？"

"当然知道。我早就把什么都想好了。"她很疲倦地靠在椅子上，她的声音有一种奇怪的清澈，"我的律师说，要是没有丁小洛那个孩子捣乱的话，他帮我争取一个死缓的机会还大一些。——因为法官多半会觉得丁小洛也是我为了灭口才推下去的。"她粲然一笑，"你听听，多幽默。到了他那里人命变成了一样捣乱的东西。"

"都这样，职业习惯。"徐至笑笑，"我姐姐是个妇产科医生，她经常说'我今天又剖了三个，真累。'她的意思是她给三个产妇做了剖腹产手术——听上去还以为她是屠宰场杀猪的。"

夏芳然笑了。笑得又开心，又畅快。然后她说："徐至，谢谢你来看我。"

"我不是来闲聊的。"他说。

"就算不是。"她打断他，"看见你来，我也很高兴。"

"我今天是要来告诉你，我正在帮你争取另外一次审讯，不过不知道我们的头儿会不会同意。我们这两天很忙，手上有一个杀人的案子，还有一个贩毒的案子。所以你耐心一点儿，用这两天的时间好好想一想，到时候你要把所有跟你的案子有关的事情再重新说一遍。"

"有什么用？"沉默了一会儿，她说。

"判断有用还是没用的人是我。"

"这算是垂死挣扎吗？"她问。

"不是算是，这就是垂死挣扎，夏芳然。"

"可是垂死挣扎之后我不还是得死？"

"人都得死，你就是平安健康地活到一百岁也还是得无疾而终。"

"我真幸运。"她慢慢地说，"我还以为这种事只能发生在电视剧里。"她笑了，"徐至，你说历史里会不会记载咱们俩？一个已经认罪的罪犯，和一个认为罪犯没罪的警察。"

"我可没有'认为你没罪'。"徐至说。

"煞风景。"夏芳然娇嗔地嘟囔了一句，"那么好吧，徐至。就算是我死了，被枪毙了，我也还是会记得你帮过我的。说不定——"她拖长了嗓子，"说不定我日后还是会回来看看你什么的。只不过你看不见我。别担心啊，我会是个心地善良的鬼。"

"我有个朋友，他原来的工作是行刑队的武警。他说他第一次去执行死刑的时候，在去刑场的车上那个死刑犯突然转过头来跟他说：'一会儿你能开枪开得痛快点儿吗？先谢谢你了，改天回来找你喝酒。'"

"那你的朋友他跟这个犯人说什么？"夏芳然很有兴趣的样子。

"什么也没说。"徐至笑笑，"他说他当时吓得腿直抖。而且按规定，他是不可以跟死刑犯说话的。"

"什么烂规定嘛。"夏芳然说，"一点儿人情味都没有。要是我的话，在最后时候我肯定希望有人能跟我说说话，说什么都行。"

"他也说过一次。就一次。有一回他负责枪毙的犯人是个小女孩。他说不上来她真的有多大——已经到了可以执行死刑的年龄了应该有十八岁，可是她个子很小，又瘦又苍白，看上去只有十五六岁。也不知道她犯了什么罪。因为他们在执行任务的时候，只知道他们负责枪决的罪犯的号码。所以他一直都管她叫'五号小姑娘'。五号小姑娘一路上一脸惊慌失措的样子，他实在看不下去了，就在他们到了刑场下车的时候在她耳朵边说了一句话。"

"他说什么？"夏芳然安静地问。

"他说：'待会儿你记得配合我一下，张开嘴，这样我的子弹就可以从你的嘴里穿过去，不会破坏你的脸。'那个五号小姑娘含着眼泪很用力地对他点头。"

"子弹是往脑袋里打的吗？"她慢慢地问。

"是。"他点头，"五四式步枪——至少几年前是五四式步枪。每一个射手的枪里都只有一发子弹。大家一字排开，等着中队长喊：预备——打。"

"明白了。就像运动会一样，是吧？"夏芳然像是叹息一般地笑了笑，"你再给我讲讲死刑的事儿吧。那反正也是我以后会经历的。真可惜……"她说，"要是我的脸没有被毁就好了。我一定会是共和国有史以来最漂亮的死刑犯。"

"我也并没知道多少。我知道的事情都是我的朋友跟我讲的。他其实是个特别胆小的人。也不知道怎么回事被阴差阳错地选进了行刑队。一开始他不负责开枪，他是助手……"

"这种事还需要助手啊！"她好奇地叫着。

"需要。助手必须站在罪犯的旁边，扶住他们的肩膀。因为罪犯会发抖，有的还有可能站不起来，所以有助手在，行刑的射手只需要听口令开枪就好。可是他头一回当助手的时候就闹了一个大笑话——"

"如果是我的话。"夏芳然轻轻打断了他，"我才不要他们来碰我的肩膀。已经是最后一程了，还发什么抖啊？"

"那个时候的人都像是动物一样，想不了那么多。谁都会怕死，哪怕他死有余辜。比如那个五号小姑娘，我的朋友是后来才在一本杂志上看到一篇文章，上面有她的照片——她十九岁，为了一点儿小事亲手杀了她爸妈。可是我的朋友跟我说，就算他事先知道这个女孩子做过了什么事情，他也还是会对她说那句话，也还是会希望她不要害怕。"

"你还没说完，你那个朋友闹过什么笑话？"他觉得她的声音里刚才还灵动如脱兔的一种东西突然间就熄灭了。

"助手要在听见枪声的瞬间放开扶着罪犯肩膀的手。可是他因为紧张，还没开枪的时候就把手放开了。于是那个罪犯就那么在枪响的一瞬间斜着倒了下去，结果子弹就打到了他的肩膀上。这是很忌讳的，刑场上讲究的就是一枪毙命。这不仅是为了维持一种威严，更重要的还有人道。这种情况下都是副射手上来补一枪。副射手的那一枪对准他的脑门儿打飞了他的天灵盖。那个时候是冬天,而且那天是我们这里很罕见的低温——零下二十七摄氏度。血喷出来时热气遇上冷空气就变成了雾。所以我的朋友看见的就是一大团白雾从他的脑袋里蒸腾出来。把周围十几米内的景物全都笼罩住了。那天晚上他来找我喝酒,因为他被他的上司臭骂了一顿。他说:'徐至,我现在总算是见识过了什么叫灵魂出窍。'"

她沉默了片刻,然后她说:"你的朋友不适合干这一行。"他听出来她的声音里微妙的颤抖。

"你也不适合这么死,夏芳然。"他微笑。

"我适合怎么死?"她淡淡地说。

"我还记得那天你说你小时候看见小猪吃火腿肠的事儿——你说杀人也许就是这么回事,很可怕的事情发生的时候都是不知不觉的。我没记错的话你就是这么说的。但是我告诉你,不是那么回事,至少对于我的朋友来说就不是不知不觉的。——虽然杀人这件事,每天都会在世界上发生,一点儿都不稀奇。可是如果杀人的人是你自己,那就是另外一码事。我见过那类真正冷血的人,有一个杀人犯在审讯的时候说过:'我把人命这东西看得很贱,包括我自己的命,我也不觉得它有什么珍贵的。'——这样的人是那种毫无感觉就吃掉火腿肠的小猪。我的意思是他生性如此。但你不是这种人。"

"就算不是又怎么样?我们都是杀人犯,都是死囚,有什么区别?"

"当然有。"徐至看着她,虽然她的眼睛隐藏在巨大的墨镜后面,但是他知道他们的目光正在静静地碰撞着,"夏芳然,我做了十三年的警察,这十三年我明白的最重要的一件事就是:法律真正惩罚的，是你做过的事情，而不是你这个人。简单点儿说，一个人坐牢是因为他做了一件必须要用坐牢来惩罚的事，而不是因为他是一个坏人，因为他有可能是坏人也有可能不是。法律对坏人没有办法，它只对违反规则的人起作用。这个世界上有的是遵守法律的坏人，也有的是违反了法律的好人。——就算是对死囚也是一样：杀人偿命是一样又古老又神秘的准则。你要用你最珍贵的东西，就是你的命为你做过的事付出代价——这是一个契约，是你从出生起就和这个世界签下的合同。不管你是好人还是坏人都逃不过违约以后的代价。夏芳然，你明白我的意思吗？"

"明白。"她像那个五号小姑娘一样重重地点头。

"但是大多数人都不明白这个。不是每一个人都像我一样和'罪恶'这样东西打过十三年的交道。如果你被枪毙，他们就会斩钉截铁地觉得你是一个坏人，一个杀自己男朋友的残忍的坏女人，你死了活该。我知道你根本不在乎。可是你的亲人也会像大多数人一样这么想，你爱的人、你牵挂的人，你死了以后他们只能耻辱地想念你。他们会在心里说他们认识的你根本就不是一个坏人，可是他们甚至不会有让这个念头在心里清晰起来的勇气。因为你不是死在医院里而是死在刑场上，你弥留之际没有人来抢救你来挽留你但是有人扶着你的肩膀好让子弹能顺利地打穿你的脑袋。这就是证据。人需要看得见摸得着的证据来活，不管你觉得这些证据有多荒唐。你真不在乎吗？你爸爸，小睦，他们从此都要用一辈子的时间来跟大多数人拔河，为了你他们必须伪装，必须妥协，必须乞求，必须投降，必须要对自己撒谎，到最后对自己的谎言信以为真。夏芳然你舍得吗？唯一对你肝胆相照的几个人给你的爱都会变成一样偷偷摸摸的、不自信的、不能放在光天化日之下的东西，你愿意吗？他们愿意吗？你爸爸、小睦，还有……"徐至停顿了一下，"那个送你戒指的人。"

她像是被闪电击中那样打了个寒战，她雪白的手指摸索着伸到左手的中指上来，那个戒指已经在进看守所之前摘下来了，现在那里只有一个淡红的印迹。她说："你知道了？"

"放心。那是咱们俩的秘密。"徐至叹了口气，"所以，我只是想再问你一次：你是不是在审讯的时候才第一次听说陆羽平和赵小雪的事情的？"

她沙哑地说："是。"

"很好。"他满意地微笑，"那就是说，如果杀陆羽平的凶手就是你的话，你也是有别的动机，对吗？"

她点点头。

"最后一个问题，不管你最后是不是会被判死刑，今天你都要跟我说真话。"徐至的表情就像是娱乐节目里存心吊观众胃口的主播，"夏芳然，陆羽平是你杀的吗？"

狭小的房间寂静得像是辽阔的雪地。她越来越重的呼吸声就是雪地里那抹刺眼的阳光。全神贯注地看着她的徐至突然间觉得有种恍惚在眼前气若游丝地浮动。在这浮动中他听见了她小小的，甚至可以说是微弱的声音："不是。"

他听清楚了。他并不觉得惊讶，那是他等了很久期待了很久的回答。可是他心里却突然涌上来一种空荡荡的寂寥。不过无论如何他听到了，她说："不是。"

———— 27 ————

陆羽平是在夏天认识那个叫赵小雪的姑娘的。这是一件再寻常不过的事情。总之陆羽平在事先没有任何预感。他只记得那个夏天出乎意料地热，在这个气候一向温和到迟钝的北方城市里，这种近乎狂躁的炎热是不多见的。下午两点的气温达到了三十九摄氏度，整个城市变成了一个高烧病人神志不清的身体。陆羽平那些天总是提心吊胆的——说真的用上这个词让他自己觉得羞耻，但是这是事实。让陆羽平提心吊胆的人当然是夏芳然。酷热让她心神不宁，她把家里的空调调到十八摄氏度再心安理得地穿着她长袖而且长及脚踝的棉布裙子在客厅里走来走去。但是对陆羽平来说这可不么有趣。十八摄氏度的空调给穿着 T 恤短裤的他制造了一种比寒冷还糟的感觉，他还必须忍受在这种寒冷之后走出门的那一瞬间——每一次迈出夏芳然的家门之前他就得鼓足勇气闭上眼睛让自己义无反顾地一脚踩进外面的蒸笼里。他曾经非常委婉地对夏芳然说能不能把空调的温度稍微调高一点儿，她恶狠狠地说"调高了以后我穿什么"。话说到这个份儿上就不好再往下继续了，他显然不能提"你可以穿短袖"之类的建议。

他知道自己还是少说话为妙。她处在一触即发的边缘，他们对此心照不宣。在这种时候切苹果是他消磨尴尬的好办法。水果刀切下去，新鲜的果汁从创口的边缘溢出来，缓慢而生机勃勃。他出神地凝视着这一切，这样他可以忽略掉那个蜷缩在沙发的一角，一身困兽气息的夏芳然。其实有一段时间他实在是厌倦了切苹果，他觉得自己快要变成了《摩登时代》里的卓别林，仿佛一刀下去一分为二的不会再是苹果而是自己的某一根手指。为此他曾别有用心地给她依次拎来水蜜桃、草莓还有西瓜。——它们都是柔软的水果，她可以一口咬下去。但是在夏芳然面前，陆羽平的小阴谋是很难得逞的。夏芳然小姐漫不经心地说了一句："不行的呢。我不喜欢吃这些。这些汁滴到裙子上是洗不掉的。我可舍不得为了嘴馋就拿我的裙子去冒这个险。"听到这儿陆羽平就非常识相地把水果刀和苹果拿出来了——这样可以堵住她的嘴让她不再继续罗列她的那些裙子的品牌质地还有购买的时间地点。我活得怎么这么贱？他对自己恶狠狠地微笑着。

他当然也不能在一天里唯一一舒服的时刻，比如傍晚凉风习习的时候对她提议出去散步。不管他是多么渴望户外的新鲜空气来拯救一下他被制冷剂侵占的肺部。其实他们去过的，当时坐在街心花园里一张相对僻静的长椅上。那天大概是十五或者十六，一轮满月混浊而柔情蜜意地悬挂着。那个时候夏芳然对他说："陆羽平我想把墨镜和口罩拿下来一会儿。"于是她就拿下来了。月光如水，浸润着她的脸。她闭上眼睛，那冰凉的月光沿着她的脸颊悠远地滑到了她即使在夏天也必须遮掩的脖颈里。那时候她脑子里想起的居然是中学时候学过的一句忘了出自何处的古诗：潮打空城寂寞回。然后她听见了由远而近的一群孩子的声音。

陆羽平也听见了。那几个放暑假的孩子在这个还算寂静的街心花园里追逐着跑了过来。最大的看上去也就是十岁，最小的不过四五岁而已。陆羽平有点儿紧张，他在犹豫要不要提醒夏芳然至少把墨镜戴上，他不愿意提醒她，他不想破坏这个难得的两个人的夜晚，可是——他也不忍心吓着那几个孩子。还好夏芳然这个时候已经自己把墨镜戴上了。但是那群嬉笑着经过他们长椅边的孩子还是安静了下来。是那个为首的年龄最大的孩子先看见夏芳然露在墨镜下面的半张脸的。她愣了一下，然后一种戒备就在她的小脸上展露无余。她拉紧了她身边那个小弟弟的手，然后那个无意中往夏芳然这边瞟了一眼的小弟弟也安静了。安静在这几个孩子之间心照不宣地相互扩散着。一个小姑娘给这个小弟弟使了个眼色，意思是让他把脸转到别的地方去。他们就这样用沉默恪守着他们的同盟，安静地经过同样安静的夏芳然和陆羽平。走到离他们大约二十米远的路灯下面时他们才又开始像刚才那样欢呼雀跃起来。陆羽平依稀听见一个小男孩兴奋地喘着粗气说："我知道我知道，那是车祸，我爸爸他们公司的一个同事也是这样的……"

他听见夏芳然长长地叹息了一声。她转过脸，抱紧了他的胳膊。那个时候陆羽平突然很无耻地想起周星驰的一句很著名的台词："长得丑不是你的错，拜托不要出来吓人嘛——"第一次听这句话的时候陆羽平当然是笑了，笑得跟大家一样开心。真是不得了，他在心里说，生活里什么都有可能变成你的陷阱。他这么想的时候就把夏芳然搂得更紧，她难得听话地依偎着他。她的腰真细，她柔若无骨。她其实一直都是一个柔若无骨的姑娘。过去是，现在依然是。她的声音从他的衣服里面传出来，她说："陆羽平，苦了你了。"

那一刹那他忘记了他在切那些怎么切都切不完的苹果的时候对她的所有诅咒。疼痛从他的胃里滋生，然后渐渐地蔓延到他的心脏、他的胸口、他的喉咙，甚至他的指尖。他抱紧了她，他说：

"你又在说什么废话？"

晚上，总是在晚上，他们才能离彼此这么近。陆羽平租来的那间向阳的小屋在那个夏天变成了一个火山口。因此那段时间，他经常睡在她的房间里。他们一起裹着一床厚厚的棉被，待在十八摄氏度的冷气机下面正好合适。空调工作的声音轻微地在黑夜里震荡。像是陆羽平童年时代的矿山里的机器声一样，让他觉得亲切而家常。在这亲切而家常的声音里她离他这样近。她沉睡的呼吸像海浪一样拥着他。他把脸贴在她散发着香味的胸口，他感动地想：这是我的女人。黑夜遮盖了她所有的伤疤，的确是把她变成了一个最普通又最抽象的"女人"。陆羽平轻轻地爬起来，走到窗边点上一支烟。他实在想不出来还有什么其他的方式来感谢上苍了，除了这种难得纯粹的黑夜中满怀柔情的清醒，他只有这个。即使是陆羽平，也是有理由感谢上苍的。

但是那个时候，他没有想到，他马上就会碰到赵小雪。

———— 28 ————

赵小雪代表着日常生活里那些不易觉察，只有失去的时候才会觉得珍贵的幸福。但就算你明白了这个，要你在日复一日的生活里做到全心全意地珍惜仍然是件困难的事。——至少在年轻的时候是如此。当陆羽平随手借给她那把伞的时候真的没有想过那么多。他只是出神地望着"何日君再来"窗外的那场大雨，他想这场雨也许能让天气稍微凉快一些，但愿吧，这样夏芳然的心情可以好一点儿。至少不要那么烦躁。所以当赵小雪问他"明天你还来这儿吗？我好把伞还给你"的时候，他一点儿都没有注意到这个女孩子的眼睛里有很深的期待。就在赵小雪第二天说是为了谢谢他而提出来请他喝咖啡的时候，他还是糊里糊涂。其实他并不真那么迟钝，他只不过是没有心情。

那段时间他们正在决定要不要在十月的时候再给夏芳然做一次手术。手术实施与否完全取决于这几个月里她的恢复程度。其实还有很长一段时间，但是她很紧张。那些天她总是睡不好，经常半夜里推醒他可怜兮兮地说："陆羽平我渴。"其实她一点儿都不渴，她只是不好意思说"陆羽平我害怕"。她的无助和不安让陆羽平隐隐地担心这会不会真的是什么预兆。其实他自己也是一样地惶恐。坦白点儿说，他害怕自己将要承受的。他知道她又要开始不可理喻，又要开始暴跳如雷，又要开始把他当成是人肉靶子来练准头。他知道他自己必须忍受，必须掩饰，必须时时刻刻对她保持温柔宽容跟微笑——其实现在已经开始了。理工大的暑假两周前就开始放，但是她不许他回家。她说"有什么好回去的那么小的一个城市又乱又脏连个麦当劳都没有你回去干什么"。他很耐心地说回去是为了看看家里的亲人又不是为了麦当劳。她说"什么亲人啊不过是亲戚而已又不是你爸妈"。他说"你怎么能这么说话"。沉默了一会儿他又说："我保证，我只回去三四天。"

她倔强地抱紧了膝盖，蛮横地嚷："陆羽平怎么你就不明白呢？这儿就是你的家，我就是你唯一的亲人，你还要回哪儿去啊？"他无言以对。这真是典型的夏芳然式的语言、夏芳然式的逻辑，这个不讲理的女人，他的小姑娘。渐渐地，他也开始失眠，至少总要等到她过来推他说"陆羽平我渴"之后他才能安然入睡。与赵小雪相遇的那一天他正好刚刚度过一个无眠之夜。他看着天空一点儿一点儿地由黑色变成蓝色，再变成白色。他看着黑夜就像一个痛苦的产妇那样艰难地在血泊中把太阳生出来。他看着她在很深的睡梦里无辜地翻了个身，嘟囔着抓紧了他的手指。他心里涌上来一阵酸楚，因为他不得不承认：她熟睡的时候，他才是最爱她的。

要是她死了就好了。这个念头很自然地冒了出来，赶都赶不走。要是她死了，她就等于是一直地睡下去，他就可以永远永远用一种最美好甚至是最华丽的爱来爱她。不，不对，爱从来不是一样华丽的东西。华丽的是激情，不是爱。要是孟蓝不是来给她泼硫酸，而是干脆地一刀了结了她呢？那今天的陆羽平在干什么？或者他就可以像收集一样珍贵的蝴蝶标本那样把那个名叫夏芳然的女人收藏在心里，心里最重要最隐秘最疼痛的位置。这样他就会认为他的生命已经和这个他暗恋的女人发生了最深刻的联系但实际上这只不过是一场自娱自乐花枝招展的精神体操。他可以痛不欲生可以酩酊大醉可以游戏人生，但是最终他会回到他的生活里来寻找来发现一个赵小雪那样的女孩子。他甚至可以为了她的死而把自己交给某一种宗教，某一个信仰。天，那样的痛不欲生是陆羽平梦寐以求的啊，你的痛苦是献给神的祭品，那该多安逸，天塌下来都有上帝替你罩着。可是她没有死，她活着。

他不能容许自己再想下去了。他的脊背已经开始一阵一阵地发凉。没想到啊，原先他一直都觉得死亡不管怎么说都是一个盛大的仪式，可是现在他才发现原来死亡也可以是一种偷懒的好办法。在这种难堪的恐惧里他抱紧了睡梦中的她。他想，宝贝你原谅我，我根本没有那个意思。有两滴泪从她熟睡的眼角里渗出来，滴在他胸前的衣服上，也不知道她梦见了什么。仔细想想他很少看到她哭，或者说他很少看到她的眼泪。渐渐地，那两滴泪变成了两行，滚烫地在他的皮肤里消融着。他惊慌失措地把她搂得更紧，他想难道她知道他刚才在想什么吗？不会的，哪有这样的事？他正准备把她推醒的时候她清晰地说："陆羽平，我知道你还是买了火车票。昨天晚上我看见了。"他说："你醒了。你什么时候醒来的？"

她的身体缩成了小小的一团。脊背上的蝴蝶骨细微地震颤着他的手掌。她很小声地说："陆羽平你别走。陆羽平我求你，你不要走，我不想让你回去。"他语无伦次地说："你不要胡思乱想，那张票是我替我的同学买的，他跟我从中学的时候就是同学，我们是一起来的，不信你打电话问他……"他的手伸进她的睡衣里，温暖地抚摸着她脊背上的疤痕，仿佛又回到了她住院的那些日子，被疼痛折磨得六神无主的时候她是那么依赖他，她乖乖地说："陆羽平我想打杜冷丁。"就像一个生蛀牙的孩子怯生生地告诉他的父亲："爸爸我想吃糖。"——她自己也知道这样的要求是毫无希望的。

他没有想到她会对他说："陆羽平我求你。"那是她第一次这样低声下气地乞求他，也是唯一的一次。他觉得无地自容。尽管他是那么痛恨她的任性跋扈，痛恨她的颐指气使。有很多次，在她对他发号施令的时候他总想狠狠扇她几个耳光给她一点儿教训。可是当她真的开始示弱，他才明白原来他自己才是世界上最受不了看见她低头的那个人。

当他把赵小雪带进他自己的小屋的时候，她的声音就这么猝不及防地在他耳边回响起来，她说："陆羽平我求你，陆羽平你不要走。"小屋里热得就像一个蒸笼，赵小雪却走到床边去把窗帘拉上。阳光变成了淡蓝色的，赵小雪对他微笑，赵小雪说："陆羽平，你家有水吗？我渴了。"就是这句话给了他一点儿真实的感觉，"你家有水吗？我渴了。"这是一个陌生的女人的腔调。还不是很随便，但是有种微妙的亲昵在里面。他恍恍惚惚地说："对不起，我现在去烧。"另外一个故事就这么平淡无奇，但是顺理成章地开始了。他将和面前这个笑靥如花的陌生女人熟悉起来，然后他们相爱，他们做爱，他们会用另外一种完全不同的方式和语气谈论起厨房里有没有水的话题。

蓝色窗帘下面的阳光像游泳池的水波一样泛着一种淡蓝色。这淡蓝色把赵小雪的身体映得美丽起来，给他一种洁白无瑕的错觉。他抱紧她，他的欲念在这个尚且还不完全熟悉的女人的气味中稚嫩而崭新地充盈着。算算看那正是那班他其实已经买好票的火车开走的时刻。它将开往他的家，途经那座矿山旁边的小镇。也就是说，它本来可以带着陆羽平到他还活着的亲人们那里去，路上经过他死去的亲人们的坟墓。赵小雪绽放的那一瞬间尽情地咬了一下他的肩膀。飞起来的时候他在心里模糊地对夏芳然说："我不走，殿下，你放心，我不会离开你，我哪儿都不去。"

———— 29 ————

千里莺啼绿映红，水村山郭酒旗风。南朝四百八十寺，多少楼台烟雨中。

"大家觉得这首诗在描写什么季节呢？"

"春天——"教室里几十个孩子昏昏欲睡的声音无奈地响起。可是小洛是真心真意地说出"春天"这两个字的。小洛欣喜地想：原来古时候的春天和我们现在的春天一样啊，都是美好、柔嫩还有喜悦的颜色。可是已经几百年甚至更久了呢，真了不起，春天它是怎么做到的呀？它不烦吗？小洛开心地胡思乱想着，完全没有听见老师说其实这句"南朝四百八十寺，多少楼台烟雨中"是在含蓄地讽刺统治者。她轻轻地瞟了一眼靠窗的那一排，对着正在打盹儿的罗凯的侧影，微笑着摇摇头。真没办法，他上课的时候总这样。

在小洛的课本上，那句"南朝四百八十寺"的旁边，不知道被谁涂上了"丁小洛你去死吧，丁小洛丑八怪，丁小洛是肥猪……"这样的句子。小洛也是刚刚翻开书的时候才发现的。最近总是有人这样做，趁她不注意，在她的书上、本子上、刚发下来的考卷上歪歪扭扭地写骂人话。以前他们还是用铅笔写，这一次换成圆珠笔了。真是讨厌啊。小洛噘着嘴发了一会儿呆，用圆珠笔写怎么擦掉呢？有了。小洛的眼睛一亮。小洛的文具盒里攒了好多张很可爱的 Hello Kitty 的贴纸，用这个大一点儿的、打着一把小伞的Kitty正好可以把这片不堪入目的话全部盖住，最上面的这句"丁小洛勾引罗凯，不要脸"，就用正在吃草莓的Kitty来遮好了。那个"脸"字有一多半还露在外面，可是没有关系，小洛还有一支粉红色的荧光笔，给 Kitty 右边的小耳朵上再画一朵小花那个字就被盖过去了。一下子戴了两朵小花的 Kitty 看上去憨憨的，不过傻得可爱。真好，杜牧和 Hello Kitty 在一起似乎是奇怪些。可是想一想，这首诗是在写跟 Kitty 一样粉嫩的春天呀。这样一来小洛就更得意自己的发明创造了。

没有什么可以让小洛不高兴。什么也不可能。谁也别想。小洛不害怕。这些天不只是自己班里的同学总是这样明里暗里地跟她捣乱。她走在走廊里的时候，总是有别的班的同学在暗地里指手画脚，他们小声地说："就是她，就是那个，丁小洛。"他们的嗓门儿压得低低的，可是她还是听见过好几次，也不知道是不是他们虽然说得很小声可还是期望小洛能听见，或者说虽然他们说的都是坏话可是小洛还是期望自己能听见——所谓"绯闻"大都就是这么回事吧。

一个女孩子说："有没有搞错？罗凯是不是吃错药了？"

另一个长得更秀气些的女孩儿撇撇嘴，"还以为罗凯多难追呢。早知道他就这点儿品位我就不犹豫了——"

"歇了吧你。"这是一个男孩子，"就是因为他就这么点儿品位你才没戏。你看人家许缤纷。"

第一个女孩子眉飞色舞，"我要是许缤纷我现在保准偷笑，罗凯看不上她还是她的运气呢。"

"就是，幸亏罗凯看不上她。"那个男孩子把"幸亏"两个字咬得特别重，然后大家一起尽情地笑。

可是小洛还是整日欢天喜地、昂首挺胸的。就当自己身后飞扬的那些揶揄和耻笑是阵阵落花，衬托着女主角骄傲的背影。也不错嘛，这是小洛长这么大，第一次成为一个"女主角"。无论如何这都是一件很享受的事情。

宿舍里的情形就更是奇怪了。当小洛习惯性地拿起四个暖壶时，许缤纷从她的上铺轻盈地翻下来，不声不响地从小洛手里夺走了她的那个壶。然后另外的女孩子们也说话了："小洛，谢谢了。你放下，让我们自己去打吧。"

小洛只能把心里的疑问都告诉罗凯了——现在没有第二个人愿意跟她讲话，"罗凯，你说为什么这几天他们都这么奇怪？"小洛托着腮，一副认真的样子，"明明他们都在说我的坏话，还往我的书上写字，可是在宿舍里，怎么大家都突然对我这么客气呀，这是为什么呢？"

"笨蛋。"罗凯在她脑门儿上轻轻地弹一下，结果一不小心，还是弹得重了些，"'笑里藏刀'这个成语你没听说过吗？"

"可是。"小洛困惑地揉揉脑门儿，"那种话不是用来说电视剧里的那些坏人的吗？又不是用来说同学的。"

"这个……"罗凯似乎也被难住了，"坏人也不是长大以后一觉醒来就突然变成坏人了。总得有个过程，坏人大都是从挺小的时候就开始坏，要用上很多年才能慢慢变成一个坏的大人。"

"你胡说。"小洛不满意，"照你的意思，咱们所有的这些同学都是坏人了？我们宿舍有四个人，那我不就成了每天跟三个坏人一起吃饭睡觉了？怎么可能嘛——我们宿舍那三个人，许缤纷算是个坏人没错，可是冯璐嘉和张琼绝对不是坏人，我跟你打包票她们不是坏人……"

"得了吧。"罗凯不耐烦了，"她们有什么好的？她们要真那么好，干吗还要天天欺负你，让你去给她们打开水？"

"哎呀你要我跟你说多少遍你才能明白呀——"小洛急了，"那怎么能算是欺负呢？"小洛想男生们的脑子真是笨啊。

"反正。"罗凯实在是厌倦了追究"好人""坏人"的话题，"你只要记住，你是好人，我也是好人，这就够了。至于剩下的人，随他们去吧，能碰上好人当然好，碰不上也没什么的——本来就没有指望他们嘛。"

"只有咱们俩。"小洛慢慢地叹了一口气，"咱们班有五十八个人，咱们全年级有三百七十个人，咱们学校有一千多个人，要是真的只有咱们俩是好人的话……"她像是怕冷那样地缩了缩脖子，"那不可能的，那该多可怕呀。罗凯。"小洛突然转过脸，眼睛闪闪发亮，"罗凯你真了不起。"

"这……"罗凯很诧异，不知道这次的赞美是从何说起。

"罗凯，你是一直就这么想的吗？只要有你和我两个人是好人，其他的人是好是坏都不要紧。你真勇敢呀，你居然觉得所有的人都是坏人也没关系——真是太了不起了！"她由衷地赞叹着。

罗凯笑了，脸居然有些红。虽然小洛的逻辑一向都有些奇怪，可是被一个女孩子这样诚心诚意地赞美"了不起"的确是一件非常、非常受用的事情。

—— 30 ——

　　人活着不是一件容易的事情，你同意吧？徐至。我觉得这件事绝大多数人都是自然而然就明白了。可是我就不是。我是在被孟蓝泼了硫酸以后才慢慢发现这个的。在这之前，我活得一直都很容易。我是说在我还是个美女的时候。因为当我遇到任何不容易的事情，只要一想到我自己很美，所有的痛苦跟折磨就变得不再那么尴尬、那么赤裸裸的。你别笑啊，我可以给你举例。

　　比如我从小学习就不好，我讨厌学校，可是我很小的时候就有人跟我说，漂亮的女孩子不会念书根本就是常事。比如我性格很糟，我没有朋友，可是我在觉得孤独的时候我很容易就能让自己相信那些不愿意跟我相处的女孩子根本就是忌妒我。还比如，十八岁那年，我第一次谈恋爱，后来那个男人离开我了，对于我来说那就像是世界末日一样，可是就是在那种时候，那种觉得自己真的已经活不下去的时候，"美丽"这样东西还是可以救我。至少，我和那个人的故事因为我是个美女而可以变成一个很完美的悲剧。最简单的例子，你看看我的手，徐至，你想想那个蓝宝石戒指如果是戴在另外一只很一般或者很难看的手上，效果会一样吗？要知道这是那个男人给我的临别的纪念。是我的手把这个临别纪念变得完美无缺的，我的美丽甚至可以像止疼药一样帮我忍受折磨，因为其实是它在美化我所有关于痛苦的回忆。对于我来说，漂亮就像是氧气一样，我就是它，它就是我，我从来没有想过有一天会跟它分开。

　　以前我一直以为我的人生就会像我妈妈一样。我跟我妈妈长得很像，她其至比我还要好看——她的嘴唇更红、更夸张一点儿。她年轻的时候就像我过去一样名声不好。但是就在她闯了几个很大的祸之后，还是有我爸爸愿意娶她这个声名狼藉的女人——要知道在他们那个年代，因为男女间的事情声名狼藉可不是闹着玩儿的啊。当时我爸爸很普通，没有人看得出来他还有自己办公司当老总的本事。只不过我妈妈没有什么选择的余地。

可后来她最终还是选择了。她是在我七岁那年跟另外一个男人走的。开始的几年还给我寄生日礼物和新年贺卡回来，后来我们搬了家，就再也没有她的任何消息了。你知道吗徐至，其实当我第一次看见陆羽平的时候，我觉得他会是一个我爸爸那样的男人。我是说，当我阅尽风情身心疲惫以后，我还是可以嫁给陆羽平的。或者说，陆羽平是那种无论怎样还是愿意娶我的男人。我会像我妈妈一样选择他，再离开他，直到我累了为止。他这样的男人会是一个我这样的女人的最好的防空洞，但无论如何只能是防空洞而已。你是不是觉得这种想法很嚣张？可是曾经我就是这么想的。我觉得我就是会过像妈妈那样的一辈子。虽然我这个人没有什么特别的才干，可是我觉得我比一般人要理解"恃才傲物"是怎么回事。其实美丽也是一种天赋，有天赋的人解释这个世界会更容易、更快一点儿，这就是他们狂妄的原因。我知道大家都会指责这种不负责任的态度。可是——徐至，说真的当一个人可以生如夏花死如秋叶的时候，又有谁会关心他负不负责任呢——除了那些被他伤害过的人。

但是我犯了一个错误。我是长得很像妈妈没错，我的性格也很像她，但是我和她从本质上讲其实还是两种人。这种区别注定了我不可能跟她过一样的生活。她除了她自己谁也不爱——我不是怪她，这是事实，你看她连她的女儿都可以不要。她一定没有尝过那种爱别人或者爱一样东西超过爱自己的滋味，但是我尝过。我爱一个人或者一样东西的时候有时候不在乎它到底是不是我的。当然，我说有时候。所以，漂亮这个东西对于我和她的意义不一样。她当然珍惜她的美丽，因为它可以帮她赢得很多赞美、很多倾慕、很多忌妒，帮她一路享乐然后不用负责，帮她活得自私自利我行我素然后还理直气壮。

可是因为孟蓝的关系，我这辈子都不可能再过这样的生活了。别说是这样的生活，就连正常人的生活对我来说都是梦想。徐至，不瞒你说，刚刚出事的时候我在心里一遍又一遍地跟自己说："天将降大任于斯人也，必先苦其心智，劳其筋骨，饿其体肤，空乏其身，行拂乱其所为……"其实我根本不关心什么"大任"——我觉得那都是该交给男人们操心的事儿。我只是想让我自己相信，上天是不会白白拿走一样对我来说比生命更重要的东西的，既然他拿走了，那么他就一定会在一个什么我想不到的，或者说出其不意的地方补偿我，让我得到另外的什么。你看，我自己管这种思维方式叫"美女后遗症"，因为我已经养成习惯了，总认为被上天眷顾是一件理所当然的事情。然后，陆羽平来了。

陆羽平是个跟我不一样的人。比方说，在大街上看见一个很帅的小伙子跟一个相貌很一般甚至是难看的女孩子在一起，我的第一个反应是"× 的凭什么"，看见一个很漂亮的女孩子跟一个又矮又丑的男人走在一起，我的第一个反应是"这个男的一定很有钱"；可是陆羽平就不一样，看到这两种场景之后，他都会很高兴地说："他们一定是真心相爱的。"说真的我以前很瞧不起这样的想法，我觉得会这么想的人根本就是不敢面对现实所以才编些骗人也骗自己的谎话。可是我慢慢地发现，陆羽平不是不敢面对现实，而是比我善良。我从前不是想不到这一点，但是那时候，我习惯了嘲笑所有比我善良的人，为了证明我自己强大，可实际上是我在给自己的不善良找借口。不过跟陆羽平在一起以后，我觉得我可以很坦然地面对我不够善良这回事——很简单啊，一个比你善良的男人和你同床共枕，和你朝夕相对，你也就慢慢习惯面对你所没有的"善良"了。尽管你永远不会有这样东西，可是你明白它是怎么一回事，你明白它其实是一样不坏的东西，等你了解了，你也就可以原谅了，觉得它不像你当初想象的那么可怕了——就这样吧，就算我没有这样东西我也可以试着和它，和拥有这样东西的人和平共处。然后我才发现，曾经，我周围的很多人，很多不漂亮不好看的人也许都是用类似的方法来接纳我这样的人的。你明白我的意思吧？徐至，那很辛苦啊，什么都得从头开始学习，什么都得用跟以前不同的方法看待，就像是要把你的血型从 A 型换成 B 型一样不可思议。

在我心里"不可思议"是个很好的词。就像童话一样，有种很单纯但是很神奇的感觉。可是，一个人换血型的过程不能只用这个词来讲，换血型怎么可能是一件这么温情脉脉的事情呢？

陆羽平在洗澡的时候喜欢唱歌。有时候小声唱，心情好的时候就放声高歌。他自己也知道他唱得荒腔走板，但是乐在其中。常常，夏芳然气急败坏的尖叫声会义无反顾地冲破淋浴的水声直抵他的耳膜，"陆羽平你讲一点儿人道主义好不好？饶了我吧……"

当他凝视自己一身的肥皂泡沫的时候发现自己正在很小声地哼着这几句："相信你只是怕伤害我，不是骗我，很爱过谁会舍得？美丽的梦要醒了，宣布幸福不会在了……"他愣了一下，为什么偏偏是这几句呢？然后他甩甩头，告诉自己："巧合。巧合而已。"再然后他把淋浴喷头从墙上摘下来，很多条细细的水柱在皮肤上汇成一股微妙而暧昧的力量，他欢喜地把水又开得大一些。他坚信这力量可以帮助他驱除身上残留着的赵小雪的味道。

夏芳然今天开心得很，因为她接到医生的电话说手术推迟了。因为那位主刀医生受到邀请去德国访问，因此夏芳然的手术最快也要年底才有可能。陆羽平这些天对夏芳然总是小心翼翼的，因为本来就心怀鬼胎，又实在不是个惯犯；看着夏芳然很开心他自己就有一种如释重负的感觉，准确地讲是错觉，因为他觉得如果她开心的话他的"罪行"败露的机会就要小一些，这个逻辑有问题，他自己心里也清楚。但是这个荒谬的逻辑最终还是安慰了他，他大气不敢出地看着她开心，陪着她开心，然后他似乎也真的就开心了起来。尽管这开心是种坐立不安的、奴才一般的快乐。他对自己笑笑，再一次有些做作地放开了喉咙："二〇〇二年的第一场雪，比以往时候来得要晚一些……"他等待着她的尖叫，等待着她说："陆羽平请你马上闭嘴好吗——"如果她没有反应他倒是会紧张一下，下意识地盘算着他手机里的那些可疑的号码跟短信到底有没有删除。

夜色静如鬼魅。夏芳然穿了条颜色粉嫩的棉布睡裙蜷缩在床上。她刚刚跟在外地的父亲通了长长的一个电话，告诉他手术推迟的事。她说德国真好德国人民真善良，她还后悔怎么没有在刚刚结束的欧洲杯多给德国队加几次油——眼睛全都盯着贝克汉姆和那个葡萄牙的性感小动物菲戈了，真是失策。她能感觉出来父亲在眉开眼笑地听着她乱扯，现在每一个人都会因为她高兴而高兴，这真是很牛的一件事情。

床垫在向另一侧倾斜，她知道陆羽平来了。陆羽平的气息司空见惯地包围了她。她闭上眼睛，抓住陆羽平的手放在自己脸上摩挲着，她慢慢地说："陆羽平，咱们结婚吧。"他说"好"的时候声音都发颤了，可是她以为那是她说的话太突然的缘故。"瞧你吓的。"她拍了一下他的肩，"其实有什么必要呢？"她叹了口气，"咱们现在的样子，跟夫妻，不也差不多吗？"她咻咻地笑着，"咱们吃饭的时候已经基本不讲话了，看电视的时候你嘲笑我的韩剧我嘲笑你的拳击赛，我讨厌你抽烟你受不了我煲电话粥，再过一段时间若是加上同床异梦的话，咱们可就是标准的'中国式夫妻'了，你说对吧？"他其实没有仔细听，那句"同床异梦"搅得他心里直发毛。

他抱紧了她，他的手在她浓密的黑发间游走。她微微一笑，安静地迎合他。他开始慢慢地解开她的纽扣，透明的水果糖颜色的纽扣，她笑着说痒，然后她熟练地转过身来，手臂勾住了他的脖子。她的脸和她已经敞开了的胸口就这样自然地跟他面对面，他停下了手里的动作，他在想今天好像缺了一点儿什么。当他恍然大悟的时候他没注意到她的神色变了，他把手往床边伸，吻了吻她的脖子，说："宝贝，中国式夫妻做这件事一般都是关着灯的。"

黑暗像个铅球那样重重地砸下来。当他把手臂伸给她的时候她静静地说："我困了。"他叹了口气，他说："你别这样。要是我们俩真的要过一辈子的话，你老是这么敏感对谁都不好。"她笑了，"陆羽平，你现在也开始威胁我了。"他迟疑地说："你什么意思？""什么叫'要是我们俩真的要过一辈子'？什么叫'对谁都不好'？你这不是威胁又是什么？"在黑暗中她翻了个身，背对着他，她的身体就像一只船桨那样奋力划动着黑夜的水面。他不知道这黑暗是不是壮了他的胆，他有些厌烦地说："我这个人不会说话，我根本就没有你想的那些意思。信不信随便你。"

然后他们就都沉默了。倦意就是在这沉默中迟钝地升上来的。夏芳然就这么睡了过去。半夜里她醒来，自然是早就忘了刚刚的事。她迷迷糊糊地说："陆羽平我渴。"——这次是货真价实的渴。可是当她把手伸过来的时候，发现旁边是空的。

陆羽平做了一个梦。他梦见来参加夏芳然的葬礼。白色的棺材，却堆满了粉红色的玫瑰花。在人群中他看见了赵小雪。赵小雪抓着他的手，对来参加葬礼的人们说："尊敬的各位来宾，各位朋友，女士们，先生们，衷心地感谢各位的到来，见证这历史性的一刻。我今天荣幸地向大家宣布……"说着她把他的手高高地举起来，"这个男人现在开始就是我的啦——"他说"等等你在干什么"，可是他的声音被周围的声浪吞噬得不见踪影。礼花开始在夜空中绽放，火树银花之中他惶恐地抓住每一个来宾的肩膀，问他们："你们看见夏芳然了吗？"一个看上去就是小睦那么大，肩膀上文着一条美人鱼的女孩子很认真地说："夏芳然——不在棺材里面吗？如果不在那里面的话我就不知道她会去哪儿了。应该是里面待着太闷，出来透透气吧。这是常有的事——你别担心啊，已经死了的人和我们是不一样的。他们走不远，因为他们的灵魂太重，可是身体太轻——跟我们正相反。"

他醒来，一身的汗。心跳快得不像话，他重重地喘着气，听见了夏芳然沉睡的舒缓的呼吸声。他爬了起来，跌跌撞撞地摸到洗手间去，灯光毫无预兆地亮了，像是分割阴间和阳间那般不由分说的明亮。他猝不及防地在巨大的镜子里看见了仓皇失措的自己。他把水龙头打开，开到最大，水喷涌而出，宣泄着被节约用水的人们压制了太久的愤怒。他的双手接住很激烈的一捧水再把它们泼到脸上。猛烈地关上水龙头的时候有种错觉，觉得是自己的力量遏制了一场浩浩荡荡的暴动。他叹口气，本来啊，生而为水，谁有权力阻碍你奔腾？可是谁让你的命不好，你投胎在自来水龙头里呢？

他已经没有一点儿力气。

夏芳然走出房间的时候看见了虚掩的洗手间的门缝里透出来的灯光。不过她径直走到饮水机旁边，倒了一杯，没命地喝干了，再倒另一杯。然后她听见了洗手间里传出他的声音。她听见他在哭。

他在哭。很小声、很小声地，像是个受了委屈的小孩子。夏芳然不知道自己该干什么，她不愿意现在过去推开那扇门，她觉得在这样的时刻跟他面对面的话根本就是一种羞耻。她逃难似的

跑回床上，用被子蒙住头，紧紧地，她用那床被子把自己裹成了
一个蚕茧。这样她就听不见洗手间里的声音了，她就可以完完全
全地把那种让她屈辱的声音隔绝在外面。沉闷的黑暗中，时间在
一点一滴，艰难地呼吸着。还没过去吗？他还没有回到床上来吗？
他还是晚一点儿再回来吧，等她重新睡着之后再回来。这样明天
天亮的时候他们就可以若无其事装得像是什么都没发生。这样的
话她可以慢慢地把这个夜晚忘掉。唯一的麻烦是如果她一直这样
待在被子里怕是氧气不大够。这个时候她想起了自己。其实她自
己也是有类似的丢人的经历的。那一年，有一个夜晚。她在柔和
的灯光下看着那个男人熟睡的脸庞，她伸出一根手指轻轻碰了碰
他的脸，然后又立刻缩了回来。她害怕她的长指甲会戳痛他。然
后她走到浴室里，不知道为什么，她开始掉眼泪。就是这样，在
深夜的洗手间里偷偷地掉眼泪。那个时候她的心里涨满了海潮一
般剧烈而新鲜的疼痛。她知道那是爱。爱本身就是一件让人疼痛
的事情，这与你爱的那个人对你好不好无关。因为你在给的同时
就已经损耗了某种生命深处的力量。

那时候我十八岁。夏芳然闭上了眼睛。我那么年轻，那么勇敢，
那么完整。

一声门响，陆羽平终于回来了。他轻轻打开床头灯，看见她
整个人都缩在被子里，像只蜗牛。他轻轻地把被子从她脸上拿开。
她装作睡着了的样子一动不动。所以她看不见，他用流过眼泪的
眼神专注地看着她的时候那种清澈的温暖。当他在她的鬓角上轻
轻地、温柔地一吻时她突然翻身坐了起来。他吓了好大的一跳。
她说："陆羽平，你还要演戏演到什么时候？"

她咬着嘴唇——准确地说，咬着嘴唇残留的部分撩起了她的睡衣，沙哑地冲他喊着："陆羽平，你看看，你好好看看，你不是害怕吗？你不是觉得丢人吗？今天我就是要恶心你我让你好好看清楚。我以后永远都会是这样了你不是不知道吧？你要是受不了了你干吗不滚你当我离不开你啊？你天天在这儿装伟大你以为我不知道你的算盘？你配不上我，陆羽平，你以为我真的能瞧得起你吗？你不就是冲着我爸爸吗？不就是为了你的前程吗？陆羽平你真了不起为了钱你就做得到和我这样的女人睡觉，和我这样光天化日之下走到大街上会吓坏小孩子的女人睡觉——男人要以事业为重啊对不对陆羽平，你下作不下作……"

他终于扬起手，对着她的肩头狠狠地给了一下。本来他想打她的脸，可是打下去的一瞬间他把头偏了一下——他无论如何不能忍受这张随着咒骂越来越可怖的脸了。连正视都不愿意。她软软地、一声不出地倒在了被子上面，他的拳头他的巴掌对着他眼前的那件粉嫩的睡衣毫无顾忌地倾泻而下。其实这件事情他早就在头脑里做过无数次了。在她把水一次又一次地往他脸上泼的时候，在她毫无道理地挖苦他羞辱他的时候，他上百次地想过要这么做。如今陆羽平算是明白了，当一个念头在你脑子里已经盘旋过无数回的时候，你就是再抵抗它你也最终还是会付诸行动的。那么好吧就行动吧，不要管她已经缩成了这么小的一团，不要同情不要顾忌不要自责不要心软，就这一次就算是为了自己。反正她已经一身是疤了不在乎多你给的这两个。他看见她的脊背重重地一阵阵颤抖，他疼痛地重复着一句话："你有没有良心？你到底还有没有良心？"终于他颓然地放开她，穿好衣服跑了出去，把门摔得山响。

　　她仍然一动不动地蜷缩着。疼痛在周身肆虐。和在医院里的那些疼痛不一样，原来疼痛这东西也像苹果和玉米一样有那么多的品种。她对自己笑了笑。天。为什么？为什么不能是别的什么残疾？让她突然变聋变哑也好啊，她愿意去学那些妩媚曼妙的手语。让她变成一个瞎子也好啊，她还是可以心安理得地在一面镜子前面坐着尽管她根本看不见里面的自己。瘫痪也可以，至少坐在轮椅上的自己可以是一尊美丽的石膏像。哪怕是变成植物人她也可以一直睡着——等着王子来吻她。王子，对她拳脚相加的王子。但是无论如何，只要不是浓硫酸，什么都好，什么都好啊。

　　天快亮的时候，清洁工人开始在楼下孤单地扫着没有人迹的马路。他回来了。她还维持着刚刚的姿势，像只蜗牛那样睡着了。疼痛顽固地透过深深的睡梦钝重地侵袭着她，像个没有力气却很愤怒的婴儿的小拳头。他弯下身子抱她的时候还是弄醒了她。她怔怔地看着他的脸，现在那张脸上有一种陌生的、她不熟悉的气息。就好像他刚刚参加了一场很长很远的跋涉。但是那是他的脸，亲人的脸。他的手指轻轻地在她肩头的那一块瘀青上抚摸着，她说：“陆羽平，你回来了。”

　　“我还以为……”他居然不好意思地笑笑，像个跟女同学说话还会脸红的小男生。他说：“我还以为，你再也不想看见我了。”

　　他抱紧她。他们的眼泪流到了一起。

从那一天以后，他开始打她。起先是在争吵到激烈的时候他才会动手，到后来他自己也不知道他什么时候会动手了。暴力有时候无非是一种习惯而已。他们俩之间有种东西在无声无息地改变着。虽然她依然任性，依然跋扈，依然会嚣张地对他说："陆羽平我渴。"但是当他倒水给她的时候，她不敢再像以往那样对他说："我说我渴，又没有说我要喝水，我要喝冰红茶。"她会默默地接过来，然后一声不响地喝干它——哪怕她真的很想喝冰红茶。

秋天来了，天气渐凉。那段日子父亲总是在全中国的上空飞来飞去，很放心地把她交给了陆羽平。那段日子因为店里的几个打工的大学生陆续辞工，小睦也变得格外地忙。也就是说，没有人知道夏芳然过着怎样的生活。她渐渐习惯了以越来越熟练的姿势在最短的时间里把自己的身体蜷缩成胎儿的形状。似乎这样可以帮助她忍受。咬咬牙就过去了。她对自己说，还不都是那么回事，生活永远如此——你不是忍受这件事，就是忍受那件事，如果手术要推迟的话，你就忍受他吧。说不定等你要躺回到手术台上的时候他就又变回原来的那个陆羽平了，她非常阿Q地想。她已经做不到像曾经那样，努力地，用打碎了牙往肚子里吞的语气对他说："陆羽平你还是走吧。"明摆着的，如果她如今再用这种方式跟他讲话的话那根本就是作秀了。而且还是那种没观众没票房明明演的是悲剧底下却是一阵哄堂大笑的秀。

你根本就离不开我。陆羽平心里总像念咒语一样地对夏芳然说这句话。尤其是在她一声不出地忍受他的拳头的时候，默念这句话更是过瘾。你根本就离不开我。他恶狠狠地重复了一遍。他看着她静静地像只猫那样卧在沙发里，长发垂下来，掩住了脸。很久很久以前，他告诉她："要是疼你就喊吧，喊出来会好受些。"她很固执地摇头说不。真庆幸她那时候就养成了这个习惯啊。她卧在那里，好像是睡着了，也好像是在舔伤口。更久以前——比很久还久的从前，他对她说："夏芳然，我的名字叫陆羽平。陆地的陆，羽毛的羽，平安的平，记住了吗？"现在她应该是记住了。怎么可能记不住一个对自己抡拳头的男人呢？

　　他悲从中来。他慢慢地走到沙发旁边，蹲下，他的手轻轻放在她的头发上。他的声音在颤抖，他说："殿下。到床上睡，好不好？"她打了个寒战，抬起眼睛愣愣地看着他。怕他吗？她问自己。现在她经常这样问自己。怕他吗？没什么丢脸的。如果怕那就承认吧。可是——不怕。因为，因为在那个他对她拳脚相加的晚上，她已经见过除了她之外没有人能从陆羽平身上看出来的东西了——所以，不怕的，因为你们这下算是真的"相知"了。跟在"相知"后面的是什么？对了，是"相守"，真聪明，你就跟他这样相守下去吧。除了相守之外还有其他的选择吗？

　　她慢慢地、长长地叹息了一声，那表示她认命了。可是他显然没有注意到她的这声叹息。他长久地，其实是疼惜地凝视着她的眼睛。她的右眼已经看不见了。那只孤单的右眼上面蒙上了一层白翳，一丝厌恶的神情终于在他脸上显现了出来。要知道长久以来这还是第一次。他说："你的右眼怎么看着像条死鱼？"

　　她微笑了。要知道在她完好无损完美无缺的年代，这种有些矜持又有些恶毒的微笑是她最摄人心魄的表情。她清楚这个。在她绽开一个这样的微笑时她心里习惯性地把握着那个最动人的尺度。她想陆羽平你完了,因为你伤害不了我了。你可以打我可以骂我可以羞辱我,但是你已经伤害不了我了。陆羽平,你这个男人还真是没有用啊。她挺直了脊背从沙发上下来,一如既往地优雅。她自顾自地走回房间,没有理会他打开门,走到外面的黑暗里。

凌晨的街寂静得像是按兵不动的灵魂。空荡荡地让自己置身其中的时候你觉得自己变成了一个哑巴。这个时候的陆羽平非常,非常,非常地想家。不是那个夏芳然嘴里一无是处连麦当劳都没有的小城。而是那个沉睡着矿井的声音,还有双亲的躯体的镇子。已经有很多年,他因为太过珍惜而没能允许自己如此赤裸裸地想念它。但是现在,可以了,没有必要再掩饰了。没有必要再用任何方式爱惜自己的尊严了。他下意识地握紧了拳头,再慢慢地松开。你已经变成了一个暴徒。不是吗?一个自甘堕落寡廉鲜耻的暴徒。火车的汽笛声在城市的尽头悲怆地鸣叫。恍惚间他觉得自己是在亡命天涯的路途上。想想看再过三个小时就是早班矿工们上工的时候。熏黑的矿灯在他们额前混浊地亮着,就像从城市污染的夜空中望见的星星。他用手掌抹去一脸温热的泪水。为什么教科书里从来没对小朋友们说过,一个暴徒其实也是有乡愁的? "孟蓝。孟蓝。"他在心里柔肠寸断地重复着这个不共戴天的名字, "孟蓝你害得我好惨。"

他在通往火车站的路上看见 "何日君再来" 里微弱的灯光。卷闸门没有全拉下来,小睦一个人百无聊赖地坐在吧台那里包牙签。听到响动的时候小睦警觉地抬起头,然后温暖地冲他一笑,小睦说："我还以为，是个打劫的。"

他熟稔地迈进来。小睦说："赵小雪今天不当班，你不知道吗？"他轻轻松松地说出赵小雪的名字。陆羽平愣在那儿，不知道该说知道还是不知道。小睦笑了，"陆羽平，别装了。大家都是男人。什么也不用多说，喝酒就可以了。"

他从库房里拖出整整一箱罐装啤酒。"不够冰，不过凑合吧。"他斟满了两只杯子，"来，陆羽平。干了。啤酒都不肯干就太没出息了。"

他点点头，一饮而尽。说真的他平常不怎么喜欢小睦。他觉得他太油嘴滑舌——这正好是陆羽平所不擅长的事情。可是有时候，你又不得不承认这个孩子身上有特别讨人喜欢的地方。

他是最不会喝酒的那种人。几罐啤酒下去就开始天旋地转了。模糊地觉得小睦在嘲笑他，"我说陆羽平，芳姐是不是老是欺压你啊？"他笑着，他不回答，他说："你还不是一样？有时候我看着你们俩在一起就像，就像——""像什么？""像慈禧太后跟李莲英！"他开心地、起哄地嚷。

小睦怪叫了一声，跟着开始狂笑，"陆羽平，你自罚一罐。"

他觉得自己醉了。

小睦中间离开了一会儿。应该是去上洗手间。吧台上传来"叮咚"的一声响，小睦遗落的手机上闪着一个蓝色的小亮点。是短信。他这么想。小睦的手机是很干净很无情的银灰色，好看得很。他拿起小睦的手机，他只不过想看看，如果没醉的话他是不会做这么没教养的事的，可是他醉了。没想到一翻开盖子，短信的内容就自动跳出来了。是个笑话。一位女士跟新搬来的邻居聊天。

邻居问："您有几个孩子？"女士答："十个。"邻居大惊失色，"十个？取名字一定很麻烦吧？"女士说："不麻烦，他们十个全体都叫小明。"邻居说："都叫小明？那你想叫其中的某一个的时候怎么办呢？"女士笑了，"我想叫哪一个小明的时候，就在前面加上他爸爸的姓，这样就好啦。"

陆羽平笑得肚子都疼了。因为这个笑话好笑，也因为它很傻。他兴致勃勃地按下了"存储"的按键，短信菜单跳了出来，他想再找找有没有什么好笑的笑话吧。可是"已收短信"那一栏里，除了他刚刚存进去的那个之外，只有一条接收时间是二〇〇三年年初的。他毫不犹豫地打开了它。

寥寥的几个字而已：小睦，对不起。发送人：蓝蓝。

他的酒立刻醒了大半。一种更深入骨髓的眩晕却跟着这清醒从体内升上来，于一瞬间萌芽，生长，然后蓬勃到遏制他的呼吸。没错，难怪刚刚在菜单里觉得这个日子眼熟，二〇〇三年一月九日。蓝蓝。他茫然地抬起脸，酒柜的玻璃门朦胧地映出他的眼睛，血红的，像只饥饿的兽。

玻璃门又隐约映出小睦的脸。他安静地靠近陆羽平，轻轻地把手机从他手上拿回来，凝视着陆羽平血红的眼睛，用一种完完全全的大人的神情。

陆羽平干涩地笑了笑。小睦说："陆羽平，我还没问你，这么晚了，在大街上乱晃什么？"

他说："我要去火车站，买车票。"停顿了一下，他又加上一句，"买回家的车票。"

小睦惊讶地说："那你把芳姐一个人扔在家里吗？"陆羽平

不回答，他在想把她一个人扔在家里怕什么，哪个贼碰上她不被她吓坏就是福气。然后他狠狠地喝了一大口酒，他胆战心惊地想：到底是这个世界上大多数人其实都这样，还是只有我变成了一个恶人？

"玩不告而别啊。"小睦开心地笑了，"那么好吧陆羽平。这下你我算是扯平了。我不会告诉芳姐你偷偷摸摸出走未遂的事，那么你……"他的眼神就像电脑键盘切换大小写一样自如地在"孩子"跟"大人"之间穿梭，"你也不要跟任何人说——这条短信的事情，行吗？"

陆羽平安静地把一个啤酒罐从中间捏扁，清脆的一声金属响，啤酒罐就被腰斩了。他说："我不知道你们认识。"

"我们？我和谁？"小睦又开始装天真。

"你和她。"陆羽平低下了头。

"她是谁？"小睦的声音很阴沉。

"孟蓝。"陆羽平投降了，他知道自己不是小睦的对手。真是荒唐。从他的嘴里吐出这个名字。

"我们认识。"小睦仰起脖子灌了一大口啤酒，"她是我最好的朋友的姐姐。我——我是她的帮凶。"他自嘲地笑着。

"那个短信……"陆羽平迟疑了一阵，"正好是那天发的。"

"是她让我把芳姐骗到银台的。她说她有个好朋友要追芳姐，说是在银台那里给玫瑰花比较方便。我真是笨哪——连这种话都相信。我还问她那个好朋友是不是你。"

"别想太多。"陆羽平闷闷地说，"不是你的错。"

"陆羽平。"小睦看着他，"你居然一点儿都不惊讶。"

"谁说我不惊讶？"陆羽平也挤出一个微笑，"我惊讶得都没什么反应了。"

"算了吧陆羽平。"小睦的脸突然间靠近了他，"你是因为心好才说不是我的错。还是因为——你知道那本来就是你的错？"

他打了一个剧烈的寒战。他想要再喝一点儿让自己镇定，可是他放弃了。因为他的手似乎是没有力气拿起这个啤酒罐。——力气也许还是有的，可是如果让小睦看见他的手腕在不住地抖那还不如死了好。

小睦微微地一笑，"陆羽平，你放心。我没有恶意。这么久以来，我一直都找不着一个机会跟你单独地说说话。其实我自己也老是有好多的顾虑。但是陆羽平，说到底我是受人之托，答应了别人的事情我总还是要做到。你能不能等我一会儿？我上去拿一样东西。"

他看着小睦的背影慢慢地淡出，再慢慢地从楼梯上走下来。说真的这中间不过隔了两三分钟而已，但是对他来说，确是真真切切的漫长。灯光朦胧的"何日君再来"变成一片危机四伏的原野，而他却是做不成夜奔的林冲，尽管他心里也是一片漫无止境的惨然。他冷汗直冒并且瑟瑟发抖，他想说到底天网恢恢疏而不漏啊，只是原先怎么也没有想到原来这个词是在说他。小睦还是一脸无辜的样子，拉过他的手，惊讶地说："怎么这么冰呀？"然后把一样东西塞在他手心里。

是一条红色的手链。一颗又一颗的红珠子像是被凝结在半空中的血滴。他重重地把它丢在桌子上，说："别跟我玩这种鬼把戏。"

"说对了，这就是鬼把戏。"小睦淡淡地一笑，"是一个人就要变成鬼之前托我交给你的。我告诉过你了我是受人之托。"小睦点上一支烟，很痞地抽了一口，"陆羽平，本来我不想给你。我倒不是害怕你心里不舒服，我是害怕你恨我。我不想给自己惹麻烦变成一个知道太多秘密的人。但是既然你已经看到了你不该看的短信，我也就不要再做好人了吧。陆羽平，你相信我，我绝对，绝对不会把这件事告诉任何人，也请你答应我，别把这条短信的事说出去。行吗？"

"你威胁我。"陆羽平安静地说。

"不对，我们这是互相威胁。"小睦明亮地微笑着，"政治家们也常做这种事，我只是稍微学习一下而已。"他长长地叹着气，"陆羽平，你替我想想，快要两年了，我一个人保守这个秘密。如今总算有人跟我一块儿分担了，我心里真高兴啊。"

"是她——亲口说，让你给我的吗？"

"我在死刑判决下来之后去看过她一次。本来我不算是她的家属，我是跟着她那个已经糊涂了的奶奶一起去的。他们把她的头发剪短了，她说'小睦，你不要恨我'。那个时候我真的不知道该说什么好，芳姐是我的姐姐，她是我原来最好的朋友。老天爷真是会娱乐大众啊，你说对不对陆羽平？她问我芳姐现在怎么样了——不是装样子，她是真的关心，真的后悔。我告诉她芳姐在医院等着做整容手术，我还告诉她芳姐现在身边有个男孩子愿意跟她在一起。她问我叫什么名字。我说是你。然后她愣了一下，就笑了，她说应该这样。然后她说她有一串红色的手链，她已经告诉看守所的人了，等行刑以后他们就会把它交给我。她问我可不可以——把它送给陆羽平。"

"然后你说什么？"陆羽平的声音又干涩，又勉强。

"然后我问她为什么要送给陆羽平，她不说。她只是说'小睦求求你答应我'。我自然是答应了。"小睦无所顾忌地直视着他的眼睛，"陆羽平，我不是个笨蛋。就算我不知道这个故事真正的来龙去脉，我也能猜出来一些事情。你不用跟我讲，陆羽平，我不想听。但是最起码我知道——蓝蓝跟警察说的那些动机不是真的吧？至少不全是真的。这帮警察还真是没用——不过算了，这不重要。"

陆羽平轻轻地抚弄着这条手链，好像它烫手。他的手指一颗一颗掠过那些珠子，小睦在一边开心地笑了，"陆羽平你怎么像个和尚一样，了悟啦？"

他抬起头，看着小睦的脸。

"陆羽平。"小睦说，"你是个好人。"

"我不是。"他打断了小睦。

"你是。"小睦坚持着，"有哪个坏人会在出了这种事情以后还这样对待芳姐？别说是坏人，不好不坏的一般人都做不到的。"小睦捻灭了烟蒂，举起面前的啤酒罐，一口气喝干了，"陆羽平，我敬你。"

"别这样。"陆羽平苦笑着，"你是讽刺我吧？"

"我像是开玩笑吗？"小睦说，"陆羽平，你不是坏人，我觉得我也不是。可是咱们俩都对不起一个对咱们来说最重要的人，也不知道怎么搞得，糊里糊涂就变成叛徒了。所以……"他调皮地眨眨眼睛，"咱们得团结。对不对？要是芳姐知道了这两件事里的任何一件，说不定，说不定……"

"那会要她的命。没有什么说不定的。"陆羽平干脆地接了后半句，然后把剩下的啤酒一饮而尽，"小睦，看好了，我也干了。"

"×，要这样才痛快。陆羽平，从今天起你就是我的朋友，我的好哥们儿。"小睦豪爽地又拉开一个啤酒罐，拉环打开的声音让陆羽平悚然心惊，清脆而凛冽，为了庆祝这刚刚建立的，杀气腾腾的友情。

那一天陆羽平是真的醉了。他只记得后来暗沉沉的灯光像一条淤沙过多的河流那样有时缓慢有时剧烈地侵蚀着他。他只记得小睦还对他掏心掏肺地说："我说陆羽平，那个赵小雪不是什么好东西，你还是趁早跟她断了吧。"他只记得他好像是在做梦，梦里有孟蓝的脸，还有夏芳然的。没有人知道他第一次走进夏芳然的病房的时候鼓足了多大的勇气，没有人知道他是鼓励了自己无数次对着镜子练习了无数次才慢慢习惯了对夏芳然被摧毁殆尽的脸庞温暖地微笑，用半年的时间每天去喝一杯咖啡不是什么大不了的事情啊，羞涩紧张地传一张写着"你很美"的纸条也不是什么大不了的事情啊，他就用这同样没什么大不了的爱情支撑着自己去做凡人难以胜任的事情。他不是大家想象的那种沉默寡言心里却是铁肩担道义的人，他也不是电影里那种看似庸碌只有风雨来临时才看得见伟大的勇气的人。那个伤痕累累的女人，脾气又坏，又不讲理，又神经质，只有圣人才忍受得了她。可是他没有权利选择，因为她是他必须赎的罪。如果我因为你出了事情就这么逃跑，我这辈子都会看不起自己。我才二十岁，如果永远都看不起自己的话——那么长的一辈子，我该怎么打发？她笑了，他的殿下，曾经她的笑容是多么完美。她笑了，她真的听懂了他在说什么吗？这个自以为是的女人。他现在也还不到二十二岁，他依然看不起自己，他依然拥有这么长、这么长的一辈子。让我快一点儿变老吧上帝，让我变老，让我和她一起白头，我知道我们还是有救的，我知道等我们风烛残年之后我们可以相濡以沫地回忆今天的所有煎熬。到那时候我们可以原谅可以宽恕可以用一辈子的折磨和伤害换取最后油然而生的相依为命。求求你，让我变老吧。

最后的记忆是冰冷的。很多的水被泼在他滚烫的脸颊上。下雨了吗？他模糊地想。耳边传来小睦的声音："对不起芳姐，我不知道他这么不能喝。"

———— · 33 · ————

如果孟蓝不是一个罪犯，那本来该是个类似于《一个陌生女人的来信》之类的故事。

长大对于孟蓝来说是件不容易的事情。因为她生活在一个糟糕的街区。那条街风水不好，至少老人们这么说，从解放前就因为治安奇乱而出名。谁也说不清到底是贫穷让这条街变得堕落，还是因为堕落这条街才永远是一副贫穷萧条的样子。贫穷并不能成为堕落的理由，但是却常常是堕落最好的契机和借口。

孟蓝从童年起，就见识过各式各样的堕落。比方说，油腻腻的小方桌边围着的四个"烂赌"，就有一个是她的表姐，两个是她从小到大的朋友，从清晨到深夜再到黎明，身边观战的人已经换了一拨又一拨，这四个人倒是泰山压顶岿然不动。下注下得越来越大，一种濒死的、不要命的贪婪席卷他们的眼睛，用另外一种方式点亮了醒醒的日子。再比方说，孟蓝自己的弟弟孟彬，他在骚动的年纪自然而然地迷死了《古惑仔》，可惜他不能像别的男孩子一样，在顺利地长大成人之后笑着回忆自己渴望成为陈浩南的燃情岁月，因为他真的那么做了，并且在他还是最不起眼的"小弟"的时候为了自己的朋友死在一把小小的水果刀下面。

给彬彬守灵的那天晚上，孟蓝一个人坐在阴影里悄悄地哭了。并不是在哭她的弟弟，至少不全是。她只是累了，经年累月的，生活就是一场挣扎。一场让自己不要像这条街一样堕落的挣扎。她努力地读书，努力地学习，那是她唯一的出路。在街巷的尽头回荡着淫声浪笑的夜晚啃着那些解析几何跟英语单词；每天的清晨，她穿着整洁的校服路过曾经暗恋过的邻居家英俊的小哥哥开的台球案子——他现在已经变成了一个邋遢而臃肿的男子，身后他面无表情的老婆用粗暴的动作换着婴儿的尿布。

对于一个小姑娘来说，那是一场没有尽头的跋涉。她期待着过上一种清白和干净的生活，她期待着终有一天她可以不要再见到那种不顾死活的腐烂的表情。她从没有多大的野心她只是希望自己能健康并且相对柔软地长大，不去赌，不去抢，不去卖淫，不去吸毒。没有人帮她，没有人告诉她该怎么做，因此她小小的梦想变得异常地艰难，要知道，让自己和周围所有人不同并不是一件容易的事情。她很快就要成功了，她考了三次高考，才拿到了理工大的录取通知书，但是弟弟死了。不要责怪他，他只不过是做不到他姐姐咬紧牙关做到了的事情。

那个晚上，二十岁的女孩孟蓝抚摸着弟弟冰冷的手，安静地流光了所有的眼泪。

遇上陆羽平是在一年以后。那个时候孟蓝不再恪守自己关于清白的原则，她在一个很著名的歌城陪酒。因为她需要钱，需要靠自己赚钱来读完大学。但是孟蓝从来没有放弃过努力。她坚持着只坐台而从不出台，虽然这样让她收入有限，但是够了，她本来就没有太多奢望。好在她并不是个太出众的女孩子，在众多的三陪小姐里面她唯一的王牌就是她的大学生的身份。也因此，她没遇上过因为她不肯出台而找她的麻烦的客人。所以有段时间她几乎是感谢着她所拥有的一切。

那一天她喝得多了些，在通往洗手间的走廊上撞到了陆羽平。陆羽平那天是跟着一大群同学来给人过生日的，当这个走路有些跟跄的"小姐"一头栽到他怀里的时候他吓了一大跳，习惯性地想着她就算是真的有什么病这么一撞估计还不会传染。但陆羽平毕竟是个善良的人，他抓住了摇摇欲坠的她的肩膀，对她说："你不要紧吧？"如果孟蓝知道此时此刻这个友善的陌生人心里其实在想她有没有病以及会不会传染的话，也许后面的事情就不会发生了。可惜她不知道。醉眼蒙眬的时候她只记得自己是一个从没尝过恋爱的滋味的小女孩，忘了自己在这个人眼里是一个"小姐"。

"你不要紧吧？"多温柔的声音，在这个地方没有人用这样的语气跟她说话。他拾起了她掉在地上的外套。顺便拾起从这外套的口袋里掉出来的理工大学的校徽。孟蓝无地自容地看着他眼睛里的那一丝惊讶，但是陆羽平很快抬起头，对她微笑着，"我是生化系的，你呢？"她愣愣地回答："建筑。"他笑了，他说："你多喝点儿茶，茶是醒酒的。"她忘记了自己那天有没有说"谢谢"。

陆羽平只不过不想让面前的这个女孩尴尬，所以他才会很自然地说"我是生化系的，你呢？"那是他的习惯，看见别人尴尬他自己就会很难受。只是他没有想到，对于面前的这个女孩子来说，这句话代表着一种相知的温暖，还有带着期许的尊重。他更没有想到，他一贯的善解人意竟然也会带给他一场灭顶的灾难。

孟蓝知道自己恋爱了。

从那一天起，她想尽一切办法打听他的消息。"我是生化系的，你呢？"那句让她回味了一百回一千回的话同时也是她唯一的线索。陷入暗恋的人们各个都是名侦探柯南，因为他们善于捕捉所有的蛛丝马迹。没有人知道她认识陆羽平，就连陆羽平自己都不大知道。这也是后来警方没有查到孟蓝跟夏芳然之间的交集的原因。她悄悄地站在生化系的大楼前面大海捞针一般等着他出来，她偷偷到生化系的图书馆去从他刚刚还的一本书里面抽出了借书卡，于是她终于知道了他叫陆羽平，真感谢生化系落后的图书馆啊，像个说话啰唆但心地善良的老爷爷一样猜中了小女孩的心事。陆羽平，多好听的名字。后来她用各种各样不可思议的方式知道了他住哪一间宿舍，他的家在什么地方，他的功课好不好，他参不参加社团，以及最重要的——他有没有女朋友。她每一顿饭都跑到离她上课的地方很远的生化系的食堂去吃，坐在一个角落里痴迷地看着他掰开卫生筷的动作。满意地发现他从来不跟女孩子一起来吃饭。有时候她也嘲笑自己，这哪像是一个"小姐"的所作所为呢？

现在还不是时候。她这样告诉自己：耐心一点儿啊。她还需要再做一段时间的"小姐"，还需要再存一点儿钱来付明年的学费。之后她就要辞职了，她就要跟那种生活告别了。她就可以清清白白地站在陆羽平面前，羞涩地跟他说："陆羽平，这个周末你有空吗？"她小心翼翼地、羞涩地、含苞待放地期待着这一天。她一点儿没有想到对于陆羽平来说无论她有没有"出台"她都是一个"小姐"。她历尽沧桑，却依然天真。如果她把她的恋情向任何一个朋友吐露过恐怕都会有人来提醒她这件事，但是她固执地把它放在心里，她不能想象自己把这个秘密告诉别人，她含着"陆羽平"这个名字就像一只牡蛎含着她的珍珠。她自己都没意识到她渴望着一个奇迹，一个完完全全靠自己一个人完成的寓言式的奇迹。长久以来她习惯了一个人，习惯了孤军奋战。她不觉得这有什么不妥。这真像是张学友唱过的一首歌，在那首名叫《情书》的歌里，他说"激情"是这样一种东西："把人变得盲目，而奋不顾身，忘了爱，要两个同样用心的人。"

秋天的时候她发现他常常会去一家名字叫"何日君再来"的咖啡馆。这可让她有点儿伤脑筋。要知道她是多想能常常过去坐着等待着他来发现她，或者是故作惊讶地走上去对他说："嗨，这么巧。"但是她不能那么做，那间店子的 waiter 居然是她熟悉的小睦，而且那里的老板居然是她初中时候最讨厌的一个女生，他们的班花夏芳然——记忆中那个女人总是一副趾高气扬的欠扁的模样。她不愿意被他们认出来。他们，这些不相干的人，没有必要更没有资格在她和陆羽平的故事里扮演任何角色。

被冲昏了头的小女孩孟蓝丝毫没有想到：几乎没有朋友的陆羽平为什么会突然间如此频繁地出入一间咖啡馆；她更不会将这

件事和咖啡馆里的那个美艳如花的夏芳然联系起来。那段日子里她只是神经质地为自己辞职的日子倒计时，快了，就快了，阳光一般清澈和灿烂的日子很快就要到来了。那段时间她容光焕发，眼睛明亮，说话的声音和语调也莫名其妙地柔软了起来。那段时间她的客人们都打趣她："蓝蓝小姐最近保养得很好噢。"她妩媚地一笑，回答说："人逢喜事精神爽。"

快了，就快了。我是说结局就在她浑然不觉并且充满希冀的时候不动声色地接近她。后来，很后来，当她穿着囚服替自己数还有多少天可以活的时候，她突然想，那个时候，在她满怀喜悦地迎接末日的时候，她的弟弟——彬彬会不会在天上忧伤而爱莫能助地看着她？或者说，他会不会像小时候那样淘气地、紧张地像是看电影一样等待悬念揭晓，迫不及待地想知道女主角踩到了那个所有观众都知道她一定会踩到的地雷之后会是怎样一副绝望的表情？说不定这个一向入戏的孩子还会失望地说这个导演真是烂，暂时忘了那个女主角是他的姐姐。想到这儿孟蓝苍白地、朦胧地微笑了。她宁愿他这样。

那一天终于来了。那是冬天，可是阳光明媚。她陪着两个在歌城认识的女孩子逛街，她们逛了很多家店之后不知不觉就来到了学院路。一个女孩子指着"何日君再来"的招牌说："我们进去坐坐吧，我早就听说这家的咖啡不错，人家还说这儿的老板是个大美女，我老早就想见识见识了。"另外一个女孩子打趣她："你是不是跟男人玩腻了想尝尝'蕾丝'的滋味啊？"她们就这样笑闹着走了进去，小睦热情地迎上来，说："三位美女想坐靠窗户的位置还是坐里面？"她趁着这热闹悄悄地走进了洗手间，还好

中文

小睦没有认出她。他的伙伴们选择了靠窗的位置，她一路走过来的时候正好看得到吧台里那个宁静的女老板。她像往常那样脸上没有一丝笑容，一副男人们很喜欢的略带单纯的孤傲劲儿。她端庄地坐在那儿，梳着一个风骚的发型。暗红色的唇膏很适合她，她幽深的大眼睛慢慢地从孟蓝脸上扫过去——她也没有认出孟蓝。孟蓝微笑着摇摇头，心想这个女人居然还是老样子。就在这时候她撞上了另外一个人的眼睛。

他的眼睛。孟蓝慌乱地想要赶紧坐下来的时候却突然发现，自己似乎是用不着紧张的。他的眼光根本就没有落到她身上，他坐在角落里，他不管不顾地注视着吧台里面的那个女人。往后发生过什么，孟蓝就不记得了。她只知道她是熟悉陆羽平的那种眼神的，因为当她看到他的眼神时她恍惚间觉得自己找到了一面镜子，一面照得出躲在生化系的食堂的角落里的自己的镜子。再然后呢？再然后她看见他从笔记本上撕了一张纸，用力地写了些什么。写完他把小睦叫过来。再再然后，夏芳然优雅地打开那张纸的时候，很慢很慢地微笑了。可是孟蓝知道那种动人是她自己设计出来的，根本不是什么清水出芙蓉天然去雕饰，那个女人的一举一动都是她计划好了的，她心里知道什么样的尺度最能让男人们以为她是朵让他们无计可施的曼陀罗，原先，在舞蹈队里，这个女人就是想尽一切办法抢尽所有人的风头。这个不要脸的女人，陆羽平你真傻你怎么是她的对手啊？她已经开始玩弄你于股掌之间了你知道不知道？那一瞬间她几乎忘了自己的立场。当她看见陆羽平深深地低下头，似乎要把涨红的脸埋在面前的小小的咖啡杯里，一种很深很剧烈的疼痛突然间侵袭，带着羞耻、愤怒，还有一种莫名其妙的绚烂的力量。大概，原子弹爆炸的时候就是这样吧。美丽的蘑菇云像晚霞般燃烧，留下的是或许永远都没法抹去的关于废墟关于灭绝的记忆。

那天晚上发生的事情是陆羽平永远不会忘记的。像梦境一般不可思议，但是所有的细节都无比真实，每一句话，每一个表情，甚至每一声略微异样的呼吸。陆羽平非常喜欢那条通往他们宿舍的长长的甬道。两边全是树，每一棵树旁边都有一盏路灯。可是那些路灯简直可以说是奇特的。一个个都是球状的，却是只照得亮自己，丝毫照不亮周围的任何景物。因此站在路的尽头看过去，长长的甬道仍旧漆黑一片，只看见每一棵树上都结着一个果实一样的、散发着月亮清冷和孤独的气息的灯。

孟蓝就站在那无数的灯中的某一盏下面。当他经过她时突然听见这个陌生的女孩子非常熟稔地叫他："陆羽平，我能跟你说几句话吗？"

他犹疑地看着这个女孩子，他想不起来在什么地方见过她了。她有一副带着些稚气的嗓子，但是又有一身的风尘气。他不记得他认识过这样一类人。

"你忘了吗？我是……"她微笑一下，"我是建筑系的，那天，在……"

"噢。"他也笑笑，"你找我，有事？"

"陆羽平。"她笑容可掬地看着他，"我只是想告诉你。我——我跟夏芳然以前是同班同学。我很了解她。你还是离她远一点儿比较好，否则你会后悔。"

"你——你到底是来干什么的？"陆羽平张口结舌地问，惊愕压倒了恼怒，"我根本就不认识你。你跟我说这些是什么意思？"

"可是我认识你，陆羽平。"她停顿了一下，"你住508宿舍的三号床，你的学生证号码是20015452，你在你们系的图书馆的借书证号码是01358，你在理工大学的图书馆的借书证弄丢了正在补办。你家在潞阳，那个城市从咱们这里坐火车要六个小时。你大一的时候是你们宿舍的宿舍长，你帮你们系的系刊管过一段时间的钱，你的英语四级是补考才过的，要不是因为这个四级你本来可以拿到一个二等奖学金……陆羽平，你不记得我了，那天你说你是生化系的，就凭着这一句话，我好不容易才打听到了这些。你，明白我的意思吗？"

他明白。可是正因为明白所以才更糊涂了。他说："等一下，我……"他不知道该说什么好了。他更不知道他其实已经掉进了一个传奇里。他的表情显得又滑稽又惊讶。如果，《一个陌生女人的来信》里面的那个女人，在故事的结尾找到那个男人，把一切说出来，那个男主角保准也会是这样一副手足无措还以为自己碰上了精神病患者的样子吧。没准儿还会报警。幸亏那个女人死了，幸亏那个男人能发现墙角少了每年都会有的百合花。这就是陌生女人的下场。

她说："陆羽平。我早就想过无数次，有一天我要站在这儿等你。自己制造出来随便一个机会，让你可以认识我，或者说，可以把我认出来。然后如果我们真的可以变成朋友，或者再近一点儿，我再告诉你我刚才说的话。一般来讲顺序应该是这样的吧。可是陆羽平。"她深深地呼吸了一下，眼睛亮得像萤火虫，"来不及了。我没有时间了。"

他悄悄掐了一下自己以便确认这不是梦。"你叫什么名字？"他问她。

"孟蓝。"她微微一笑，脸红了。

"孟蓝。我……"他必须装得一本正经一点儿，"认识你我很高兴。但是，那不可能。"

"我也知道那不可能了。是我自己搞砸的。"她调皮地眨了一下眼睛，"可是我能作为一个朋友提醒你一句吗？夏芳然不是你想的那样。你知道吗？那个时候我们都在学校的舞蹈队里。有一次演出，本来领舞的是另外一个女孩。可是在练习的时候，夏芳然把那块垫子踢歪了，她是故意的，我看见了，就在那个女孩要下腰的时候。然后那个女孩的腰扭伤了，领舞就自然变成了夏芳然。这是真的啊你不要不相信，她就是那样的一个人她可以不择手段的……"孟蓝像是在辩解什么似的急切地说着，说着，心渐渐地，渐渐地沉下去：这太傻，她自己也知道，这太傻，太丢人，这根本就是自取其辱。

他看着她的眼神像是在看一个正在努力地撒一个无论如何都不圆的谎的孩子，然后他说："孟蓝。我相信你。不过，你说的话对我没用。现在我要回去了。你也早点儿回去吧，一个女孩子，这么晚了不安全。"

"陆羽平。"她小声地说，"要是——我说要是，没有夏芳然，你会给我一个机会吗？别跟我说你不喜欢假设。我想知道。"

他在她的眼睛里看到一种名叫"希望"的东西。那种东西最下贱不过了，野火烧不尽，春风吹又生。要斩草除根啊。还有就是，一个像这样的风尘女子社会关系应该比较杂吧，她会不会找夏芳然的麻烦呢？绝对不行，他宁愿给自己惹祸也不能让夏芳然受一丁点儿威胁。他的眼神慢慢地变冷，变成了一种效力超强的杀虫剂，他对自己说来吧苍天在上我就残忍这一回。于是他说："不会。很对不起，这跟夏芳然没有关系。就算没有她，我无论如何，也不能接受一个坐台小姐。"

她沉默了几秒钟。她笑了笑，"我懂了。陆羽平，再见。"

他望着她渐渐远去的背影，心里的某个地方突然重重地一颤。后来他想也许那是预感。

冬天的夜空很深很深。如果下雪的话你会怀疑这雪到底是经过了多远的跋涉才能这样卑微地坠下来。孟蓝在这很深的夜空下面慢慢地走着。这么快就结束了，真是荒谬，就好像看碟的时候按了"快进"一样，在几分钟之内就有了结局。结束了，醒来吧。你曾经在你自己火树银花的夜里给自己安排了一出多奢侈多炫目的盛宴啊。醉卧沙场君莫笑，古来征战几人回？你就是那个醉卧沙场还一厢情愿地以为可以回去的人。现在天亮了，你无处可逃。雪亮到残忍的阳光照亮了你的废墟，你的残羹冷炙，你沦陷的城头上那面破败羞耻、红得暧昧污秽的旌旗。眼眶一阵潮湿，可终究没有眼泪流下来。

日本有个民间故事，讲的是一只为了报答一个小伙子的救命之恩而变成个美女的仙鹤。小伙子很穷，没有钱还债，姑娘关上了门叮嘱他不要进来，几天以后交给他一匹美轮美奂的锦缎。但是小伙子不知道，姑娘变回仙鹤的原形，用长长的喙一根一根地拔掉自己的羽毛，鲜血淋漓地把它们放在织布机上才织成那匹锦缎。孟蓝就是那只鹤，她用自己的羽毛鲜血淋漓地锻造着她从童年起有关"清白"的梦想。她从来没有因为自己陪酒而有丝毫的自暴自弃，因为她经历过的挣扎让她比谁都有资格谈论尊严。多少次，她和堕落的人擦肩而过，和堕落的机会擦肩而过，和堕落的诱惑擦肩而过，和堕落本身擦肩而过。它们坚硬得就像岩石，擦肩而过的时候让她洁白细嫩的肩头伤痕累累。有谁能比她更珍惜清白呢？那些天生不费吹灰之力就拥有清白的"别人"，他们只知道强调没有"出过台"的"小姐"也是"小姐"，于是他们用嘲讽讥笑的眼睛挑剔着她鲜血淋漓一根根拔自己羽毛织成的锦缎，挑剔它的花样如此难看，挑剔它的手感一摸就是廉价货。

我是生物系的，你呢？

曾经还以为他是知己，可实际上，他只是别人中的一个。你真傻，你为什么没有想到呢？

她把那瓶浓硫酸轻轻地举到眼前，细细地端详着。透明的液体，像水。她小心地滴了一滴在桌面上，一阵轻微的烧灼的声音之后，桌面上就留下了一个圆圆的烙印。跟泪滴差不多大小。很好。她满意地微笑：从现在起，你们，就是我的眼泪。

后来的事情不必多讲，我们早已知道了。

再后来，一个叫欧阳婷婷的女警官发表过一个很"柯南"的推理。她提出一个疑问，说为什么孟蓝在行凶之后没有按照计划走进洗手间，由此她得出了荒谬的结论。

夏芳然凄厉的惨叫声响起。孟蓝知道她如果再不躲到洗手间里就来不及了。可是就在这个时候，她眼前触电般地闪过一个残破的画面，太久远了，怎么会在这个时候突然想起来这么无关紧要的事儿呢？闷热的让人昏昏欲睡的午后，讲台上语文老师在讲解那篇超级无聊的课文。孟蓝叹口气，托着腮把脸转向窗户；正好撞上同样是百无聊赖地扭过头的夏芳然，隔着很多张课桌两个女孩子一起调皮地跟对方微笑了，夏芳然斜睨了一眼讲台，做了个很夸张的鬼脸。语文老师的声音像是从天而降："你们要懂得感激。"不知道她为什么要突然冒出这么一句话来，前因后果是什么。不知道了，想不起来了。彻骨的寒冷中孟蓝问自己：我干了什么，我在干什么，我要干什么呀？警笛的声音呼啸而过，从小到大她听了太多次警笛的声音。警车带走了她的朋友、她的伙伴、她的兄弟，她目睹他们被押上警车就像别人家的孩子目睹火车站飞机场的送别。算了吧，就这样吧。子弹在她年轻饱满的身体里生动自由地奔跑，然后像株向日葵那样饱满地绽放。你们会来迎接我吗？我辛苦的、堕落的、邪恶的、无可救药的、别来无恙的亲人们，我最终还是回到你们身边了啊。

———— 34 ————

审讯室里一片窒息的寂静。徐至笑了一下，"这么说，那个毁容案，终究还是为情，最简单最普通的动机，我们兜了那么大的一个圈子。"

"夏芳然。"李志诚的眼神里有些犹疑，"那你是怎么知道这件事的？"

"手链。"夏芳然轻轻地说，"那条红手链。那天小睦把陆羽平送回来的时候，他醉得很厉害，吐得乱七八糟的。我听见他说'孟蓝你害得我好惨'，我还听见小睦在厕所里骂他，说'陆羽平你不要胡说八道'。当时我没有在意，我以为他这么说无非是受不了我了才怪到孟蓝头上。可是大概是一个月以后，有一天，我到'何日君再来'去找小睦，后来发现把钥匙锁在家里了。我就到陆羽平租的那间小屋去找他，我是在他的抽屉里看见那条红手链的。我记得很清楚，那天孟蓝站在我对面的时候，她的右手往上抬，胳膊上的红手链跟这条一模一样。"她长长地叹了口气，"我这个人很奇怪。念书的时候，那些课文、单词、公式什么的，打死我都记不住。可是对别人穿的衣服、发型、首饰、化妆品，我通通过目不忘。我爸爸老早就说我没出息，可能是真的吧。然后，看着那条手链，我突然想起来一件事：有一次我们俩不知道为什么说起孟蓝。他说一定是因为原先孟蓝在舞蹈队里的时候就很恨我。我说对这有可能。但实际上，我是在听了他这句话之后才想起来原先我和孟蓝是一起在舞蹈队里。当时我就顺着他的话往下说了，那天我才发现不对：既然我自己都是听了他的话之后才想起这件事，那么他是从哪儿知道的呢？如果不是我，除了孟蓝自己还能有谁来告诉他呢？"

"你问他了？他承认了吗？"婷婷说。

"那真是很丢人的经历。"夏芳然甜甜地笑着，"想起来都不好意思。我问他到底认不认识孟蓝，我问他那条红手链是怎么来的，我问他那个时候他到底为什么一定要跟我在一起。我扑上去打他，咬他，抓他的脸，揪他的头发，他一动不动，随便我。那个时候我就知道，什么都不用再问了。"

"这是不是你去年冬天吃安眠药自杀的直接原因？"徐至不

动声色地说。

"是。"她沉默了片刻，轻轻地点头，"原来我还以为，不管怎么说，他对我还有一点儿真心。可是我没有想到他不过是来道歉的。老实说跟这个原因比起来，我宁愿他是像别人说的那样为了钱和他的前程才跟我在一起。那样我也许还能好受儿一点。至少，至少不会觉得自己被人当成一个白痴。你们不会明白，那个时候我真想杀了他。我说我想，可是实际上我没那么干，我不过是杀了我自己而已——但是还没成功，我醒来的时候，他跟我说：'我这辈子不会放过你。要是你真觉得活着没什么意思了，也没有关系，你想去哪儿我都会陪你一起去。夏芳然，你明白吗？你甩不掉我。'——他真的这么说，我早就跟你们讲过了吧？他是这么说的。"

———— 35 ————

小睦把一个大大的旅行袋放在陆羽平脚边。冬日的清晨天空还是一种烟灰色。没有咖啡香的"何日君再来"就像乱世一样萧条。

"芳姐说，你的衣服都在里面了。还有几张 CD、一本书、剃须刀和你的手机的充电器。你——不看看还少什么？"

"不看。"他闷闷地说，"是不是我得把钥匙还她？"

"不用。"小睦嗫嚅着说，"锁已经换过了。还有……电话号码也换了，她，不准我告诉你她们家现在的电话。"

"噢。真够彻底的。"陆羽平笑了，"我这就算是被扫地出门了，对吧？"

"陆羽平你不要怪她。"小睦忧伤地看着他，他简直没法相信这就是那个欢天喜地的小睦。

他深呼吸了一下，看着小睦的脸，"她现在好不好？"

"还行。"小睦笑笑，"就是上个礼拜病了几天，不过现在好了。"

"什么叫'上个礼拜病了几天'？一个礼拜总共不过七天。"他心里一阵烦躁。对着小睦吼了一句。

"陆羽平。其实对你来说，这样也好。"小睦认真地看着他，"其实你已经为她做过很多了。现在正好可以回去过你自己的生活。"

"你是安慰我，还是真的这么想？"

"都有。"小睦不好意思地坦白。

其实小睦说得没错。都结束了。像场不可思议的梦一样结束了。尽管结束得蛮惨烈的——他的脖子上到现在都还留着她抓的血道子。然后她把他关在门外，任他死命地敲门把全楼的邻居都敲出来了也不理他，也不肯接电话——但是，这就是结尾了。他知道这对她来说是种毁灭般的伤害——不过，还好他算是眼不见心不烦。用小睦的话说，他终于可以回去过他自己原来的生活。上课，赶毕业论文，然后像所有人那样在考研和找工作之间踌躇一番，常常见见赵小雪，然后像所有大学恋人一样准备好了在毕业那天和大家一起失恋。生活本来就该是这样的。现在他比谁都有资格热爱这样平庸的生活。他受够了曾经听起来惊心动魄过起来满目疮痍的日子。小睦去开门了，店里渐渐地开始有客人来，咖啡香开始氤氲，赵小雪换上制服以后冲着他走过来，趁人不备在他脖子上轻轻拧了一下。美式咖啡温暖了他的喉咙、他的内脏。他投入地吞咽着，为庆祝劫后余生。

那天晚上，他和赵小雪去看电影。那是他们第一次这么光明正大地约会。凌晨他们一路走回他的小屋，然后他们热烈地缠绵地做爱。非常好，这个开端，预示着平静平淡平安的幸福终将到来，感恩吧，你要学会卑微地活。

但是他没有告诉赵小雪他已经和夏芳然分手了。当她沉沉睡去的时候他清醒得冷酷，就像是黑暗的海底那些没有声音的珊瑚礁。他拥住这个女人，这张通往和别人一样的生活的通行证。他想：就让我这样下去吧，再多卑鄙这一回也没什么大不了的。没有。半梦半醒之间，他回到了过去的某一个夜里。那天夏芳然感冒了，有些低烧。出事后她的身体特别地弱，所以小小的头疼脑热都让他紧张。他睡不着，隔一会儿就摸摸她的额头。在睡意终于渐渐袭来的时候她突然爆出一阵撕心裂肺的咳嗽，吓醒了他，厌烦就跟着惊吓一起毋庸置疑地到来，他脱口而出："×的你找死啊。"她小声地说："对不起。我不是故意的。"他紧紧地搂住了她，他吻她，他说"笨蛋我跟你逗着玩的。"现在他像那个晚上一样咬紧了牙，煎熬排山倒海地侵袭而来。殿下，请你原谅我。

那条手链是他故意放在抽屉里的。他知道这么重要的东西本来该放在一个更隐秘的地方。但是他没有。他觉得自己好像是希望有一天能让夏芳然发现它。她绝望地看着他，她说："陆羽平你告诉我这是不是真的，你是不是真的认识孟蓝？"其实你从她现在的脸上已经分辨不出所谓"表情"这样东西了。只是他知道她很绝望。其实当时还是来得及的，当他看到她拿着那串手链时心里竟然漾起一种带着惊恐的期待。他害怕她认出来这是孟蓝的东西他也害怕她根本认不出来。来得及的，那个时候否认其实是来得及的，那个时候他可以说"你不要胡思乱想"，他可以撒谎他可以笑着说"你的想象力还真是丰富"，总之，只要他肯否认，其实都来得及。但是他一言不发。他太知道在那种时候沉默的分量了。没错，你都知道了，但这不是我说的啊你看我一直在保持沉默。

殿下，请你原谅我。对不起。我累了，我不能再陪你了，我给不起了，我走不动了啊殿下。

从明天起，正式地做一个普通人。他疼痛地、庄严地对自己宣誓，像两年前发誓要照顾夏芳然一辈子那样庄严。从明天起，仁慈一个普通人的仁慈，冷漠一个普通人的冷漠，在乎每一个普通人在乎的，谴责每一个普通人谴责的，像普通人那样爱，像普通人那样残忍。既然你根本就做不到你认为你能做到的事情，那就请你像接受你长得不够帅接受你头脑不够聪明一样安然地接受你的自私。你能做到不要拿逃避当荣耀就已经值得表扬了。坦然地接受良心的折磨和夜深人静时的屈辱，没有关系的，那只是暂时的。日子终将宁静地流逝，胆怯的羞耻也可以在未来的某一天被岁月化成一张亲切的面孔，因为经过长久的相处你跟它之间说不定会有感情。等待吧，耐心地等待，你总有一天会原谅自己，就算不能原谅也还可以遗忘，就算不能遗忘你最终可以从这遗忘不了的屈辱里跟生活达成更深刻更温暖的理解。就算不能理解但其实有时候逆来顺受的滋味里也是有醉意有温柔的。前景乐观，不是吗？

　　一月。年关将至。他整天待在实验室里。赵小雪马上就要考研，他则开始不那么热心地投简历准备找工作。整个城市在暗淡的冬季里暗淡着。他偶尔会去"何日君再来"，跟小睦打个招呼，他们心照不宣地不去谈论有关夏芳然的任何事情。

　　他送赵小雪进考场的时候对她说："别紧张。""不会的。"她甜蜜地笑笑，"考砸也没关系，因为我准备好了要嫁给你。"然后她凑到他耳边，轻轻地告诉他，"我怀孕了。"

　　然后她促狭地一笑，跟着人潮走了进去。

　　冬日的清晨是很酷烈的温馨。他走到街的另一头，出神地看着街道的尽头处一棵没有叶子的树。他喜欢树。因为树即使死了也依然站着。

　　手机就是在这个时候响起来的，是小睦气急败坏的声音，"陆羽平你赶紧滚到市中心医院的急诊室来！芳姐她，她……"

　　她吞了五十片安眠药。

————　36　————

　　他们给她洗胃。长长的管子往她的喉咙里塞。她沉默地、坚决地抗拒着。于是他们很多个人围过来，像是要强奸一样按着她的身体、她的四肢。那只管子蛮横地撕裂着她。他们终于成功了，他们满意地松开她，一只胳膊把她薄得像纸片一样的身体拎起来，对她说："吐吧，好好吐，吐出来就好了。"

　　陆羽平站在门口，现在他终于可以置身事外。他静静地看着她在那些手底下挣扎，他看着她毫无用处的反抗，当她被那只医生的胳膊轻松地拎起来的时候他终于愤怒了，"轻一点儿好吗？她不是一个行李箱。"

她开始吐，不管不顾地吐。他是在这个时候走进来的。他穿越了一个又一个无关紧要的人走到她的身边来。非常习惯、非常熟练地把她拥在了怀里。她瘦了，他的手可以感觉到她小小的脊背上的嶙峋的骨头。他的气息就这样环绕了上来，就好像什么都不曾发生，就好像他从来没有走远过。

"陆羽平。"她委屈地告状，"他们都是坏人。"

"是坏人。"他附和着她。公主的逻辑永远如此，她才不管这些人刚刚救了她的命。

"陆羽平，你不要以为我是为了你才做这件事，我不是为了逼你后悔，我只不过是累了，你明白吗？"

"当然明白。"他纵容地微笑着，"我这么平庸的男人满大街都是，长得不帅，也不能干，又不会讨女孩子喜欢，哪值得你这么认真？"

"我累了。"她的语调软软的，有些撒娇的味道，"我实在懒得再去动手术，懒得再闭上眼睛等着麻醉药的药劲儿上来或者下去，懒得再看见那些我实在喜欢可是又不能穿的衣服，懒得再去买那些纯粹是为了找新款墨镜的时装杂志，懒得再去把苹果切成那么小的一块一块的——你看，我其实很没出息啊，让我想死的事情都这么微不足道。要是我现在可以恨该多好啊，恨孟蓝，恨你，恨所有的人，能恨得咬牙切齿不共戴天——那样的话我说不定还有活下去的力量。可是我没有。陆羽平，所以我就是被这些微不足道的事情一点儿一点儿打败的。"

他紧紧地搂住她。这不公平。一点儿都不公平。为什么那么多人活得那么残忍那么无耻还总是可以自得其乐，可是他有生以来只对那个叫孟蓝的女孩子一个人残忍过一次，真的只有一次而已，就要受这么大的惩罚？这太过分了吧。他闭上眼睛，沙哑地说："现在没有我来给你切苹果了，是不是只能自己动手？"

"嗯。所以烦死了。烦得想死。你都看见了。"她像个承认错误的孩子一样小声地说，"陆羽平，我很想你。"

"听好了。"他拨开遮着她脸的头发，细细地端详着她的脸庞，深深地凝视她蒙着白翳的眼睛，"我不会离开你。无论如何我都不会离开你。等你出院了，咱们一起离开这儿。咱们不做那些整容手术了，那一点儿意思都没有。你不是从来没有看过大海吗？我也没看过。咱们就去海边，大连，青岛，北戴河，海南，你想去哪儿，我都陪着你去。你觉得这样好吗？"

她摇摇头，微微一笑，"我现在哪儿都不想去了，我就想去那个所有的人都拦着我不准我去的地方。其实我早就想这么做了。从——从我知道孟蓝的那件事情开始，我就想要这么做。可是那个时候，我身上有好多的伤，全是青一块紫一块的，我害怕，验尸的时候，会给你惹麻烦。"

他深深地吻着她的手，眼泪汹涌而出。"殿下。"他说，"殿下你原谅我。"

"别开玩笑。"她不满地嘟囔，"有我这么惨的殿下吗？"

"你，没有明白我的意思。"他带着一脸的泪，对她做了个鬼脸，"我说过了你想去哪儿，我都陪你去，当然也包括，那个所有的人都拦着你不准你去的地方，你现在懂了吗？"

"陆羽平你疯了！"她吃惊地叫着。

"没有。"他紧紧地握着她的小手，"我在来的路上就这么想。我们曾经，说好了要走一辈子。可是咱们没有做到。但是我突然想起来，其实我们还是可以做到的。只要我们能让这一辈子变短，不就行了吗？我们可以让它马上结束，这是我们力所能及的事情。"

"讨厌。"她的泪滴在雪白的被单上，"你这叫作弊你知道吗？丢人啊。"

"就作这一回。"他笑笑，"为了你，这值得。"

———— 37 ————

夏芳然轻松地叹了口气，"以后的事情我就全都告诉你们了。那段时间他要回家过年，所以，所有的事情都是我来做的。我得买毒药，还得找地方，还得想出来利用电影院里放《情人结》的机会把它搞得浪漫一点儿——很不容易呢，比别人办年货还忙。"

徐至微笑了，"现在说重点吧。既然你忙了这么一大场，那为什么——只有他一个人喝了毒药，可是你没喝？"

"你猜。"她生动地笑着，"是一个特别、特别简单的原因，简单到白痴的原因。"她停顿了一下，"你们不要嘲笑我啊——因为，我害怕了。我在最后那一刻害怕了。本来我们是想用买玫瑰花这个借口把那两个孩子支走，然后我们做我们要做的事儿。是他先喝的。他倒下去的时候自然而然地把手伸给我，然后他好重地抖了一下。就像是把他命里剩下的所有的力量全都抛了出来，重重地摔在了我怀里。那个时候我就突然怕了。我问自己这是怎么搞的，我那么想死我下了那么大的决心。准备了那么久不就是等着这一天吗？还犹豫什么呀怎么这么没出息呢？我跟自己说不能那么任性要马上把毒药喝下去，可是我的手一直抖，一直抖，抬都抬不起来。我真是纳闷儿我那天吞安眠药的勇气跟冷静都到哪儿去了？我心里一直有一个声音在跟我说：'还有机会。你现在不去喝它还来得及。'"眼泪涌进了她的眼眶里，隔着墨镜他们看不到她泪光闪闪，但是她的声音弥漫上了一种潮湿的水汽，"我是一个死过很多次的人。"她很小声地说，"一个人弥留的时候，会看见光。我就看见过，那还是我刚刚出事的时候。很强、很耀眼的光，特别远，远得就像一声用尽了全身力气的、没有边际的喊叫。那个时候你就好快乐啊，你觉得你马上就要飞起来。可是我没有飞起来，我还是回来了。我回来的时候，一睁开眼睛，就看见镜子里自己那张脸。那个时候我都不知道哪个是梦，是那道光，还是那面镜子。心里空落落的，好慌，特别害怕。可是就算是那个时候，我还是很庆幸我醒过来了。还是醒过来好啊。因为，你看见那道光的时候，心里是很开心很幸福没有错，可是你同时也清楚，你觉得幸福是因为你自己马上就要变成它了。一旦你飞起来，你就要变成它了。我暂时还不想变成一道光，就算它是宇宙里最温暖的力量我也还是不想变成它。我还是想做夏芳然，就算是那个毁了容的夏芳然也可以，我舍不得就这样让夏芳然消失，因为我爱她，我曾经拼了命地爱过她、保护过她。她给过我那么多的快乐那么多的骄傲。我不能因为她现在变成一个负担了就这么甩掉她。

其实说穿了我还是不想死啊，可是我想明白这件事的时候陆羽平的手已经完全冰凉了。我真蠢，你们是这么想的吧？"

良久，徐至问："刚开始审讯的时候，你为什么不说？你不是不想死吗？又为什么要承认你自己杀了人？"

"没有证据。"她静静地说，"没有人会相信我的。真荒唐，一个人要找出据来证明自己怕死——可是那就是我当时的处境。毒药是我买的，酒瓶上就是有我的指纹，连现场都有那两个小孩可以做证，在别人心里我就是一个毁了容所以心理变态的女人。还有你们——你们居然有本事找出来一个莫名其妙的女人来当犯罪动机。全齐了。那个时候我想这真是荒唐透顶。也许这就是我的命。那种时候难道要我来用这种语气告诉你们我看见过一道光吗？就是打死我我也做不出那么白痴、那么没有尊严的事情。"

"徐至。"她歪着脑袋，娇慵地一笑，"你是警察。你一定见过吸毒的人吧？"

"喂，夏芳然。"李志诚非常错愕，非常底气不足地打断她，"你，你不能叫他的名字……"但是环顾四周发现没人理他，非常尴尬，只好作罢。

"我是从电视上看见那些吸毒的人的。"她轻轻地叹着气，声音里染着一层凄美的雾，"我看见过一个倒霉的家伙，他家里人为了让他戒毒，把他的左手铐在床架子上。可是他毒瘾来了，一点儿理智都没有了，你猜他为了跑出去买海洛因干了一件什么事？他拿一把斧子把自己铐在床架子上的左手砍掉了，然后就这么鲜血淋漓地跑到大马路上——这是真事啊我看的那是纪录片。徐至，我知道那个时候的我，被你们认定了是杀人凶手的我，为了要证明自己的清白，就得像那个吸毒的家伙一样，把自己变成一只不择手段的动物。否则没有别的出路。为了不遗漏任何一个有可能证明我无辜的细节我什么都得告诉你们，哪怕你们根本就不了解我跟陆羽平之间的东西，哪怕你们非但不了解还要去嘲笑——你们已经开始嘲笑了，你们已经找出来那个叫赵小雪的莫名其妙的女人谁知道你们还找得出什么？就算不能证明自己清白了总可以博得一点儿法官的同情来减减刑吧？既然已经变成动物了就得顺着这条路走下去，我会告诉你们说我被毁容都是陆羽平害的，我会泪如雨下地告诉法官陆羽平打我，我还得在你们的人面前脱光衣服在我已经惨不忍睹遍体鳞伤的身体上大海捞针似的找出一个陆羽平留下的伤痕——运气好的话也许还是有的。"她笑了，她的眼泪流了下来，"这样换来的清白跟自由有什么意义？这样的清白跟自由，和让那个家伙疯了一样砍掉自己的左手的毒瘾，有什么分别？算了吧，我的命没有那么值钱。我的脸、我的身体、我的生活虽然已经被孟蓝变成了这副乱七八糟的样子，但是我不能再跟外人一起糟蹋它们。徐至……"她温柔地说，"现在你明白我那个时候为什么承认我是凶手了吗？"

"我明白。"他看着她的脸，斩钉截铁地说，"因为你是一个美女。"他微笑了，"你一直都是一个美女。过去是，现在还是。"

—— • 38 • ——

徐至站在校门口，好不容易才在进进出出的学生中间找到罗凯。那个孩子走得慢吞吞的，斜背着书包，还是小大人的模样。当他抬起头看见徐至的时候，才像个孩子那样惊喜地瞪大了眼睛。

"找你真难。"徐至对他微笑着，"所有的人都穿得一模一样，一不留神就错过了。"

罗凯笑了，"你不穿警服，我也差点儿就认不出你啦。"

"那天，我听到你的留言了。"徐至说，"这两天事情太多，所以没空跟你联系。请你去吃肯德基怎么样？把没说完的话告诉我。"

十分钟以后，罗凯的脸上一点儿早熟的气息都没了，两个腮帮子都填得鼓鼓的，一副心满意足的样子。徐至的面前却只有一杯可乐。他摇摇头，说："我就不明白，这种垃圾食品白送我我都懒得要，怎么就这么讨你们小孩的喜欢？"

"嗯。我妈也常常这么说。"罗凯点头，"你们上了年纪的人好像都这样。"

"喂。"徐至笑着，"不管怎么说我比你妈小多了吧？拜托不要用'上了年纪'来形容我好吗？"

"你几岁？"罗凯歪着头。

"三十三。"

"不过比我妈小两岁而已……"罗凯欢呼着，"所以说你是上了年纪的人也不冤枉你嘛……"

"没看出来，你妈妈这么年轻。"他有点儿意外。

"你是说她看上去很老？"

"不，没那个意思，只不过我听说过她，知道她是个很厉害的律师，我还以为她的年龄要更大一点儿。"

"没关系，就算是那个意思也没什么。我知道，她看上去比实际年龄要大，没办法呀，有一次我听见我舅妈说，我妈要是不赶紧再找个男人结婚的话，特别容易内分泌失调。"罗凯非常认真地说。

"小鬼……"徐至拍了一下他的脑袋，"明天是星期六。不上课吧？来我们这儿重新录个口供，把你那天说的话再重复一遍，好好想想二月十四号那天的事情，有没有什么忘了说，或者——因为当时你妈妈在旁边你没敢说的事情。"徐至笑吟吟地看着他。

"重新说一遍——也没什么说的了。"他犹豫地眨眨眼睛。

"你尤其是要好好讲清楚当时他们俩是怎么跟你们说他们要殉情的。那一段最重要。现在你是唯一一个能——间接证明夏芳然是无辜的，人证，你懂不懂？"

"她没有杀人，对吧？"罗凯问。

"对。但是要找证据不那么容易，现在，可以说她的命就在你手里了，你懂吗？"

"可是我还不到十八岁，他们会相信我吗？"罗凯得意地笑了，"你别忘了我是律师的小孩。"

"我不知道。可现在除了你，暂时我还找不着其他的证据。"

罗凯怔怔地低下了头，过了一会儿他说："要是，徐叔叔，要是小洛还活着，我们是不是就有两个人能证明他们俩是要殉情？这样会不会更有希望一点儿呢？"

"当然，但是没有那么多的'如果'。"徐至沉默了一会儿，微笑地看着面前的孩子，"现在你在学校，有没有同学说你的闲话？"

"我妈妈正在托人帮我转学。"罗凯懂事地笑笑，"闲话倒是没有，不过没人理我了，大家跟我说话的时候笑得都有点儿假，连有的老师都是。以前特别喜欢理我的那些女生现在见了我都躲着走……不过这样也好，挺清静的。可是我不知道他们为什么好像有点儿怕我呢？他们该不会是以为——小洛那件事是我干的吧？"

"乱讲。"徐至说，"没那回事。换个环境也不错，要转到哪个学校去？"

"不知道。"罗凯腼腆地瞟了一眼窗外，"其实我妈妈早就想让我走，她想让我离小洛远一点儿。"

"等你变成大人以后，你也会对你的孩子这么做。你还这么小，再过几年你才能真正知道你到底喜欢什么样的姑娘。"

"不是你想的那样。"罗凯看着他，"徐叔叔，我跟小洛，不是你们想的那样。那个时候我跟她在一起是因为大家都欺负她。他们那么多人欺负她一个，太不公平了。要是我不理她，就等于是帮着别人来欺负她。不能那样。我上小学三年级的时候有一段时间也被人欺负过，那时候我爸爸妈妈还没有离婚，有一次我们班的一个同学在街上看见我爸爸和另外一个女的走在一起，他第二天就在黑板上画桃心，画两个人打 kiss，说男的是我爸爸，女的是我爸爸的小蜜。全班同学都笑我，他们在我的练习本上画那种画，每天放学的时候他们都把我堵在墙角不让我走。一直到我小学毕业，我的外号都是'小萝卜头'，不是《红岩》里的那个小烈士啊，他们的意思是：我爸爸是'花心大萝卜'，我就是'小萝卜头'。"他深深地、毫无顾忌地看着徐至的眼睛，"徐叔叔，所以我知道那个时候小洛心里是什么滋味。"

徐至一时间不知道该说什么好，这个孩子毫无戒备的眼神让他心里某个地方轻轻地一颤。这个时候是罗凯自己转移了话题，他说："到时候，我是不是还得出庭做证？"

"那是一定的。"徐至点点头。

"我怕我妈妈不高兴。"孩子为难地垂下了眼睛，"不过我会去的，我就知道夏芳然姐姐不会杀人。那个时候妈妈跟我说小洛是被夏芳然姐姐推下去的，我就一点儿都不相信。"

"我一直都觉得奇怪。"徐至饶有兴趣地问，"那天我们去你家的时候我就觉得有意思。为什么你从头到尾都认定夏芳然没有杀人呢？"

"这个——我明天是不是也得说？"罗凯惶惑地看着他。

"你先说给我听听吧。"

"那——你能不能不要嘲笑我？"他犹豫着。

"怎么会？"徐至鼓励地说。

"因为……"罗凯的脸突然间像个女孩子一样泛起一阵潮红，"因为我觉得——我觉得——小洛有可能是自己跳下去的。"

人来人往的肯德基突然间弥漫着一股肃杀的寒意。似乎这个城市生活中最平常的地方变成了武侠小说里的某个布景。孩子鼓足勇气和大人对视着，说是对峙，好像也可以。

徐至沉默了大约十秒钟，然后没有表情地看了一眼窗外，转过脸，似乎是懒得再问"为什么"这种庸俗的问题了，"罗凯，我想起来婷婷跟我说的一句话——就是那个跟我一起去过你家的女警察，记得吧？她跟我说：'正因为你有的是经验，所以你不相信例外。'我说不对，因为你经历得多了以后，所有的例外都有可能变成经验。可是现在，罗凯……"徐至看着孩子的眼睛，"这句话我收回。因为自从接了这个案子之后，我认识了夏芳然、陆羽平、你，还有小洛。"说着他笑了，一种温暖的东西在他的眼神里流动，"一开始的时候，我觉得这不过是个很简单的情杀案，后来查着查着，我又觉得它很复杂，至少不像我想的那么简单。但是最终它其实还是个非常简单的案子，我会觉得它复杂是因为你们，你们几个就是我的'例外'。"

"你说什么呢？"罗凯很困惑，"我怎么一句也听不明白呀？"

手机的声音尖厉地响起。那一端的婷婷像是刚刚奔跑过，喘着粗气，"你在哪儿？赵小雪现在在我们这儿，有很重要很重要的事情，你赶紧过来吧。"

"谁呀？"罗凯瞪大了眼睛。

"警花。你见过的那个。"徐至微笑。

"噢。"罗凯拖长了声音，"我觉得那个小姐姐——她喜欢你。从她看你的眼神我就能看出来。"

"喂。"

"真的。你干吗这么看着我呢？"罗凯一脸无辜的样子。

———— • 39 • ————

母亲端正地坐在客厅里等他。"你去哪儿了？"母亲问。她没有像平时一样问他"你怎么现在才回来"，而是直接问他去哪儿了。他从这句问话中闻出了硝烟的气息。他把沉沉的书包扔在地上，说："放学晚了，我们今天考试来着。"

母亲站了起来，走到他面前。他其实已经比她高了——这无非是近半年来的事。她不得不仰着头看着他，渐渐地，她的眼睛里涌上了某种年代久远的、飘满尘埃的气息。然后她干脆利落地甩了他一个耳光。

"你现在撒谎面不改色心不跳了是吧？你可真是你爸的儿子。"她说。

他的身体随着她的巴掌重重地晃了一下，但他很快就站直了，没有伸出手去摸滚烫的脸颊，他的声音有些发颤，但是他依然倔强地说："要是你刚才已经去过学校了，你为什么不直说？这又不是在法庭上，你为什么老是要把别人当成是傻瓜一样……"

话没说完他另外一半脸上已经又挨了一个更清脆的耳光。"顶嘴？"她看着他，"你很厉害啊。"她的声调突然有些悲凉，"罗凯，为什么你现在这么恨我？"

又来了。一种重复了很多次的煎熬又要降临。厌倦在孩子心里像炸弹一样爆裂，可是他的脸上没有表情。他抬起头，看着她，他说："我没有恨你。"他本来还想再说几句柔软的或者是示弱的话，可是她的表情让他失去了说这些的兴趣——这个在法庭上还有别人眼里威风凛凛雷厉风行的女人在这种时候像所有怨妇一样让人同情又令人生厌。

"是徐至叔叔来学校找我的。妈妈。"他终于这样叫了她一声，"我们去肯德基了，他要我再去他那里做一次笔录。因为那个叫夏芳然的姐姐她其实没有杀人，我们没说多少话他就让一个电话叫走了……"

"你还敢撒谎？"她想要厉声地呵斥一声，但是她的嗓子突然间哑了一下，这让她的呵斥变得又滑稽又凄凉。

"我没有。"罗凯委屈地说。

"罗凯。"她狠狠地盯着他的眼睛，"我有什么地方对不起你的？我要送你走那还不是为了你好吗？我让你离那个丁小洛远一点儿那还不是为了你好吗？你懂什么？你这个傻孩子你不知道这世上唯一对你好唯一不会害你的人就是妈妈？罗凯。"眼泪涌出了她的眼眶，"你那么小的时候你爸爸就不要咱们了，妈妈是咬着牙才走到今天的呀。那个时候妈妈接下美隆集团的那个案子，你知不知道人家原告方说要找人卸我一条胳膊？可是我硬挺了下来咱们才能买现在住的这套房子啊罗凯！我就是要让那个男人看看没有他咱们也能过得这么好。要不是为了你我这么撑着还有什么意思我早就一头碰死去了你知不知道？现在你进进出出都不把我放在眼里你看我就像看仇人一样你什么意思？你……"

"就是因为你老是觉得谁都对不起你，爸爸才会不要你的！"他忍无可忍地打断了她，他已经受够了她成百次地重复这套房子的来历，"爸爸又没有不要我，是你不让他要我！打官司爸爸哪赢得了你呢你把所有的人都买通了。"他被自己的话吓住了，原先这只不过是即使在他脑子里出现他也要当机立断地赶跑的念头，怎么突然就说出来了呢？

母亲愣了半晌，然后毫不犹豫地揪住他的头发，"你滚啊，你滚到那个男人那里去啊！那么个狼心狗肺的男人居然还有你来替他撑腰你们天下乌鸦一般黑！"她的巴掌在他脑袋上呼啸而过，带起来一种沉闷的声响，"浑蛋。没有良心。我生你干什么？我那个时候本来就不想要你！要不是因为你爸坚持我就不要你了。我已经到医院挂过号了你知不知道？早知道有今天我当初就应该趁早把你打掉。"她突然一把抱紧了他，这块从她身上掉下来但是却可以比她高出半个头并且还要继续长高的血肉，"罗凯，你别这样啊，妈妈不能没有你，罗凯，宝贝。"

孩子哭了。他的头发已经被母亲揪乱了，他清秀的脸在乱蓬蓬的头发下面泪光闪闪。是母亲那句"我应该趁早把你打掉"催出他的眼泪的。可是他不肯承认这个，他认为自己是被母亲扇在脑袋上的几巴掌打疼了。他倔强地仰起脸，他说："你不相信你就给徐叔叔打个电话去问嘛——你不讲道理，你怎么随便打别人的头呢？"

"就是打你的头了又怎么样？"她捧起他的脸，"打坏了我养你一辈子，打死了我去给你偿命，反正你死了我也活不下去。"

他心头一凛。回味着这句"你死了我也活不下去"，那触动了他心里最隐秘最阴暗最羞耻的一个角落。他原以为如果小洛不在了的话就没有任何人能触动、没有任何人能知道的角落。他还以为他可以忘掉，当作什么都没发生过。可是问题依旧出在小洛身上，这个已经不在的小洛将永远提醒着他生命中某个像是做梦、像是被催眠的瞬间。那本来就是一场梦的，不对吗？但是小洛怎么就把梦变成真的了呢？

恐惧让他抱紧了母亲，"妈妈，你不要哭。我不去外国，不去找爸爸，我哪儿都不去。"他无助地说。

"好。"她把他的头揽在自己胸前，那是婴儿时代的罗凯在这个世界上唯一认得的地方，"好。"她重复着，"这可是你说的啊，你不许变卦，听到没有？"

———— 40 ————

十二月底的时候，这个城市下了很大很大的一场雪。地面，屋顶，树梢，还有车盖上面都被涂上了一层厚厚的奶油，这个城市在转眼间有了一种童话般善意的气息，即使是错觉也是温暖的。

小洛喜欢雪。小的时候小洛觉得雪看上去是一样很好吃的东西。小洛家里的阳台的扶手是红色的，积上厚厚的一层雪以后就变得像一个很厚实的蛋糕。那个时候的小洛总是管不住自己，用小指头悄悄地挑起一点儿雪，放进嘴里，好冷呀。它们迅速地融化了，一秒钟内就跟嘴里的唾液混在一起，难分彼此，这个过程让小洛莫名其妙地有一点儿悲凉。

其实小洛现在也有管不住自己的时候，趁人不注意她还是会用指尖挑起小小的一点儿雪放在嘴里。嘴唇像是被扎了一下那样冻得生疼，小洛知道那是雪花们在粉身碎骨。然后她对自己不好意思地笑笑：真难为情，已经是初中生了怎么还在做这种事情呢？要是罗凯知道了又不知道要怎么嘲笑她了。罗凯，想到这个名字小洛心里就有一种温暖的感觉。说温暖不太恰当，那或许是一种安慰。

这两天大家都在淋漓酣畅地打雪仗。雪球丢得满天都是，平时很文静的女孩子们也在毫不犹豫地往别人的脖子里塞雪球。学校里到处都回荡着快乐的"惨叫"声。就连那些高三的，在小洛眼里就像大人一样的哥哥姐姐也在玩着跟他们一样幼稚的游戏。把一个人，通常是男生推倒在雪地上，大家一起往他身上扑雪，通常在变成一只北极熊之前他是不大可能站起来的，这个游戏叫"活埋"。"活埋"的时候男生女生们的欢笑和尖叫的声音都混在一起，一般情况下，都是男生负责"动手"，女生在一边呐喊助威。

小洛羡慕地站在窗口看着这一切，她知道那是与她无关的欢乐。她现在加入不了他们了。虽然没有人把这件事明明白白地讲出来，可是大家彼此都是知道的。心照不宣的滋味可不大好受。不过这段日子以来的雪倒是冲淡了大家对偷偷往她的书上写骂人话的兴致，因此小洛还是觉得生活终归是呈现一种欢乐的面孔。她的手指不知不觉间伸到窗棂上，挑了一点儿积在窗棂上的那层雪。正要往嘴里送的时候，罗凯从后面拍了一下她的头，罗凯说："真没出息呀你。"小洛脸红了，索性不再掩饰，还是把手指送进了嘴里，舔一下，对罗凯笑了，她慢慢地说："冰激凌。"

一阵口哨声在教室的那一端响起，一个男生学着小洛舔了舔食指，起哄地嚷："哎哟——好甜蜜呀。"教室里不多的几个同学都笑了起来。一个女孩子一边往教室外面跑一边欢快地说："冬天来了，狗熊都是要舔熊掌的！"这下大家笑得就更开心了。

"罗凯。"小洛拉住了要往那个吹口哨的男生跟前走的他的衣袖，"算了。别过去。你不是说过咱们不要理他们就行了吗？"

说真的小洛有点儿难过。这是第一次，小洛觉得自己很介意别人的玩笑。为什么呢？她想不明白。其实班里也有其他的男生女生被人开玩笑说成是一对。可是他们在开别人的玩笑的时候小洛听得出来那种玩笑是没有恶意的。当有人说完"好甜蜜啊"这句话之后大家也会笑，可是那种笑是真的很开心。不会像这样。为什么呢？小洛不明白。算了，不想了。雪又开始下，这一次来势汹汹。真好，又可以看见干净的雪地了。小洛于是又开心了起来。

其实小洛也不是没有想过。如果被人起哄的不是罗凯和自己，而是罗凯和许缤纷，那又会怎么样呢？但是小洛没有继续往下想。所以小洛不知道，她自己触犯了这个世界上的某条规则。其实用"规则"这个词都是很勉强的。那只不过是众人心里对某些事情很隐秘很晦涩很模糊的期望。比方说，大家都认为罗凯那样的男孩子就是应该和许缤纷那样的女孩子在一起的。偶像剧里不都是这么演吗？罗凯和许缤纷如果真的在一起，也许依然会有人忌妒，有人不服，有人背后说闲话，可是没有人敢这样明目张胆地把这当成一个笑话。隐秘、晦涩，还有模糊的希望一旦变成大多数人都拥有的东西，它就自然而然地不再隐秘，不再晦涩，不再模糊了。因为每一个人都可以借着跟别人的不约而同来壮胆，当所有的人都不约而同之后，那就自然会有人跳出来给这种原本说不清道不明的期望起一个冠冕堂皇的名字，找一个冠冕堂皇的借口。甚至连名字也不用起，借口也不用找——人多势众本身就是天意，谁还有什么不服气的吗？

当小洛一个人来到午后的操场边的时候，她觉得自己突然间被一种来自天外的静谧击中了——整个操场又是落满了雪。几天来被他们的脚印搞得一片狼藉的雪地如今又静悄悄地完好如初。完整无缺的雪地就像是一个巨大的坟场，雪花们从遥远的天际义无反顾地飞下来，跳完一个对自己来说美丽绝伦在别人眼里其实很苍白的舞蹈，然后静悄悄地死在坠落的那一瞬间，把自己变成一片雪地的千万分之一。小洛清晰地听见了自己呼吸的声音，带着被冷空气抚摸过的痕迹。

大家的欢呼声从远处传来。这片雪地马上就要被踩坏了。小洛遗憾地想。果然，已经有一个雪球落到了她的脚边，雪球飞溅着碎裂的时候这些雪花又以另外一种奇怪的方式在顷刻间有了生命。小洛慢慢地把它们捧起来，重新把它们捏成一个球，这个时候又有人把一捧雪对着她抛过来了，"丁小洛，当心！"也不知道是谁的声音，但是小洛听见这句话以后就把手里的雪球对着他砸过去了。那时候小洛心里松了好大的一口气：好不容易啊，总算有一个契机，可以对着别人扔自己的雪球了，要知道小洛这些日子以来是多想跟大家一起打雪仗啊。今天好了，原来只不过是这么简单而已。

小洛的雪球打中了班里的一个女生。那个女孩子愣了一下，勉强地对小洛微笑了。她也抛了一个雪球回来，软绵绵的，纯粹是礼节性的。但是这已经给了小洛好大的鼓励。小洛开心地追赶了上来，满满地捧了一把雪对着她纷纷扬扬地撒下去。迎着阳光那些细碎地撒落的雪晶莹剔透地扑了那个女孩子一头一脸。她也不客气了，尖叫着把一个更大的雪球重重地对着小洛的头砸过来，小洛笑着躲了一下，被那个雪球擦过去的半边脸顿时麻痹了一样的冰冷。整个操场上回荡着小洛的笑声，银铃般的，好听得让所有的人侧目。更多的雪球擦着小洛的衣服过来了，小洛灵巧地躲闪着它们，它们蹭过她的防寒服时发出的冷峻声响让小洛觉得自己就像是个大侠那样了不起。"麦兜，看着！"小洛宿舍里的一个女孩子不声不响地来到她身后，把她的防寒服的帽子里装满了雪，然后出其不意地把那个帽子扣到她头上，一种冰冷的眩晕让她觉得自己好像是来到一个似曾相识的梦境。小洛依然笑着回击，抓住那个女孩子把一把雪塞进她的衣领。

"丁小洛你干什么呀！"那个女孩子恼怒地喊着，"放手啊你这只猪！""对不起嘛——"小洛开心地叫着，又去忙着回击另外一个男生抛到她身上的雪球。她想要弯下身子抓雪的时候那个刚刚尖叫过的女孩子走上来，不声不响地绊倒了她。小洛躺在了雪地里，好软，好舒服啊。"给我活埋她。"她听见那个女孩子冷冰冰、没有表情的声音。

然后小洛的眼前就挥舞着很多双手。冻得通红的手，戴着各色手套的手，捧着雪球的手，像天女散花一样把雪的粉末撒向她的手。一般说来，"活埋"是打雪仗的高潮时的节目。你能听到好多开心的笑声、欢呼声，还有掌声。可是小洛什么都没有听到，也许是那些像子弹一样在她身上碎裂的雪球充斥了她的听觉吧。"活埋"里最有趣的一幕，就是被活埋的人摇晃着试图站起来，但总是被抛向他的雪打回到地上。小洛知道自己现在真的像一只小北极熊，触目所及，她就像是大雪后的屋顶、树梢、车盖一样被变成了一块奶油蛋糕。没想到啊，看上去那么可爱的蛋糕，真的变成了才知道这滋味一点儿都不好受。"麦兜，好玩吗？"不知道是谁在说话，小洛这才注意到微笑依然挂在自己脸上。小洛喜欢雪，真的非常喜欢。学校的广播站就在这个时候非常应景地播放着那首名叫《雪人》的歌："雪一片一片一片，在天空静静缤纷，寒冷冬天就要过去，而我也将，也将不再生存——"很多个孩子欣喜地弯下身子，用双手把雪地上的雪扬得老高，碎碎的冰屑像雾一样在他们的手下蒸腾。忽如一夜春风来，千树万树梨花开。那些冰雪就像阵阵落花，掩埋了小洛。不知道从什么时候起，她就不再试着站起来了。她把脸藏在已经湿透的防寒服的袖子里，渐渐地，她无声无息地变成了雪地里一个微微隆起的小雪堆。真奇怪，当这些雪慢慢越积越多的时候，原先彻骨的寒冷竟然转变成了一种微弱的、钝钝的温暖。

"你们干什么呀！"一个女孩子的声音响了起来，"你们也太过分了吧！"这个女孩子就是许缤纷。许缤纷跑过来，跪在了雪地上，急匆匆地像是盗墓一样扒开这个雪堆。小洛的眼睛和许缤纷的眼睛相遇的刹那小洛不敢相信这是真的。"丁小洛你没事吧？"许缤纷问。小洛的眼睛湿润了一下，对许缤纷粲然一笑。这一下大家都笑了，几个女孩子过来把小洛拉起来，帮她拍掉身上、头发上的雪，好像刚才发生的不过是一场普通的游戏。

当小洛出现在罗凯面前的时候，罗凯吓了一大跳。她浑身都湿了，头发上还在往下滴水。好像外面下的不是雪而是一场夏天的倾盆大雨。她的嘴唇发紫，可是眼睛明亮得像是星星。

"你怎么了？"他问她。

"没怎么啊。"她的声音有些发颤，"我跟许缤纷她们玩打雪仗，玩得可高兴了！"

"跟谁？"罗凯瞪大了眼睛。

"别问那么多了。走。"小洛拖着他就往楼下跑，"陪我去喝羊汤，好不好啊？我都快冷死了。"

滚热的羊肉汤泛着一股很香的腥气。小洛毫不犹豫地往里加了一大勺辣椒，然后几乎是一口气就把那一大碗全都喝光了。然后十分豪爽地说："老板，再来一碗。"罗凯惊讶地说："你不怕撑死？"

他发现她的脸上有什么东西正在燃烧。那样东西在摧枯拉朽地俘获她，主宰她，然后成为她。她的眼睛亮得像一种动物，鼻尖上冒着细小的汗珠，因为店里的暖气的关系，脸上红扑扑的，可是嘴唇的紫色看上去还是没有从寒冷中恢复过来。她的眼睛落在罗凯的身上却好像并没有在看他。那里面漾起一种他从未见过的、又温柔又决绝的神情。第二碗羊汤上来了。她像是喝壮行酒那样庄严地端起它，全力以赴地吞咽着。好像她从此以后再也喝不着羊汤了似的。"小洛。"他不安地说，"慢点儿。别噎着啊。"

她轻轻地放下碗，眼睛被刚刚汤里的热气晕染得像是含着眼泪。"罗凯。"她轻轻地叫他，"跟你说罗凯，今天我真的很开心。"

其实在那个雪天之后，班里的同学对小洛的态度已经明显友善了很多。——事情原本可以往另外一个方向发展的。可是，都怪那该死的羊汤。

两个星期以后，学校门口那家羊肉馆就因为卫生标准严重不合格而被吊销了营业执照。工商局的人来关门的那天羊肉馆的老板娘悠长的哭骂声响彻了整条街。像唱戏一样，她一边哭喊一边尖厉地控诉这世道没有天理，骂她丈夫——也就是老板——没有能耐没有本事不知道事先"打点"，诅咒这该挨千刀的艰难的生活。惹得整条街的过路人都停下来看热闹。其中也包括很多小洛的同学。也许对于这个甩着高腔骂街的女人来说，生活的确是一样艰难的、该被 × 祖宗十八代的东西。但那就是另外一个故事了。还是回到小洛的故事吧。小洛和她的羊肉馆唯一的联系，就是第二天一张医院出具的"急性肠胃炎"的诊断书。

小洛沮丧地在卫生间里狂吐，觉得自己真是丢死人了。罗凯一边拍着她的背一边笑，"你就好好喝你的羊汤吧。再喝两大碗你的病就好了。"小洛眼泪汪汪地反驳："昨天我特别冷嘛！""谁要你去打雪仗的？"小洛没来得及回答胃里就又是一阵翻江倒海，不得不赶紧转过脸，让热泪盈眶的眼睛深情地对着马桶。"罗凯，我怎么办好嘛……"小洛委屈地说，"每一次吐完，我待一会儿就会觉得饿，可是如果真的吃东西的话又会难受了……"罗凯这下笑得更开心了，"忍着吧，是好事，没准儿还能帮你减减肥什么的。""罗凯你欺负我……""哎。"罗凯急了，"开个玩笑而已，真哭可就没有意思了啊。"

他们俩谁都没有注意到身后有几个人意味深长地交换了一下眼神，以及恶毒的微笑。从那一天起，偷偷地写在小洛书上的字不再是"丑八怪""麦兜"这些孩子气十足的骂人话，而变成了一些非常肮脏，还有下流的句子。几天之内，她的每一本课本上都贴着 Kitty 戴着小小蝴蝶结的大脑袋。小洛文具盒里的那些Hello Kitty 贴纸很快就要用完了。说真的她不大明白他们为什么又突然要这样对待她，她只是很抱歉地在心里对 Kitty 说："对不起啊 Kitty，老是要你来做这种事情。对不起。"

上班主任的课时，小洛的胃里又是一阵习惯性的恶心。糟了。要是昨天晚上没有爬起来偷吃冰箱里的那个柠檬派就好了。——这两天妈妈本来只许小洛喝稀粥的。可是一个柠檬派都不行吗？小洛委屈地想。她只好可怜兮兮地举起手，讲台上的老师是见过那张诊断书的，他冲小洛点点头，小洛像得了大赦一样赶紧夺门而出。顾不上身后那些讪笑的、意味深长的眼神。墙角一个声音轻轻地、阴阳怪气地说："哎呀，不好办呀。罗凯，你得负责任啊……"这句话引得他的周围一阵轻轻的哄笑。正在往黑板上抄例题的老师慢慢地说："后排的，注意纪律。"

流言像病毒一样扩散着，即便是几天后，小洛的肠胃炎已经完全好了，流言却也并没有因此而停止。而且变成了大家课余消遣的最好的话题。比如说，当一个女孩子给她的小姐妹们分话梅的时候，总会有人说："不要忘了给丁小洛啊，人家才是真正需要的人呢。"还比如，体育课跨栏，会有人细声细气地说："老师啊，怎么可以让人家丁小洛跨栏呢？会出人命的噢……"几个孩子清脆无邪的欢笑声就会在这样的玩笑之后响起。其实没几个人真正相信他们自己所传的流言，但是每一个人都不认为自己有什么不对。要知道这本来就是大家都有份儿的。好一个可爱的"大家"，每一个人都可以理所当然地觉得自己不属于它，但是它却总是在每一个人需要的时候默默地保护着他们。

那个时候，母亲章淑澜也陷入前所未有的恐惧。事情的起因是刚刚入冬的时候，她从前的一个委托人现在开了一间留学中介，因此来游说她送罗凯出国去念书。其实她也只是在饭桌上随便问了罗凯一句而已："罗凯，你想不想去外国上学？"话一出口她就后悔了，万一罗凯高高兴兴地说"想"她怎么办？她可舍不得啊。让她意外的是，罗凯毫不犹豫地笑一下，说："不想。""为什么？"这下她倒是好奇了，"是离家太远觉得害怕吗？""不是。"他摇头，认真地看着她，"因为我的朋友都在这儿。"他一本正经的样子让母亲微微地一愣。他的神情里有种几乎可以说得上是"温柔"的东西。那怎么是一个小孩子的表情呢？母亲忧心忡忡地想。不，他已经不是一个小孩子了。他的喉结已经开始在那里很明显地晃动了，他脸庞的棱角和轮廓已经越来越清晰了，还有他的手，他拿着筷子的手——天，母亲对自己说，我怎么这么愚蠢？怎么没有早一点儿看出来？单单看这双手的话你会觉得那是一个孩子的手吗？它已经开始变大，已经开始长出独属于男人的那种象征力量的骨节。这到底是从什么时候开始的呢？不再是孩子的罗凯温柔地说："因为我的朋友都在这儿。"可是那语气里头一回有了一种毋庸置疑的力量。

朋友？母亲倒吸了一口凉气。他有什么朋友？他从小就不是一个喜欢交朋友的小孩。他小时候所有的老师都这样说："他是个懂事的听话的好孩子，就是有点儿孤僻。"她问过他没有朋友不觉得寂寞吗，他漫不经心地说"挺好啊"。七八岁的一个小人儿，一脸漫不经心的表情，要多可爱就有多可爱。他一直这样，那么会是什么样的朋友呢？不要胡思乱想了，她嘲笑自己，他说"我的朋友都在这儿"。他说"都"，那就说明不止是一个。你真是不可救药。她对自己说。你怎么能把曾经对付那个男人的那一套拿来对付你的儿子呢？

　　但是一旦你开始怀疑什么，你就会在很多时候很多地方发现能印证你的怀疑的东西。她有意无意地发现罗凯有时候会在吃完晚饭以后在房间里打电话。虽然打得时间不长，但这是以前没有的现象。她把耳朵贴在门上，听见里面传出一阵心无城府的笑声，也不知在说什么，那么开心。然后她为她自己的这种行为感到无地自容。一次，在罗凯放下电话去浴室洗澡的时候，她终于按下了电话里的"菜单"键，调出了罗凯打过的号码。然后她拿出开家长会的时候罗凯他们老师发给大家的班级通讯录——那上面有所有老师，还有全班同学的地址和电话。她一个一个地查找，一个一个地核实。她一边嘲笑自己无聊一边孜孜不倦地把这查找的工作进行到底。终于她看到了一个一模一样的号码。她的手指沿着这号码一路滑到"姓名"那一栏的时候她还心存奢望。是"丁小洛"那三个字彻底粉碎了她的最后一点儿期盼的。丁小洛。这当然是个女孩子的名字。

　　那天晚上，罗凯睡了。她悄悄地翻遍了他的书包，没有找到任何关于"丁小洛"的蛛丝马迹。于是她从里面拿出了一本课本——这样她明天就有理由到他们学校去了。起先她拿出来的是《代数》，后来想起罗凯说过他们这学期的数学老师的绰号是"母夜叉"，她怕如果这个母夜叉看到罗凯没带课本要给他难堪，于是她把《代数》放回去，拿出来一本《物理》。

　　第二天她是专门在课间休息的时候到他们的教室门口的。很好，罗凯不在教室里，这样她可以在这里待久一点儿。她辨认出来了罗凯的座位，在一堆课桌中间，她一眼就辨认出那只早上由她来灌满热水的保温杯。她对着那只杯子温暖地一笑，然后她把目光放在了所有进进出出的女孩子身上。看上去稍微清秀一点儿的女生都会让她绷紧神经，因为丁小洛就在她们中间。莫名其妙地，当每一个"疑似"丁小洛的女孩真的跟她擦肩而过的时候，她就会没来由地相信：肯定不是这个，这个哪里配得上我的罗凯？一个让她神经紧张的女孩子终于出现了，那个女孩很漂亮，厚厚的、翘翘的小嘴唇在冬日的寒冷中红得凛冽得很，高高地昂着头，她觉得自己已经看见了这个小贱人对罗凯颐指气使发号施令的样子。可是这个时候有人叫她，她回了一下头，谢天谢地，母亲听得很清楚，那个人叫她"许缤纷"。名字取得倒还不错，母亲轻松愉快地想。

　　"阿姨，您找谁？"一个胖胖的、黑黑的小姑娘愉快地站在她面前，有趣的是她有一副和她的外表一点儿不相称的悦耳的声音。"不找谁。"她对她微笑了，"你能帮我把这本书交给罗凯吗？他今天早上忘在家里了。""行。""谢谢你了。"这时候有个看上去流里流气的小男孩从她们身后走过，拖长了声音意味深长地说了一句："哎哟——这么巧啊，丁小洛。"

　　这句话基本上把母亲打入了十八层地狱。什么意思？这么巧啊——傻瓜都明白这是什么意思了。但是怎么可能呢？丁小洛。如果是一个许缤纷那样的小女孩她是不会惊讶的，就算不是许缤纷，是一个相貌普通但是眉眼间有一股不易察觉的婉约劲儿的小女孩她也是不会惊讶的，或者哪怕相貌算是中下但是身上洋溢一股比同龄的孩子成熟的气息她也是可以理解的。但是眼前这个丁小洛，她浑身上下圆滚滚的就像一只动画片里的小熊，又不是那种可以被年长的女人一眼识别出的丰满；她的脸长得连"普通"

都说不上倒也罢了，最要命的是她那一副蠢相——一头短发显然是很久没有修剪过了，边缘长短不一地粗糙着，笑眯眯地看着你的那种表情让你悲哀地明白就算怎么打扮她身上那股庸俗的呆气都是去不掉的。母亲当然看得出来这个小姑娘的未来：肥胖，小气，饶舌，死心眼儿，爱管闲事，在任何一个住宅区里都寻得着一个这样的女人，当然她有可能心地善良，会有一个忠厚老实的男人来跟她过还算风平浪静的一辈子——但那个男人不是罗凯，怎么可能？这怎么能是罗凯的角色？荒唐，简直是开玩笑。罗凯你这个没有出息的傻孩子，你还不知道你给自己惹上了多大的一个麻烦。为什么呢？怎么会这样呢？一定有什么地方出了问题，罗凯这个孩子不至于这么离谱的，从小到大有多少漂亮的小姑娘喜欢罗凯呀。那么会是什么问题呢？会是什么把她的宝贝跟这么一个无可救药的女孩子联系起来的呢？难道说——天，她不敢再往下想了，那是多么可怕多么阴暗多么肮脏的联想，不，不会的，罗凯那么小那么单纯，一定不会是那种事情的。无论如何，她要保护罗凯，她的傻孩子，她必须保护他必须救他必须替他解决掉所有的问题。不惜一切代价。

母亲下定了决心。

当天晚上，晚餐桌上母亲柔和而平静地说："罗凯，妈妈已经想好了，等我忙完手头上这个案子，我就跟你爸爸联系。"

"为什么？"他很惊讶。

"其实他去年就跟我说过，问我愿不愿意把你送到他那边念书，当时我舍不得你。所以就没同意。可是我现在觉得，你爸爸已经移民好几年了，在那边还算是站得很稳，送你到那里上几年

学,长些见识,学学英语,怎么说都是好的。"她悠长地叹了一口气,
"那个时候妈妈不同意,也有一半是为了跟你爸爸赌气,可是仔
细想想,我也知道什么对你来说是好的。去待个一年半载,你觉
得那里好就留下,要是想家就回来。罗凯……"她的眼睛蒙上了
一层雾,"妈妈不放心你啊。可是再怎么说你是跟你爸爸在一起,
我倒是相信他不会让你学坏的……"

他简短地说:"我不去。"

母亲放下了筷子,眼里那抹水雾顿时蒸发得无影无踪,"你
必须去,这由不得你。"

———— 42 ————

二月,天气干冷。丁先生以他习惯的姿势坐在自家的客厅窗
前,看着陆羽平远去的背影。脸上还是那副愁眉苦脸的表情。其
实他倒不是有什么烦恼的事情,只不过他已经像用惯了黑妹牙膏
一样用惯了这副表情。他默默地、茫然地盘算着如果陆羽平搬家
的话他要什么时候再把新的租房广告贴出去,丁太太和小洛的声
音有一句没一句地进到耳朵里,他甩甩头,把这些烦人的女人的
声音赶跑了,脸上那副用惯了的表情倒还是波澜不惊,像是个抽
象派的窗花那样牢牢地贴在窗子上。

丁太太叹着气,"小洛,你不要这么傻,妈妈问你这件事情
不是想要骂你,我都跟你说过多少次了,你说实话爸爸妈妈不会
怪你的。"

小洛默默地摇头，一言不发。

丁太太似乎也恼火了，"小洛，别以为我不知道，人家住四单元的那个张琼的妈妈早就把什么都告诉我了。她家张琼跟你一个宿舍对不对？前段时间你们班的同学们还都传瞎话说你怀孕了，有这事儿没有？你们老师也不知道是干什么吃的，换了我看我不撕烂那些传瞎话的小东西的嘴。小洛，妈妈见过的事儿比你多，这种事情从来都是无风不起浪的，现在学着大人的样子搞对象的小孩儿也多的是，也不是个个都能传出这种话来的呀。妈妈不是为了让你难堪没脸，咱们在自己家里有什么话是说不得的？说来说去还不都是为了你好？"

小洛依然不吭声，还是默默地摇头。

"小洛呀。"丁太太算是彻底投降了，"妈还能不知道你呀？你从小就是那种被人卖了还要帮人家数钱的孩子。你到现在还想着要护着那个小子啊，你傻不傻？人家家里已经在给他办出国了，他一走你还能指望着谁呀？你以为人家谁都像你一样死心眼儿，认准了什么就撞上南墙也不回头啊。天下的男的哪有几个是好东西？"丁太太恶狠狠地咬咬牙，"没那么好的事儿。占了便宜说走就想走。要是心里没鬼能这样吗？别当谁是傻子。小洛你放心，只要你给妈妈一句话，妈妈说什么也要去替你跟他们讨个公道。这两天事情多……"丁太太沉思着，"等过完春节，妈妈带你去趟医院，咱们让医生开个证明回来。拿着这个，我先去找那个坏小子，我心里有数，不怕他不承认，只要他认了我就揪着他去找他妈——小洛……"丁太太完全是一种看见了曙光的语气，"为了你，妈不怕丢这个人。你看你功课不好，照这样下去明年也考不上什么好学校，可是这样一来咱们就有钱给你交重点高中的赞助费了。他妈不就是个律师吗——我不怕她，我刘丽珠也不是什么耍无赖的人，不会狮子大开口，我只要够给你交赞助费的数目，以后大家就两清。这样于情于理，咱们都没有什么站不住脚的。只不过……"丁太太恼怒地咬咬牙，"还是便宜那小子了。小洛你个傻丫头呀——不怕的，现在医学这么发达，等你再大一点儿，妈妈带你去做手术，我听说过，现在有那种把你再变成小姑娘的手术……"丁太太的脸上又浮现了一丝笑容，自说自话地陶醉在美好的未来里。

————— 43 —————

现在我们必须回到那一天，二月十四号，情人节。如果你愿意，下面要讲述的就是那一天真正发生过的事情。那一天，天气寒冷，满街涨价的玫瑰；那一天，赵薇和陆毅的《情人结》在这个城市轰轰烈烈地首映；那一天，是开始也是结束。

小洛和罗凯是约在学校的礼堂见面的。虽然是在寒假中，年也还没有过完，可是学校的礼堂却是热闹得人来人往。因为大家在准备一台元宵节文艺汇演的彩排——那出汇演是为了迎接小洛她们学校的友好学校——一所香港的公立中学的访问团。

那是种蛮奇异的景象：舞台上热热闹闹人来人往，舞台下却是空出了一排又一排的椅子，这样的空旷让舞台上平淡无奇的节目有了一点儿莫名其妙的庄严。有男孩子穿着白色中山装唱《我的中国心》，有女孩子穿着日本女学生的那种水手服唱“后来，我总算学会了如何去爱，可是你，早已远去消失在人海……”有人用周杰伦的《七里香》做伴奏大跳 Hip-Hop，可是因为服装没找到的关系，穿的是校服；一个全校闻名学张韶涵学得很像的女生因为塞车来晚了，没来得及化妆，舞台的灯光把她的脸和她的“一个人等雨后的彩虹”映成奇怪的，又不像在舞台上又不像在生活中的惨白色。于是这场彩排就真有了一种“乱哄哄你方唱罢我登场”的味道。

小洛和罗凯静静地坐在空荡荡的观众席中央，他们俩很久都没有交谈一句。但是不约而同地，对每一个节目都报以热烈认真，可听上去还是很微弱的掌声。终于，在舞台上一片嘈杂的调整灯光的间隙，罗凯慢慢地说：“小洛，明天我妈妈要带我去办护照。”小洛静静地转过了脸，“其实，到外国去很好啊。要是换了我我就高兴死了。”罗凯摇摇头，“我不去。我不能丢下你不管。要是我走了，他们还不知道要怎么欺负你呢，这样不行的，小洛。”

“罗凯，你还是赶紧走吧。”小洛痴痴地看着舞台上挂着的鲜艳欲滴的红灯笼，“明天，我妈妈要带我去医院检查。她一定要我去。”“检查？”罗凯的眉毛挑了挑，“你病啦？”“不。”小洛笑笑，忧伤地说，“妈妈要检查——我——我还是不是个小姑娘。”罗凯这下算是彻底困惑了，“这还有什么可查的？你不是小姑娘，难道还是小动物啊？怎么查啊？抽血？……”罗凯恍然大悟地拍了拍脑袋，“那，总不会是验 DNA 吧，太夸张了吧？”小洛安然地凝视着罗凯的脸，然后温暖地一笑。罗凯愣了一下，觉得这样笑的小洛跟平时的小洛一点儿都不一样。

　　有人拍了一下小洛的肩膀，是许缤纷站在他们的身后。"小洛。"许缤纷匆忙地微笑着，"我来晚了，怕赶不上，你能到后台来帮我梳头吗？我连妆都还没有化。""当然没问题啦。"小洛愉快地说。

　　小洛弯下身子，很细心地帮许缤纷把那件乳白色的长裙的带子系成一个精致的蝴蝶结。镜子里的许缤纷已经把头发全部梳到了头顶，像个小公主。她正在耐心地给自己涂口红，那种仔细地凝视着自己的神态让小洛觉得她已经像是一个真正的女人了。

　　"小洛，你还记不记得……"许缤纷在镜子里对小洛开颜一笑，"小学的时候，有一次，你也是这样，在后台帮我换衣服。""嗯。"小洛用力地点头，"当然记得。是合唱比赛的那次，跟着夏老师。""也不知道夏老师现在在什么地方。"许缤纷说。

　　"就是。"小洛认真地想了想。"不过……"许缤纷笑了，"就算咱们再在大街上碰到她，她也一定不会认识咱们了。咱们现在都长大了呀。""可是我还是会认出来她。"小洛很肯定地说。

　　"小洛。"许缤纷认真地问，"大家传的那些话，是真的吗？""什么话？"小洛一副憨憨的样子。"大家都说……"许缤纷叹了一口气，"罗凯跟你在一起，是因为你们早就偷偷地……算了……"许缤纷甩甩头，"反正我不相信，小洛。我不相信罗凯真的那么坏。"小洛懂事地笑笑，"许缤纷，罗凯一点儿都不坏。""我觉得也是。"许缤纷如释重负地叹了口气。小洛觉得许缤纷现在变了，她依然嚣张，依然喜欢尖叫，可是小洛看得出来，她的眼睛里沉淀了一些东西。小洛帮她理了理裙脚，然后站起身，没来由地，从背后拥抱了许缤纷一下，镜子里她的脸有一点儿愕然，小洛在心里默默地说："许缤纷，我其实从来没有恨过你。"

观众席依旧冷清。罗凯一个人像棵沙漠里孤独的仙人球那样坐在一群空椅子中央。他看着小洛从后台跑出来，跑过长长的座椅和座椅之间的过道，张开双臂，朝着他的方向跑过来。那一瞬间他突然很感动。小洛刚刚在他身边坐下时，舞台上不知为什么安静了。然后响起了钢琴声。

那个节目是这台汇演里唯一的配乐诗歌朗诵。负责伴奏的那个女孩子和负责朗诵的男孩子都是高二的。在小洛眼里他们都是大人了。那个男孩子很随意地穿着一件黑色的套头毛衣，黑色的牛仔裤，很随意地站在那里，可是不知道为什么，他这么随意，却让所有的人都安静下来了。

他是这样开始的：

卑鄙是卑鄙者的通行证，

高尚是高尚者的墓志铭。

看吧，在那镀金的天空中，

飘满了死者弯曲的倒影。

"什么呀？"罗凯嘟囔着，"什么乱七八糟的？"说真的小洛也并不是很懂这个人到底在说什么，但是他的声音很好听。小洛的注意力全被那个弹钢琴的女孩子吸引去了。她弹奏的时候偶尔把脸从琴键上移开，眼光悄悄地落在这个站在舞台正中央的男生身上。脸上跟随着他的声音，泛起一种被红灯笼映得很妩媚的笑容。小洛知道那个笑容里面，有着爱情。

那个男生的声音突然间抬高了，万马奔腾一般充满了速度和力量。

为了在审判之前，

宣读那些被判决了的声音。

告诉你吧，世界，

我——不——相——信！

纵使你脚下有一千名挑战者，

那就把我算作第一千零一名。

我不相信天是蓝的。

我不相信雷的回声。

我不相信梦是假的。

我不相信死无报应。

不得不承认，小洛和罗凯都被震慑住了。那几个排山倒海的"我不相信"像海浪涨潮一样对着他们的身体涌上来，涌上来。罗凯好像回到了童年的海边。那一回，他想试着游到防鲨网那里。可是看到防鲨网不过如此的时候他突然害怕了，他转过身往回游，朝着陆地的方向。可是他突然发现，原来转过身以后会更害怕，因为身后还有防鲨网那个边界，可是眼前连边界都没有了。陆地在哪儿？岸在哪儿？海是那样伟大，伟大得无处话凄凉。那一瞬间他也说不上来为什么，他想就这样算了吧，就这样待在大海里吧，那一瞬间他只能离大海这样近，不分彼此，本来就没有彼此。他知道那一瞬间他在渴望着什么，他被自己的那种渴望吓坏了，是为了驱赶这渴望和恐惧他才奋力地往回游的。或者说，只有为了驱赶他才能说服自己努力地往回游。

"罗凯。"小洛在叫他，"罗凯。"

他回头看着她的脸，他总是能在她的脸上发现一些他从来没有见过，因此不知道该怎么形容的光芒。她热切地盯着他，"罗凯，我不会去医院的。我不去检查，如果一定要检查，那就让他们来验尸吧。"

然后她含着眼泪，调皮地一笑。

———— · 44 · ————

那句"如果一定要检查，那就让他们来验尸吧"让夏芳然和陆羽平面面相觑。夏芳然怎么也没有想到，原来自己那一句"我们不是要私奔，是要殉情"不仅没有像她想象的那样吓坏这两个孩子，反倒引出了一个这么惊天动地的"巧合"，把她自己都吓坏了。

"所以……"小洛还是一副得意扬扬的样子，似乎为自己吓着了两个大人感到骄傲，"其实我刚才也不是真的想要跟你们一起去看电影，我是随便说说逗你们玩的。"

"噢。"夏芳然笑了，"想不到我们死到临头了居然还被你玩了一把。"

"大家都是活不长的人了，干吗那么见外嘛……"小洛嬉皮笑脸地说，"可惜看不成《情人结》了——本来以为能在临死之前再好好看赵薇和陆毅两眼呢。"

"人生处处是遗憾。宝贝。"夏芳然笑容可掬。

"你别添乱。"陆羽平小声在夏芳然耳边嘀咕了一句，"等等，小洛，你不要胡闹。你——你根本就不知道你在干什么。你会后悔的……"一想觉得这句话欠妥，于是他改了口，"小洛，你才这么小。"

小洛站在寒冷的、暗绿的湖边的人造太湖石上，像走平衡木那样漫不经心地张开了双臂，"陆哥哥，那你怎么不想想待会儿警察来给你们俩收尸的时候，也会有来看热闹的老爷爷说：'多可惜啊，这两个孩子还这么年轻。'"

"喂，那不一样好不好？"陆羽平涨红了脸，"实话告诉你——我们是说着玩的。谁知道你当了真呢？"

"嗯。陆哥哥，其实我也是说着玩的。"小洛眨了眨眼睛。

"我不管你是不是真的，反正我是不可能由着你胡闹的，待会儿我会送你回家。"陆羽平狠狠地说。

"送她回家？"一直在一旁沉默着的罗凯开口了，"那你们自己的事儿可怎么办呢？殉情那么大的事情，随随便便改变计划也不大好啊。"

"我们可以改天再来。"刚说出来的这句话把他自己都逗笑了。

"好呀。"小洛开心地叫着，"可以改天再来，这么说你根本就不是说着玩的了！"

陆羽平觉得自己马上就要晕倒了。他几乎是气急败坏地盯着罗凯，"还有你，你算干什么的？你要真是她的朋友，你这种时候就应该帮她应该阻止她，你倒好，你还陪着她捣乱……"

"陆羽平。你这样不大厚道嘛。"这次是夏芳然笑吟吟地开了口，"不管怎么说，就算人家是小朋友，人命关天的事情也不是儿戏。人家做了决定一定有人家的道理，你这样说人家捣乱也太不尊重人了啊。"——后来，在徐至跟婷婷第一次去找罗凯做调查的时候，徐至问罗凯为什么知道了夏芳然跟陆羽平要自杀却不阻止的时候，夏芳然说过的这句话正好给了罗凯灵感去编造一个听上去很残酷的谎言："人家有人家的想法，我们不好干涉。"

"依我看……"夏芳然抱着膝盖，悠闲地坐在公园的长椅上，她的声音有种难言的媚态在里面，"陆羽平，咱俩跟他们很有缘分嘛。也许这是天意，让咱们在往那边去的路上有个伴啊。你说对不对？"

"就是就是。"小洛喜气洋洋地附和着。

"什么就是？"陆羽平咬咬嘴唇，"有什么事情是不能解决的呢？你们才这么小，我跟你们保证，等你们长大以后想起今天来，你们会把这当成是一个笑话的。但是如果你们今天真的这么做了的话，你们就永远没有长大的机会了。这不值得。你们有没有想过你们的爸爸妈妈？你们不是太自私了吗？"

"算了吧，陆羽平。"夏芳然笑得前仰后合，"别说是人家了，就连我听着这种话从你嘴里说出来，都觉得没有说服力。"

这个时候罗凯静静地看着他的眼睛，"好多人都跟我们说，等我们长大以后会怎么怎么样，很多事情等我们长大以后我们才能懂得，我妈妈就常这么说。她总是说等我长大以后就可以做什么什么事情，就可以比现在自由。可是我到现在才发现，那是假的，那是不可能的。长大，变成大人，无非是学会嘲笑而已。因为一个大人嘲笑别人的时候，不用像我们一样担心有人来跟他说'这样是不对的'，反正，就算大人们之间互相指责也无非是谁也听不进去谁说的而已。大家就可以嘲笑别人珍惜的东西，嘲笑对自己来说没有用的东西，嘲笑自己不懂得但是别人懂得的东西，然后嘲笑自己。人要是一直嘲笑下去的话是看上去更自由一些没错。可是我不愿意那样。"罗凯看上去漫不经心地、轻松地一笑。

"哈！"夏芳然伸了个懒腰，"陆羽平，认输吧。"她的脸转向一脸濒临抓狂的表情的陆羽平，"人家鄙视的就是你这种人。"说着她对罗凯伸出了手，"认识一下吧。我的名字叫夏芳然，你叫什么？"

"罗凯。"这个男孩子灿烂地笑了。

"我叫丁小洛，我认识陆哥哥。"小洛雀跃着说。

"好，罗凯，还有丁小洛。你们俩就算是我这辈子认识的最后两个朋友了。"夏芳然歪了一下头，"这也算是历史性的呢，对不对？"她扬起了头，"陆羽平你过来呀，过来坐到我旁边。别那么一副愁眉苦脸的样子，你本来就不够帅这样一来更糟糕了你知道吗？人生何处不相逢啊陆羽平，我们应该高兴一点儿。"

听到这句"你本来就不够帅这样一来更糟糕了"，小洛笑得东倒西歪。小洛的笑声就像是一只鲜活的鸟一样在他们四个人的头顶喜悦地拍着翅膀。

"丁小洛，还有罗凯，咱们现在各自说说死之前最想干的一件事是什么吧。我先说，我……"她笑了，"我很没出息——我就是想吃五味斋的红烧排骨饭。可是没办法啊，他们那里的伙计都回家过年了，他们的人手不够，要从下个星期起才重新开始送外卖。"

"那你直接去那儿吃不就行了？"罗凯不解地问。

"不行。"她淡淡地微笑，"我不能在那种公共场合摘掉口罩。"然后她抱紧了陆羽平的胳膊，"没办法啊，我是个好公民，知道自觉维护市容市貌是我应尽的义务。"说着她爽快地笑了。陆羽平疼痛地看了她一眼，他的眼神没有逃过小洛的眼睛。他抚了一下夏芳然的头发，笑笑说："我，没有什么特别想做的事情。"

"我……"罗凯迟疑了一下，最终下定了决心，"我最想跟我妈妈说句'对不起'，不过——算了，现在打电话过去说她一定会起疑心的。"

"我的话……"小洛托着腮，脸红了，"我想要玫瑰花。就是满街卖的那种情人节的红色的玫瑰花。我从来没有收到过玫瑰花。想在最后的时候，手里拿几朵……"

"好说。"夏芳然一挥手，"看来只有小洛的愿望是最容易满足的呀。不就是玫瑰花吗？现在就可以去买呀，算是我们大家送给小洛的。罗凯，或者你愿意自己一个人送？"

两个小孩子的脸同时变得通红，夏芳然这下更开心了，她突然间神秘兮兮地看着人工湖的对岸，说："还有一个人也从来没收到过玫瑰花。"她指了指对岸那个汉白玉的雕像，"叶初萌啊。她死的时候十五岁，算起来今年也该二十七岁了。可是人们从来都是在清明节的时候给她送花圈，怎么没人想起来在情人节的时候送她玫瑰呢？这样吧，罗凯，小洛，等会儿你们买完玫瑰花别忘了往她的雕像前面放一朵，好吗？"

罗凯和小洛兴冲冲的身影消失在他们的视线中的时候，一切归于寂静。

夏芳然转过脸，嫣然一笑，"好不容易，总算是打发走了。"

"可是……"陆羽平忧心忡忡地问，"真的没有问题吗？"

"相信我。"她骄傲地仰起头，"你不要忘了我本来该当老师的啊。等他们看见我们——就清醒了。虽然有点儿过分，可是没有别的办法。"她的双臂圈住了他的脖子，"我看见那个雕像的时候才灵机一动的。他们从门口进来，要想到对岸的雕像那里去要绕一个好大的圈，所以——"她在他耳边轻轻地说，"我们有的是时间。"

他微笑，抱紧了她。突然间认真地说："能认识你，我很幸运。"

她抚着他的头发，"陆羽平，我在想，上天干吗要让咱们遇上这两个孩子，偏偏在这种时候？"

"别想那么多。就当是为了让咱们临死之前——轻松一下。"

"陆羽平……"她说，"你有没有想过，咱们为什么要这么做？"

他叹了一口气，说："不为什么。因为我们——懒得再去解释了吧，仅此而已。"

他说得对。夏芳然想。懒得再去解释了。那个被毁了容的女人，她并不是绝望，她只是寂寞；那个到死也跟着她的男人，他并不是伟大，他只是累了。就这么简单，一时间一种刻骨的孤独像一阵穿堂风那样吹透了她。那孤独并不陌生。多少次，多少次，她都拿罗大佑的歌来安慰自己，"孤独的孩子，你是造物的恩宠。"

那么，她滥用过多少回这样的恩宠呢？在她妄自尊大的时候，她以为那是高处不胜寒；在她妄自菲薄的时候，她以为那是她一个人的醉生梦死。在最后一刻，坦率一点儿吧。孤独就是孤独，不是什么恩宠，不是可以升值的股票。浪费并不能使你高贵。那么好吧，生死只不过是一个人的事情，如果你孤独，请你不要打扰别人，不要自以为是地嘲笑不孤独的人，不要期待着全世界的孤独者可以联合起来。自己上路吧，最多，带上你的情人。

她说："陆羽平，你从来就没有跟我说过'我爱你'这三个字，那现在，可不可以说一次呢？"

他轻轻地，但是不容置疑地摇头，"不。因为对于我们来说，那三个字，太轻了。"

"可是总得说点儿什么呀。这么重要的时候什么都不说不是太煞风景了吗？"她妩媚地笑。

他想了一下，然后把嘴唇贴向她残缺的耳朵，他温热的、马上就要停止的呼吸吹拂着她伤痕累累的耳膜，他说："殿下，待会儿见。"

———— 46 ————

那是罗凯永远不会忘记的一幕。陆羽平的脸呈现一种奇怪的紫色。但是他安静地躺在夏芳然的膝盖上，像是陷入了一片漫长的睡眠的沼泽地。夏芳然抚摸着他的脸，抬起头，安静地对他们俩说："现在，游戏结束了。罗凯，小洛，你们去报案吧。"

　　她近似残酷的冷静像块碎玻璃一样轻松地割裂了他的梦境。罗凯有一种突然被惊醒的感觉。死亡近在咫尺，不动声色但是胸有成竹地盘踞着。目光里并没有丝毫挑衅，却有种不容抗拒的力量。

　　"看见了吗？"夏芳然笑了，"你们以为死是什么？死是一件非常严肃、非常认真的事情。不是可以随随便便被你们小朋友拿来当小白鼠做实验的东西。现在，游戏结束了。你们要去报案，然后乖乖地回家吃晚饭，当作什么都没有发生过，这才是你们该做的事情。"

　　罗凯转过头，开始没命地狂奔。"罗凯！"小洛呼喊的声音清澈得就像是月光，"罗凯你要去哪儿？"

　　"去报案。"他停下来，胸口紧得像是要爆裂开。

　　"为什么？"小洛的眼睛点亮了她的整张脸，"你忘了我们是来干什么的吗？"

　　"小洛！"夏芳然厉声呵斥了一句，"你想干什么？你不要不知道天高地厚！"

　　"小洛。"罗凯气喘吁吁，"你等着我回来，等我回来咱们再慢慢说。"然后他像是飞翔一样地转过身，消失在远处的暮色里。

　　路灯点亮了。惨淡的月光的白色。这路灯把小洛的脸庞映得像是日本能乐的面具。小洛决绝地安静着，一动不动地站在那儿，凝视着眼前这个像是雕像一样的女人。她的蓝宝石戒指就像一滴天空的眼泪，静静地，在她残酷的手指间凝结着。

　　"夏老师，你真的不认识我了吗？我是丁小洛。你不记得我写的作文了吗？是写给你的呀。我说我想做一个服装设计师，做最漂亮的衣服给你穿，你都不记得了吗？"

惊愕像是狠狠的一个耳光那样让她剧烈地摇晃了一下，然后她安静地说："真巧。"

"夏老师，你那时候好漂亮啊，我到现在为止也没有再碰上过像你一样漂亮的老师。你还记得你指挥合唱队吗？你的裙子是粉红色的。你……"

"够了。"她哑声说，"那你应该明白了吧。你看看现在的我，我比你有充分一百倍的理由去死。可是我不怕你笑话我，我看到他闭上眼睛的时候我还是害怕了。这样你懂了吗？我害怕了。那你呢？如果你不知道你自己有多任性的话就让我来告诉你好了。你不只是任性，而且可笑。你根本还不知道人活着是怎么一回事，也难怪你随随便便就想死。你以为死是什么？不是你今天想赖床不上学就可以让你把体温计放在下面的暖水瓶。你这连逃避都算不上你知道吗？你是耍赖，以为这样撒个娇就有全世界的人来心疼你纵容你——我告诉你，门儿都没有，一个人的命其实是很贱的，觉得它值钱的也无非是它的主人而已。可是你凭什么想要这样要挟别人？你又要挟得了谁？拿着无知当壮烈，你还挺投入的。"

"夏老师，你骗了我们。"小洛忧伤地笑着，"你骗了我们。你还说陆哥哥不尊重人，其实他是为我们担心，可是你，不过是瞧不起我们，对不对？"

"我不像陆羽平。"她打断了她，"我没有他那么多过剩的同情心。罗凯说得对，长大就是学会嘲笑。可是我不明白你们凭什么觉得自己是无辜的呢？你敢说你从来没有嘲笑过别人吗？你敢说你自己从来没有伤害过任何人吗？长大就是学会嘲笑，这件事是不对的。可是小洛我告诉你，大家都有份儿，谁也别想撇清。无论是长大了的人，还是没长大的人——没有人是无辜的。死也没用，死只能证明你自己底气不足，却根本证明不了你无辜。"

"夏老师。"小洛没有遮拦地直视着她，"你说我是耍赖。那你怎么就能确定你没有耍赖呢？怎么样就不算是耍赖呢？因为我们没有被别人泼过硫酸，我们就一定是在耍赖吗？"

她站起来，毫不犹豫地甩了小洛一个耳光。她摇晃着小洛，"闭嘴，我叫你闭嘴你听见没有？"她们摇晃着，挣扎着，厮打着，她听见小洛倔强地叫着："你就是觉得只有你自己才是最可怜的而已。你们这些漂亮的人就像白雪公主的后妈一样，没有了漂亮就什么都没有了，就什么都做得出来！"

她重重地推了她一把，小洛踉跄着往后退，往后退，当她魂飞魄散地扑上来想要抓住她的时候，她已经干脆利落地跌下去了，像电子游戏里 GAME OVER 的小人儿一样跌下去了。夏芳然拼尽了全身力气，奇迹般地在那一瞬间抓住她的一条胳膊。下坠的力量险些把她也带下去，她用另外一只手狠狠地抵住岸边的太湖石。

"别怕。"夏芳然说，"使劲。我把你拉上来。"

"夏老师。"她在湖水里仰起小脸，像是神话里的那种小精灵，"夏老师，你觉得，我算是一个好人吗？"

"来，用力，我可以拉你上来的。"夏芳然咬着嘴唇，"你当然是个好人，你是一个很好很好的小姑娘。"

"夏老师。"她喜悦地笑了，用一种梦幻般的语气说，"夏老师，你松手吧。"

"开什么玩笑？"她感觉到汗已经顺着她的脸颊流下来，流下来。

"松手吧。"小洛闭上眼睛，微笑着叹息，"夏老师，谢谢。"

小洛无拘无束地下沉的时候，听见了一片伸手不见五指的黑暗中水泡调皮的声音。原来每天都要呼吸的氧气是这么生动的一样东西。窒息的、模糊的温暖和疼痛伴随着一种很深的睡意涌上来，小洛觉得自己的身体好像突然之间变得像湖底的泥沙一样沉、一样重了。可是这个时候，她看见了光。那么灿烂地穿越她的眼睛、她的脸庞，一种盛大而如风的自由从她的发丝间呼啸而过。我变成了一棵树。小洛欣喜地想。然后她听见歌声，是自己唱歌的声音，空旷的、阳光般的声音。

轻轻敲醒沉睡的心灵，慢慢张开你的眼睛。

看看忙碌的世界是否依然孤独地转个不停。

日出唤醒清晨，大地光彩重生……

是你吗？真的是你吗？我知道你一定认得出我。请你相信，我从来没有忘记过你，从来都没有。芭比娃娃不是小洛的，合唱队不是小洛的，夏老师不是小洛的，罗凯也不是小洛的。可是没关系，一点儿关系都没有，因为在他们美丽的容颜背后，我看得到你在跟我招手，你在对我微笑。我知道陆哥哥说得对，这其实一点儿都不值得；我知道夏老师说得对，我只是一个耍赖的小孩子。我也知道在这个世界上，有那么多的人被欺负，有那么多的人被人瞧不起，有那么多那么多不公平的事情。可是你不会像别人一样因为这个就嘲笑我的，对不对？你那么漂亮，你那么善良。现在我回来了，你的小洛回来了。我站在你的面前，我发现你老了。

十三年啦，我一直那么想念你。你会不会像我想念你一样想念我呢？美丽的、贫穷的、疲惫的、衰败的、慈悲的你啊，请你抱抱我，好吗？

　　唱出你的热情伸出你的双手让我拥抱着你的梦，

　　让我拥有你真心的面孔。

　　让我们的笑容充满着青春的骄傲，

　　让我们期待明天会更好。

　　小洛模糊地张开双臂，甜美地微笑。没有明天了。但是，那是我的歌。

——— · 47 · ———

　　"你要谢谢陆羽平。"徐至坐在夏芳然的对面，微笑着说，"幸亏他背叛过你，幸亏还有一个赵小雪让他把那个包裹寄出去。否则的话，你可就真的洗不清了。"

　　"噢。"她有些糊涂。

　　"陆羽平在二月十四号那天早上给赵小雪寄出去一个包裹。里面有他们俩初次见面时候的那把伞、几样小东西，还有一封写给赵小雪的遗书。本来，那个包裹该在寄出后一个星期之内到赵小雪她们家的。可是大概是因为过年邮路忙的关系，那个包裹直到赵小雪又回理工大了之后才到。她的爸爸妈妈也就忘了这回事了。直到上个周末才跟她说起来。她就让她爸爸妈妈把这个包裹快递来，还没有拆开就直接来找我们了。所以……"他深呼吸一下，

"指纹很完整。还有那封遗书,笔迹鉴定也很顺利——幸亏是手写啊,如果是 E-mail 的话,可就根本算不上是证据了。"

"你是说——我不会死了对吗?那个你们找出来的莫名其妙的女人终于救了我,是不是这个意思?"她的声音有些颤抖,脸上浮起一个孩子一般惊喜但是困惑的表情。

"是这个意思。说到底还是塞翁失马,焉知非福。"他微笑地看着她。这个终于得救了的女人还是一副高傲的样子,但是感恩在她的脸上、声音里,甚至是周围的空气里弥漫着,带着蜂蜜一样的金黄色、甜美的气息。

"真奇怪啊。"她笑了,"最后活下来的人居然是我。"

"这是好事。没有什么奇怪的。"徐至说。

可是她听不清徐至说什么了。他的嘴唇一张一合,但是她全都听不清了。阳光像条河流一样,浩浩荡荡地穿越她,盖过了她。通体透明的温暖中,她清楚地感觉到了亲人的、熟悉的气息。陆羽平,你当时发现我放你鸽子的时候是不是气疯了啊?可是陆羽平你相信我我不是故意的。眼泪涌了上来,灼热的眼泪使她柔软,她已经很久很久没有这么柔软过了。她一直不允许自己用这种方式示弱。可是现在,示弱吧,低头吧,感激吧。劫后余生的时候低头不是屈服,不是耻辱,而是默祷——因为,她肯双手合十。就算是自欺欺人也是心甘情愿的啊。

她闭上眼睛。她看见了他的脸。她想你呀你这个家伙你说到底还是另外有一个女人,说到底你们男人真是不可救药啊。可是,她知道她会用她的有生之年来想念他,来回忆他,在心里这样跟他讲话,把发生过的、他看不到的事情都这样告诉他。用这种方式走完他们作弊未遂的一辈子。

现在没有人叫我"殿下"了，我很寂寞呢。

"夏芳然，我的名字叫陆羽平。陆地的陆，羽毛的羽，平安的平，记住了吗？"

陆羽平，你过来呀。

———— 48 ————

陆羽平写给赵小雪的信。

小雪：

当你看到这封信的时候，你应该已经知道发生过什么事情了。小雪，我一点儿都不后悔我的决定，可我唯一没法面对的人，就是你。

小雪，你现在一定是恨死我了吧。我真害怕你看到这儿就会把它给撕了。不过你能不能看在这是我长这么大第一次给人写信的分儿上，把它看完呢？

现在我已经不需要再撒谎，请你相信，我是多想永远跟你在一起。我们结婚，生下我们的宝贝，一起抱怨生活的艰难，偶尔争吵偶尔互相埋怨但是谁也离不开谁。那是我梦寐以求的生活，小雪，所以每当我想起你的时候，我都会心怀感激，因为是你让我看见了希望。可是有一件事我是不能骗你的，我不能干脆地跟你说：要是没有夏芳然，我们就可以没有任何阻碍地、幸福地相守了。

  小雪，你知道我这个人。我是在一个很小的镇子里长大的。从小到大都没有见过很多世面，也没有任何一个可以推心置腹的朋友。可能也正是因为如此，我一直都相信这世上存在着一种完美，一种至情至性的美丽绝伦。我想如果我能多看看外面的世界，多听听别人是怎么说话怎么活着的，我大概就不会这么固执了。当我第一次看见夏芳然的时候，我还以为，那种我从没见过但一直坚信的完美，终于被我找到了，或者说，终于慈悲地找到了我。

  我从来没有想过可以拥有她，那个时候我只是想天天看见她，仅此而已。可是我怎么也没有想到，我居然给她带来了那么大的一个灭顶之灾。其实现在想起来，我跟那个孟蓝大概有一些共同的东西。比方说，我们都是对自己头脑里的世界特别固执的人，却往往忽略了自己和别人之间的区别。

  那个时候我狠狠地挣扎过一阵子。在夏芳然出事之后，其实我那个时候可以藏起来的，反正没有人知道那是因为我。但是，我就是一个不自量力的人。我以为我可以担当。哪有男孩子没有做过当英雄的梦呢？可是问题是，我是在别人都已经过了做梦的年龄的时候开始把我的梦在现实里演习的。所以我没有权利责怪任何人，所有的错都是我自己的。我既不能忍受自己不够光明正大，又没有能力把我的光明正大进行到底。

  我不给自己找借口。我知道有人可以做得到。我知道一定有人可以把这件事当成一个永远的秘密那样背负着，然后用一生的时间来照顾那个因为我受尽了折磨的女人。我虽然没有做到，但是我还是相信，一定有可以做到的人，那样的人应该比我高贵，比我勇敢，也比我坚强吧。所以，如果我没有遇上过夏芳然，我想我是不会懂得珍惜跟你在一起的时候，那种宁静的、没有风浪的快乐。这么说，你明白吗？

　　小雪，我还记得有一次，在"何日君再来"，小睦放齐豫的那首《遥寄林觉民》，你说，就算林觉民是为了革命，是为了亿万人的幸福，他也没有权利这样遗弃一个爱他需要他依靠他的女人。《与妻书》感人肺腑又如何？"不得已"不是理由。你是这么说的，小雪，我记得很清楚。那么我算是惨了，对你来说林觉民都没有理由，那我不更是死有余辜了吗？人家尚且是为了整个中国，那我又是为了什么呢？无非是用看似决绝的方式来逃避现实罢了。逃避自己卑微与渺小的现实。但是小雪，尽管如此，我还是决定跟夏芳然一起离开。这个世界已经不适合她，而我，如果我让她一个人去然后再来若无其事地跟你继续过我们的日子的话——对不起，我做不到。我依然是一个不够自私又不够无私的人。陆羽平不能丢下夏芳然，可是小雪，你不要忘了我爱你。

　　小雪，夏芳然现在已经不恨孟蓝了。这件事给了我一点儿期望。虽然我知道我没有资格请求你的原谅，可是我想说不定有一天，你也可以不再恨我。我为我对你的所有伤害、所有隐瞒道歉。小雪，真遗憾现在不能看见你，不能再抱你最后一次，吻你最后一下；可是我也真高兴我现在看不见你，否则的话我说不定会动摇的。

　　小雪，再见。

陆羽平

二〇〇五年二月十四日

夏芳然是在又一个情人节来临时接到审判的。她因过失杀害丁小洛被判处有期徒刑五年，缓期两年执行。

徐至站在法院门口长长的台阶的尽头，第一次在阳光下看见了这个女人。她慢慢地朝他走过来，站在他面前。虽然他看不见她的脸，但是他知道她在对他微笑。她舒展地伸出了双臂，给了他一个用尽全力的拥抱。

他从来没有离她这样近。他们中间总是隔着一些东西。审讯室的桌子，看守所的铁栏杆，还有那样看不见的名叫"正义"的东西。现在他终于可以把这个美丽的、倔强的、固执得不像话的、受尽了苦难的女人紧紧抱在怀里。为庆祝劫后余生，为纪念同舟共济的日子。他听见她在他的耳边说："谢谢。"

当他一个人走在车水马龙的大街上，他突然想起一件事，他也不知道他怎么会突然想起一件这么小，小到当时觉得微不足道的事。那时候他们去陆羽平的小屋里搜查，在枕头底下有一张黑白照片。他没有仔细看就丢到一边去了。他以为那是个什么他不认识的明星的剧照。

那不是影楼里故意做出来的怀旧的黑白，不过是真正的黑白胶卷拍成的而已。那个女人把头发梳成一个芭蕾舞演员的发髻，露出美好的修长的脖颈。漆黑的眼睛像黑夜里的海面，听得见静静的波浪声。嘴唇厚厚的，轮廓明晰，翘成一个性感的弧度，但是有一种奇怪的、花朵一般的稚气跟性感并存。她在微笑，妩媚地、纯真地笑着。

现在他才想起来，那不是什么明星，那是夏芳然。

———— 50 ————

"何日君再来"洒满了阳光。罗凯坐在一室阳光里对面前的夏芳然羞涩地笑了。

"这种地方可不是小朋友来的啊。"夏芳然悠闲地说。

"我是庆祝你重新开业嘛。"

"好。"夏芳然点头，"没什么可庆祝的，这儿本来就是我的。我不过是重新把它盘回来而已。"

"你的手术，什么时候做？"罗凯问。

"快了。"她说，"下个月。我要再等几年，等我再多做过几次手术之后，就去收养一个孩子，现在还不行——我不想吓坏他啊。小睦已经热火朝天地准备当舅舅了，真是没有办法。你呢？你还会去你爸爸那儿吗？"

"不去了。"这么说话的罗凯看上去长大了很多，"我走了，妈妈会寂寞。"

"不简单呢。"夏芳然软软地说，"罗凯越来越有男人味了嘛。"

他的脸红了，他慢慢地说："有件事我一直没有告诉你。我爸爸的名字叫罗嵩，他的朋友们都叫他'罗宋汤'。"

她沉默了良久，笑了，"现在已经没有什么事情能吓住我了。"

"那时候有一次我妈妈让我偷偷跟踪我爸爸来着——你瞧这个女人真是不像话，怎么能让小孩干这种事情呢？"罗凯无奈地摇摇头，"我看见我爸爸跟你在一起。那个时候我想：这下糟了，这个女孩子这么漂亮，那我妈妈岂不是没戏了？"

夏芳然开心地大笑了起来，"真有意思，可是你跟你爸爸长得一点儿都不像。"她把左手伸到罗凯面前，那个戒指迎着阳光，蓝得像天空一样澄明，"那是很久以前的事情了呢。其实我和你妈妈一样啊，他送给我这个戒指以后就蒸发了。那个时候我还是纯情少女嘛，我的店叫'何日君再来'，其实也就是为了等他。想想看那时候傻得可爱。"她停顿了半晌，仔细地看着罗凯，"才几天不见，你好像又长高了。"

"嗯。"罗凯用力地点头，"我去年的衣服已经全都不能穿了。"

"多好。"夏芳然微笑着，"好好读书吧，真羡慕你呀，你的未来长得都用不完。"

"我以后要当医生。"罗凯胸有成竹地说，"我要给你做手术，把你变回原来的样子——你要等着我啊。"

"为什么？"夏芳然吃惊地问。

"因为……"罗凯长长地呼吸了一下，吸进去很多在阳光里跳舞的尘埃，"我把你和陆羽平哥哥，当成是最好的朋友。"

夏芳然感动地拍了一下他的肩膀，"谢谢你。"

"那么……"罗凯调皮地做个鬼脸，"为了让以后的医生提前了解一下病人的状况，你可不可以，让我看看你的脸？"

二〇〇五年五月十二日至七月二十三日

出品／上海最世文化发展有限公司

官方网站／www.zuibook.com

平台支持／最小说 ZUI Factor

芙蓉如面柳如眉

作者 笛 安

ZUI Book
CAST

出品人 郭敬明

项目总监 痕痕

监 制 与其 刘霁

特约策划 卡卡 董鑫

特约编辑 卡卡 董鑫

装帧设计 ZUI Factor (zui@zuifactor.com)

设计师 胡小西

内页设计 熊威

封底插图 孙十七

图书在版编目（CIP）数据

芙蓉如面柳如眉：新版 / 笛安著 . -- 长沙：湖南文艺出版社，2016.8
ISBN 978-7-5404-7649-6

Ⅰ . ①芙… Ⅱ . ①笛… Ⅲ . ①长篇小说 - 中国 - 当代 Ⅳ . ① I247.5

中国版本图书馆 CIP 数据核字 (2016) 第 139124 号

上架建议：畅销文学

FURONG RU MIAN LIU RU MEI

芙蓉如面柳如眉

作　　者：笛　安
出 版 人：刘清华
出 品 人：郭敬明
项目总监：痕　痕
责任编辑：薛　健　刘诗哲
监　　制：与　其　刘　霁
特约策划：卡　卡　董　鑫
特约编辑：卡　卡　董　鑫
营销编辑：李楚翘　杨　帆
装帧设计：ZUI Factor（zui@zuifactor.com）
设 计 师：胡小西
内页设计：熊　威
封底插图：孙十七

出版发行：湖南文艺出版社
　　　　　　（长沙市雨花区东二环一段508号 邮编：410014）
网　　址：www.hnwy.net
印　　刷：北京天宇万达印刷有限公司
经　　销：新华书店
开　　本：880mm × 1230mm 1/32
字　　数：175千字
印　　张：8
版　　次：2016年8月第1版
印　　次：2016年8月第1次印刷
书　　号：ISBN 978-7-5404-7649-6
定　　价：33.80元

质量监督电话：010-59096394
团购电话：010-59320018